pour un joyeux

anniversaire à toi ma belle.
j'espère que ce livre te fera
rire et qu'il te fera passer
de bons moments sur le
canapé, dans le lit, en attendant que le bus arrive, que
Michel finisse la popote ! ☺

Gros Bisous !

12/15

Sheila Levine est morte
et vit à New York

Le Fils-mère
Ramsay, 1979

Peur de rien
Rivages, 2009
Rivages Poche, n° 721

Gail Parent

Sheila Levine est morte et vit à New York

Traduit de l'anglais (États-Unis)
par Renée Rosenthal

Édition révisée par
Claire Buchbinder

Rivages

Édition originale : *Sheila Levine is dead and living in New York*
The Overlook Press, Peter Mayer Publishers, Inc., 1972

Les faits

Il y a quelques années, à l'est de Manhattan, pas loin de chez Bloomingdale's, un type s'est installé pour vendre des shakes de régime, de délicieux milk-shakes au chocolat avec seulement soixante-dix-sept calories. Je peux vous assurer qu'à l'heure du déjeuner, les jeunes filles grassouillettes venaient de toute part s'agglutiner devant le marchand, quitte à faire la queue. Soixante-dix-sept calories seulement et un vrai régal. Je faisais partie des habituées qui en prenaient chaque jour deux pour le déjeuner.

La plupart des filles interrogeaient le type sur la composition de sa boisson. Il se contentait de sourire et répondait : « Un ingrédient secret. » Les filles ont commencé à se demander si ces shakes ne contenaient vraiment que soixante-dix-sept calories. Elles ont formé un comité pour se rendre à l'hôtel de ville (peu importe le lieu, ce qu'elles voulaient c'était râler). Le service d'hygiène (ou en tout cas les gens qui s'occupent de ce genre de choses) a enquêté. Il y avait plus de deux cent quatre-vingts calories dans ces boissons de régime. Comment avait-il pu ? Oser mentir à ce point ! La réaction a été unanime.

C'est décidé : je me suicide. Vous vous imaginez

Oui, je vais me tuer. Quand on trouvera mon corps dans mon studio au loyer exorbitant, il sera avachi sur cette lettre. Mon père la lira et hochera la tête. Ma mère l'emportera au lit avec son verre de lait chaud, pour en lire chaque soir un passage tout en faisant pénétrer avec soin de la crème antirides sur ses mains et son visage. Ma sœur y jettera un coup d'œil et mes amis... mes amis ? Non, pas de vrais amis. Navrée.

Mon nom est (était) Sheila Levine. *Sheila Levine ?* Avec un nom pareil, on ne s'avise pas d'aller se tuer. Le suicide, c'est vraiment pas casher.

J'ai vécu, quand je vivais, au 211, 24e Rue Est après avoir habité la 65e Rue Est, la 13e Rue Ouest, Franklin Square, Long Island et enfin Washington Heights. Ce qui revient à dire qu'il n'y a à peu près que cent mille autres filles juives comme moi. Exactement comme moi. Avec des cheveux qui ont besoin d'un brushing, des nez à rectifier et qui sont toutes à la recherche d'un mari. TOUTES À LA RECHERCHE D'UN MARI. Sachez, les filles, mes belles consœurs, que les nouvelles sont bonnes ! La concurrence va être moins rude. Sheila Levine abandonne la lutte. Elle va mourir.

Pourquoi une gentille fille juive irait-elle faire un truc aussi bête que se tuer ? Pourquoi ? Parce que je suis fatiguée. J'ai passé dix années de ma vie à essayer de me marier et j'en ai marre. J'ai compris que c'était pas pour moi. Faut se faire une raison, j'ai jamais eu la moindre chance.

FAIT : Cent trois fillettes viennent au monde pour cent nouveau-nés. Le calcul est vite fait : je suis une des trois filles en trop.

FAIT : Comme Portnoy, beaucoup de petits Juifs ont vécu une relation si passionnelle avec leur maman qu'ils se sont juré d'épouser une fille non juive. Ethniquement, je suis donc indésirable. Les blondes à petits seins sont en vogue… Les Juives, les Polonaises, les Italiennes sont démodées.

FAIT : Beaucoup de filles non juives veulent épouser un Juif. Leurs mères les y encouragent parce que les Juifs ne boivent pas, ne sont pas coureurs et qu'ils font de bons maris. Les Juives veulent épouser des Juifs pour les mêmes motifs et aussi parce qu'ils autorisent leurs femmes à avoir des bonnes.

FAIT : Nous vivons à l'époque de l'homosexuel juif. Plus de Juifs sont devenus pédés que de Juives lesbiennes. NOTRE PAYS A PERDU PLUS DE JUIFS À LA CAUSE HOMOSEXUELLE QUE DANS N'IMPORTE QUELLE GUERRE.

FAIT : Plus de garçons pensent que le mariage est démodé, vieux jeu, qu'il n'y a de filles qui nourrissent les mêmes idées. Amies du MLF, je suis navrée de vous décevoir, mais rares sont vos militantes qui n'échangeraient pas illico un meeting contre une nuit de noces.

FAIT : New York grouille de filles en quête de maris, surpassant de loin le nombre de garçons à la recherche d'une femme.

FAIT : SHEILA LEVINE RISQUE PAS DE SE MARIER. ELLE A JAMAIS EU LA MOINDRE CHANCE.

Alors, Papa, tu t'adresses à Maman : « Bon, elle est toujours pas mariée et alors ? Rester célibataire, c'est quand même pas si dramatique qu'il faille en venir à une telle extrémité ! » (Elle s'est suicidée, Papa. Voilà l'extrémité. Dis-le, après ça ira mieux.)

Allez, soyez pas hypocrites. C'est vous, Maman et toi, qui m'avez dit que c'était important de se marier.

Née le 12 août il y a trente ans… « C'est vraiment un beau bébé. »…« Alors Manny, c'est une fille ? Tu vois ce que ça implique ? Ce sera à toi de payer le mariage… » Un jour ! À peine un jour sur terre et déjà ils parlent mariage.

Maman, tu racontais toujours cette anecdote : « À un mois, j'ai emmené Sheila chez le médecin ; j'étais contrariée à cause d'une minuscule égratignure qu'elle avait sur le visage. Le visage, ça compte, non ? Vous savez ce que m'a dit le médecin ? Il m'a dit : "Pas de souci, ne vous inquiétez pas Bernice. D'ici qu'elle se marie, ce sera parti." » Qu'elle se marie ? Tu entends ça Papa ? Et je n'avais qu'un mois.

Vous m'avez tout très bien appris. Vous m'avez acheté des poupées, des cuisinières miniatures, des petites assiettes pour jouer au papa et à la maman. Moi, j'étais la maman, Larry Singer le papa. « Regardez-les tous les deux. Non mais vous voyez comme ils jouent gentiment. Ce serait pas quelque chose si plus tard ils se mariaient ? » Devinez qui parle ? C'est la mère de la fille. Quand on entend le mot « mariage », c'est toujours la mère de la fille.

C'est pas seulement la faute des parents. Je l'ai entendu partout. Dans les livres de Dick et Jane, la maman et le papa étaient mariés. Dans l'Arche de Noé, ils entrent toujours deux par deux. Tout va par paires sauf Sheila Levine. « Qu'est-ce que tu veux faire quand tu seras grande, Sheila ? »…« Je veux être une épouse et une maman. »…« C'est bien, ma chérie. »

Oui, j'ai appris de très bonne heure que je ferais mieux de me marier. Tout ce que veut une mère juive, c'est que ses fils évitent l'armée et que ses filles aient vite la bague au doigt. Depuis le berceau, on nous serine : « Le plus beau jour de ma vie sera celui où je danserai à ton mariage. Ah ! si seulement je pouvais vivre jusqu'à ce que mes enfants soient mariés, je mourrais heureuse. » J'ai essayé. J'ai tout fait pour me marier, avoir un lit à deux places, des serviettes-éponges mordorées et des couverts en argent massif pour douze personnes. J'ai essayé pendant des années et pour quel résultat ? J'ai mon vieux lit de jeune fille et des serviettes trouées parce que les célibataires achètent plutôt des chemisiers que du linge de maison. J'ai aussi quatre fourchettes… trois volées à ma mère, une chipée dans un restaurant chic.

De quatre à vingt et un ans,
y compris perte de la virginité

À quatre ans, j'étais folle amoureuse d'Alan Hirsch qui était fou amoureux de Cynthia Fishman. Il jouait au docteur avec moi mais jurait que ce serait elle qu'il épouserait quand il serait grand. Déjà à quatre ans, j'étais l'autre femme. J'aurais dû comprendre à l'époque. Mais non, j'espérais.

À sept ans, bien qu'il n'y eût pas l'ombre d'un prétendant en vue, j'avais déjà planifié mon mariage jusque dans les moindres détails. On s'asseyait, ma meilleure amie Ruthie et moi sur son couvre-lit blanc et grâce à Lydia Lane, une mariée en carton, on organisait ce grand événement point par point. J'ai oublié les détails, mais je me rappelle que Ruthie et moi étions censées célébrer nos mariages grandioses en même temps, à West Point sous des épées croisées. Ruthie s'est bien mariée, mais sous une *chuppah* à l'ouest du Bronx. Je t'en veux pas, Ruthie. Je t'en veux pas du tout. Félicitations et puisses-tu vivre pour voir tes filles se marier.

À quatorze ans, je savais tout du mariage. J'en discutais plus avec Ruthie. Je l'avais laissée à Washington Heights avec mes « jouets de bébé » favoris que je m'étais battue pour emporter avec moi à Franklin Square. «Pourquoi les prendre, Sheila, tu ne joues plus jamais avec.» Si je voulais mes jouets, Mère, c'était parce que j'allais dans un endroit inconnu et j'avais peur. Tu avais bien laissé Melissa emporter les siens. Lydia Lane a donc été jetée dans l'incinérateur avec l'intégralité de son trousseau. Un présage ?

À quatorze ans, donc, je m'asseyais sur *mon* couvre-lit blanc avec ma meilleure amie Madeline – dans les banlieues, les prénoms étaient bien plus chic – et ensemble, on étudiait la chose. Le mariage, c'était rendre un prince juif fou de vous. Comme ça, on aurait une maison à Manhattan, une à Londres, une à Paris et à Rome et on passerait notre temps à aller d'une maison à l'autre avec nos maris. Madeline aussi s'est mariée, elle vit toujours à Franklin Square, à trois rues à peine de chez sa mère. Tu es heureuse, Madeline ? Tu t'estimes peut-être pas comblée, mais serais-tu prête à troquer ta place contre la mienne ? Ta maison avec la lunette des toilettes en simililéopard contre ma tombe ?

Je te choque, Mère ? Tu es dans tous tes états, profondément gênée par le suicide de ta fille ? Je suis vraiment navrée de t'avoir embarrassée. Tu pourrais toujours raconter aux dames de la *Hadassah* que j'ai été assassinée par un amant jaloux. Ah ! Si seulement c'était vrai.

Quand j'ai débarqué à l'université de Syracuse, mes idées sur le mariage avaient vraiment pris forme. Il fallait que mon mari soit un créatif. Il pourrait être avocat mais à condition d'aimer le théâtre ; médecin si

13

son dada était la peinture ; peintre si la Bourse était son hobby.

J'avais tout le loisir d'approfondir ces théories, surtout le samedi soir quand je restais au dortoir parce que personne ne m'avait invitée. Oui, Maman. Et oui, Papa. Pas de rancard. Moi aussi, j'étais choquée. Tu m'avais toujours dit que j'étais la plus belle. Tous les dimanches soir, je te mentais quand j'appelais en PCV. J'inventais des noms de garçons. Pourquoi gobais-tu tout ce que je racontais ? Comment as-tu pu imaginer que j'avais tant de succès ? Tu t'attendais vraiment à ce que ta petite Sheila chérie, un mètre soixante pour soixante-dix-huit kilos, soit la reine du bal ?

« Manny, tu entends comme elle divague ? C'était pas une jolie fille de son vivant ? »

Non, mes chers parents. Je restais là avec les autres filles laissées-pour-compte qui étaient soit trop grandes, soit trop grosses, pleines de boutons ou avec une mauvaise haleine, à vous de voir. On restait ensemble à Flint Hall à regarder celles qui avaient rendez-vous s'habiller, échanger des chandails et signer le registre des sorties. On leur faisait au revoir de la main et puis on jouait au bridge, on écoutait des disques et on commandait des centaines de pizzas qui ne faisaient qu'ajouter à nos malheurs. Je me demande combien de ces filles sans petit copain sont devenues des filles sans mari ?

Syracuse avait aussi ses bons côtés. J'y ai perdu ma virginité. Vite, Papa, les sels ! Maman se remet à délirer. « Sheila, ma fillette, a perdu sa virginité ? »

Eh oui, Maman, j'ai eu de la chance.

Diane Rifkin, une fille de mon étage, sortait avec un

type du nom de Steve, un étudiant de Colgate qui appartenait à la pire des fraternités. Voilà qu'il lui demande si elle avait pas une amie qui serait libre un week-end d'hiver pour un de ses copains. Trois filles du dortoir ont décliné la proposition, mais moi, j'ai accepté.

« Écoute, j'ai quelqu'un pour ton ami. »…« Elle est comment ? Mignonne ? »…« Son visage est pas mal. »

J'y suis allée pour ne plus avoir à mentir à ma Maman au téléphone. J'y suis aussi allée parce que j'avais envie d'un vrai week-end d'hiver.

Steve est passé nous chercher à la fac. Il a entassé les valises et moi sur la banquette arrière de sa vieille Impala blanche et s'est installé à l'avant avec Diane. J'avais le rôle du chaperon. Pendant tout le trajet jusqu'à Colgate, j'ai regardé par la fenêtre en essayant d'ignorer la main de Steve qui remontait sur les jambes de Diane. La main de Diane sur le pantalon de Steve. Les routes étaient verglacées. Il suffisait que Diane serre un bon coup et on aurait pu être tués dans un accident.

Celui avec qui j'avais rendez-vous nous attendait à la Fraternité. Will Fisher. Je t'ai dit, Maman, qu'il s'appelait Will Fishman. J'ai menti pour te faire plaisir. Tu étais contente ?

Will Fisher était très grand et très mince. Il portait des chemises de flanelle comme celles que ma mère m'obligeait à emporter en colonie de vacances. Ses dents étaient affreuses. Il fallait pas rêver ! À quoi je m'attendais ? Et lui ?

Le vendredi soir, on est tous allés voir le match de basket, installés dans les gradins avec les autres étudiants et leurs invitées. Colgate a gagné. J'étais aux anges. Pourquoi ? Le basket, c'était vraiment pas mon truc et Will non plus. J'étais simplement heureuse de ne pas être restée au dortoir à jouer au bridge et manger une pizza.

Après le match, Steve, Diane, Will et moi sommes allés dans un petit restau italien… Mama quelque chose. Nourriture quelconque, toile cirée à carreaux rouges et blancs, banquettes inconfortables et bouteilles de chianti en guise de chandeliers. On a commandé un vin médiocre avant de rentrer à l'appartement minable que partageaient les garçons. Je voulais pas y aller.

« Sheila, ma chérie, écoute ta mère. Ne laisse pas un garçon te toucher tu sais où. »

J'étais obligée d'y aller, Maman. J'étais prise au piège. Coincée dans une petite chambre avec des couvre-lits en madras dépareillés, des posters de corridas punaisés au mur, et le trio Kingston sur le tourne-disques, le tout baignant dans une odeur de linge sale.

« Sheila, ma chérie, ne laisse pas un garçon te toucher tu sais où. »

Très vite après notre arrivée dans cette garçonnière (*Playboy* aurait dû y consacrer un article ; je suis sûre que les murs maculés auraient été très photogéniques), il y a eu extinction des feux, et Diane et Steve n'ont pas perdu un instant. Durant une bonne moitié de la nuit, ça a été une vraie symphonie pour fermetures éclair, agrafes de soutien-gorge, respirations, soupirs, avec halètements et couinements de matelas jusqu'à ce que… Devinez quoi, les amis ? C'était si harmonieux… Un bis. Bravo ! Félicitations Diane, toi aussi, Steve ! Vous avez été formidables ! Vous écouter a été un pur moment de bonheur. Un film porno pour non-voyants.

Vous imaginez ce que c'est qu'être assise sur un lit aux côtés d'un quasi-inconnu aux dents cariées à écouter d'autres gens baiser ? Tous ces bruits obscènes qui s'engouffrent dans des oreilles vierges ! Quel foutu sujet de conversation choisir ? « Alors, Will, parle-moi de tes cours » tandis que de l'autre côté du mur on entendait : « Steve, non, ça fait mal. »

« Tu aimes Bergman ? Moi, je trouve que c'est un génie, pas toi, Will ? »

« Allez, Diane, mets-toi sur le côté. »

Will était du genre silencieux et sournois. Il a essayé de me toucher vous savez où des centaines de fois. Moi, je m'éloignais en me tortillant. Et sur un lit à une place, le potentiel de contorsion est réduit. Sa main essayait de me toucher. Je la déplaçais. Elle revenait à l'attaque. Faut dire qu'il visait plutôt bien vu l'obscurité ambiante. J'étais terrorisée. Pourtant côté sexe, j'étais pas complètement niaise. Pendant tout un été, j'avais été conseillère d'art dramatique à l'hôtel Cantor's dans les Catskills. Oh, il s'en passait des choses. Et puis, vu le nombre de soirées vouées au pelotage… Au lycée aussi, on n'arrêtait pas de se tripoter. Si bien qu'on rentrait chez nous le corps couvert de plaques. Mais là, c'était pas pareil.

Au début, on était simplement assis sur le lit. Puis Will a réussi à me faire perdre l'équilibre et on s'est retrouvés allongés. Je me vois encore dans ma robe de laine rouge, très sexy.

« Tu viens d'où, Will ? » Je repoussais sa main.

De l'autre côté, on entendait : « Attends, Steve, Laisse-moi mettre l'oreiller en dessous. »

« Albany. » La main était revenue à sa place.

« Albany, incroyable ! Une des filles de mon étage vient d'Albany. Rose Morrison. » J'ai à nouveau repoussé la main.

« Rose Morrison ? Connais pas. » La main était là.

Puis Will m'a enlevé ma gaine. Je sais ce que vous pensez. Comment a-t-il pu me retirer ma gaine sans mon consentement ? Avec obstination, voilà tout. Il l'a roulée peu à peu jusqu'en bas. Quel bonheur de s'extirper de ce truc qui me démangeait ! Oui, je voulais m'en débarrasser. Je vous assure qu'une gaine-culotte, c'est pas forcément le plus fiable en matière de ceinture de chasteté.

Une fois la gaine roulée puis enlevée (elle s'est prise trois fois dans ma jambe et Will a mis plus d'une demi-heure pour en venir à bout), il s'est levé pour aller aux toilettes. C'est ragoûtant, non, avant l'amour ? Moi aussi, j'avais besoin mais j'étais trop gênée.

« Allez, ma puce, vas-y avant de monter dans la voiture.

– J'ai pas besoin.

– C'est long jusque chez Mamie, tu vas le regretter. »

Je l'ai pas laissé enlever ma robe. Je m'y suis accrochée comme s'il y avait quelque part une loi stipulant que si on le fait dans une robe de laine, ça compte pour du beurre.

Ma main s'est lassée de déplacer la sienne. Ma bouche en a eu assez de parler. Je ne pouvais pas entretenir la conversation et lui n'arrivait pas à contenir son désir de faire comme son petit camarade.

Si bien qu'au lever du soleil, moi, Sheila Levine, j'ai laissé Will Fisher me toucher vous savez où et il a fait vous savez quoi. Tu es bien arrivé à tes fins, Will ?

Ah ! La grande affaire. Ça m'a fait mal. Mais pas la moindre trace de sang virginal ne s'est incrustée sur son couvre-lit en madras. Dorénavant, je ne pouvais plus être offerte en sacrifice aux dieux. Remarquez, j'ai eu de la chance de ne pas avoir produit de Will Fisher Junior, vu qu'on a rien fait pour empêcher le sperme de féconder l'œuf.

Tu te souviens, Ruthie, le jour où on a appris comment on faisait les bébés ? On en a été malades. Impossible d'imaginer quelqu'un faire ça et surtout pas nos propres parents ! Tu l'as déjà fait, Maman ?

Tu te souviens, Madeline, des heures passées à discuter de l'effet que ça ferait ? On était sincères quand on comparait ça à un voyage au paradis… avec violons, vagues et tout le tralala. Tu crois que Bob et Rhoda le faisaient quand on était au lycée ? Moi, oui. Ils étaient toujours fourrés ensemble et Rhoda est la seule qui n'a pas eu besoin de faire retoucher sa photo de classe à cause des boutons.

Oh ! là, là ! Melissa, tu te rappelles quand je te l'ai dit ? J'avais treize ans, toi huit, et je t'ai tout raconté sur les pénis et les vagins et tout. T'es allée pleurer dans les bras de Maman.

Maman et Papa, vous vous souvenez du soir où je vous ai surpris ? J'ai ouvert la porte pour vous dire que j'avais décidé de pas dormir chez Madeline et j'ai entendu un drôle de froissement de draps. Je vous ai bien pris sur le fait, hein, petites canailles ? C'était un samedi soir. Vous le faisiez tous les samedis ? J'ai saboté l'orgasme hebdomadaire par mon intrusion ? Non, c'est impossible ! Ma mère ne ferait jamais une chose aussi dégoûtante.

Donc, c'est Will Fisher qui m'a eue le premier. Tant mieux pour toi, Will. T'as gagné le gros lot… la virginité de Sheila Levine. Mais, dis donc, t'étais même pas submergé par l'émotion. Aucun mot de remerciement, rien du tout. Moi, en revanche, j'aimerai te dire merci, Will, même à retardement. Grâce à toi, ma vie sociale dans ce bon vieux Syracuse s'est épanouie.

En l'espace d'une semaine, j'ai couché avec un David et un Samuel. Il y a dix ans, quand on faisait ça, les rumeurs allaient vite. Mon nom et mon téléphone ont surgi sur les murs des toilettes de toutes les fraternités du campus. Non, pas toutes… seulement les juives. Non pas que j'étais orthodoxe ; on m'avait juste dit des horreurs sur les pénis non circoncis.

Vous savez pas ? Sheila Levine est une fille facile. Suffit de lui téléphoner. Pas besoin de lui payer un pot ou de la trimbaler dans des soirées. Même pas besoin de s'afficher avec elle en public. Tu l'appelles et tu la baises.

Je suis contente. J'ai tiré deux bénéfices de toutes ces coucheries : primo, j'ai un peu maigri.

FAIT : L'acte sexuel moyen use à peu près cent cinquante calories. Vraiment, c'est reconnu. Et puis pendant qu'on baise, on mange pas. Par conséquent, plus on baise, moins on mange. C'est bien le régime le plus efficace que j'aie jamais suivi.

Secundo, ces excès m'ont débarrassée de mes préjugés sur le cul. Comment ça, Maman, ne laisse pas un garçon te toucher tu sais où ? C'est agréable quand ils vous touchent tu sais où.

Ma mère s'est mariée à vingt ans. Elle me l'a jamais caché, mais quand j'ai approché moi-même la ving-taine, il y eut un déclic, elle pouvait plus s'empêcher de me rabâcher l'histoire de ses fiançailles… pendant qu'elle faisait sa gym, qu'elle s'enveloppait la tête de papier hygiénique pour fixer ses bigoudis. Il suffisait que j'ouvre une boîte de thon et elle se débrouillait pour faire un parallèle avec le fait qu'elle s'était mariée à vingt ans.

Bernice Arnold, alias ma mère, était la plus belle fille de Washington Heights. Du genre menu, brune aux yeux bleus. Une fille superbe. Et c'était pas uni-quement l'avis de ses parents ou de Manny Levine, l'homme qui a demandé sa main alors qu'elle avait juste seize ans. Non, tout le quartier était d'accord. Les jurés, hommes très influents, qui ont siégé au concours de Miss Coney Island en 1934 aussi. Bernice Arnold s'est présentée et Bernice Arnold a gagné. Moi, je ressemble plus à mon père et il a jamais été élu Miss Coney Island.

La liste des prétendants de miss Arnold était longue. Un homme, aujourd'hui avocat de renom, voulait l'épouser, et même un chef d'orchestre brûlait d'obtenir sa main. Mais c'était le soir qu'elle jaugeait ses soupirants ; dans la journée, elle posait pour des réclames de bas. Bernice avait, et c'est toujours le cas, des jambes splendides. Moi, j'ai des vergetures.

À vingt ans, sa mère lui a dit qu'elle devrait se marier. Elle, c'est ainsi qu'elle le raconte, elle écoutait toujours sa mère, parce que sa mère savait. Elle a donc choisi mon père parmi tous ses prétendants. Mon père est très gentil mais pourquoi une Miss Coney Island le préférerait-elle à un chef d'orchestre ?

« Voilà pourquoi je te dis ça, Sheila. Écoute ta mère comme j'ai écouté la mienne. Marie-toi pendant que tu es encore jeune. Mieux vaut trouver quelqu'un pendant que tu es à la fac. Une fois sortie, ce sera de plus en plus difficile. »

Me marier ? Tu parles mariage ? C'est à ta fille Sheila que tu t'adresses ? J'ai pas été programmée pour le mariage. À ton époque, c'était différent. À ton époque, il était concevable qu'une mariée soit laide. Tout le monde se mariait. Sans exception. La maigre Sharon, la grosse Harriet, la grande Bea Finkle. Je suis née trop tard, Maman.

« SHEILA, MA CHÉRIE, MIEUX VAUT TROUVER QUELQU'UN PENDANT QUE TU ES À LA FAC. UNE FOIS SORTIE, CE SERA DE PLUS EN PLUS DIFFICILE. »

À Syracuse, il allait de soi que si l'on ne s'affichait avec personne ou qu'on n'était pas fiancée à la fin de sa deuxième année, mieux valait changer de campus. On avait toutes survécu à une flopée de premières années et on n'était pas prêtes à en supporter une autre.

En deuxième année, Susan Fink est sortie avec un garçon de première année et on a toutes ri sous cape. Elle nous a bien rendu la monnaie de notre pièce quand elle l'a épousé sous nos regards envieux. Bien plus tard, j'ai appris qu'elle avait divorcé et s'était remariée. C'est pas juste, Susan. Il y en a qui ont jamais eu leur tour. Maman, elle a eu deux tours et moi j'en ai même pas eu un seul.

Quand je suis passée en deuxième année, à peu près

deux mille filles ont changé de fac, la plupart pour s'inscrire à NYU, l'asile de tous les transfuges.

Soyons clairs, à NYU j'étais plus la salope du campus.

FAIT : C'est difficile d'être la salope du campus quand on passe son temps dans les trains de banlieue.

Ici, je pouvais tout recommencer à zéro. Je pouvais à nouveau faire la vierge. J'y ai même joué plusieurs fois… jusqu'à environ vingt-quatre ans, l'âge où la virginité, ça devient vraiment malsain.

Trouver un homme – c'était pas pour ça qu'on était là, les filles ? – trouver un homme à NYU n'était pas chose facile. Il y avait là des centaines de filles juives très mignonnes, avec leurs bracelets à amulettes, leurs cheveux crêpés, leurs actions d'AT&T, toutes à la recherche de M. Parfait. S'il l'était pas tout de suite, parfait, il le deviendrait au bout de quelques années, après une poignée d'enfants, une maison à Scarsdale et une dot de cinq mille dollars.

J'étais incapable de faire face à cette concurrence. J'allais quand même pas m'installer tous les jours au foyer des étudiants à faire semblant de lire *Les Problèmes comportementaux du jeune enfant*, les yeux rivés sur la porte… « Excusez-moi, c'est libre ici ? » (me déplacer avec grâce) « Oui, Oui »…« Ah, vous lisez *Les Problèmes comportementaux du jeune enfant* »…« Oui, en effet » (croiser les jambes, jeter la tête en arrière) « Puis-je vous convaincre de le mettre de côté pour venir prendre un café avec moi ? »…« Avec plaisir. » (Les cils papillotent tant que le rimmel se décolle.) Ça m'est jamais arrivé. Le seul qui m'ait jamais adressé la parole au foyer des étudiants, c'est le gardien, pour m'informer qu'on n'allait pas tarder à fermer.

Donc, j'ai pris le genre artiste, avec la tenue assortie : pantalon, sweat-shirt, sans chaussettes dans mes baskets qu'il neige ou pas.

« Manny, je ne comprends pas comment cette petite n'attrape pas de pneumonie. »

Maman, tu me suppliais de mettre une jolie robe. Presque chaque soir, je retrouvais un nouveau sac de chez Klein contenant un *petit tailleur irrésistible* (taille 44). Je t'obligeais à le rapporter mais il en arrivait toujours d'autres. Des robes de couleur amincissante, des jupes et des cardigans assortis, une adorable petite robe noire pour aller dîner. Aller dîner ?

À NYU, j'ai mis sur pied un *ménage à trois* platonique : « Oh, non, Sheila. Tu avais promis que tu avais changé ! On pensait que ça irait mieux et maintenant tu nous fais ça ! Vraiment, tu exagères. » On se calme, on se calme tous.

Il y avait moi et il y avait Joshua. Il disait qu'il avait pas de nom de famille mais c'était faux. Ses relevés de notes indiquaient qu'il était inscrit sous le nom d'Alan Goldstein. Et puis il y avait le Pr Hinley, du département d'art dramatique de Steinhardt.

Quand j'y pense ! Jamais je n'avais voulu être prof. Jamais. Quand j'évoquais le futur, avec Ruthie ou Madeline ou ma colocataire Linda, je n'ai jamais mentionné l'enseignement. Pas une seule fois. Petite fille, je voulais devenir épouse et maman. Ruthie, aussi banal que ce fût, voulait être ballerine. Je crois qu'enfant, j'avais déjà compris que je serais jamais ballerine. J'ai pris autant de cours de danse que Ruthie mais j'ai jamais été capable de faire la roue, une arabesque ou même de traverser la pièce sur les pointes. Après cinq années de claquettes, j'avais toujours rien compris au swing.

Donc, ce que je voulais, c'était être épouse et maman. Pourquoi ? Allez donc savoir ! À l'époque, ça me semblait être une bonne idée et, en plus, j'ai reçu toute l'approbation de ma famille.

Quand je suis arrivée au lycée, j'ai décrété que je ne savais pas quoi faire. Bien sûr, j'avais l'intention de me marier un jour et d'avoir des enfants. Mais j'étais égoïste. Je voulais aussi faire carrière.

« Tu vas choisir quelle matière, à l'université, ma petite chérie ?

– Sciences humaines.

– L'enseignement est un si beau métier pour une femme. Un bon salaire dès le début. Des vacances et tu peux toujours compter dessus. Même si tu te maries, c'est toujours quelque chose que tu peux reprendre quand les gamins sont plus grands.

– Mais maman, j'ai horreur de l'enseignement. Je déteste ça !

– Tu n'as même pas essayé. Fais-moi plaisir, fais ce qui te chante mais deviens aussi professeur. Tu ne vas pas en mourir. Ton père ne peut pas se permettre de te payer l'université pour que tu en sortes bonne à rien. Moi, j'aurais bien aimé avoir un tel atout. Même s'il le fallait, je serais incapable de gagner le moindre sou. Heureusement que rien ne m'y oblige, mais, moi, mon père ne pouvait pas financer mes études.

– D'accord. »

Je me suis donc coltinée un cursus d'art dramatique option anglais à Steinhardt où j'ai rencontré Joshua et

25

le Pr Hinley. Ce qui nous a rapprochés, tous les trois, c'est qu'on était les coqueluches du Département d'art dramatique. Joshua était l'acteur fétiche qu'on s'arrachait pour toutes les productions. Le Pr Hinley était le metteur en scène vedette des grandes productions. Et Sheila ? Sheila était le tâcheron favori. Elle balayait la scène, peignait les décors, préparait les accessoires, tirait le rideau et massacrait la partition de *Fiorello* aux soirées de première. Pourquoi avoir choisi le théâtre ? Pourquoi ? Je faisais peut-être une fixation sur Marjorie Morningstar ou bien j'avais besoin de reconnaissance ? À moins que les examens de fin d'année soient plus faciles ? Ou parce que Kate Smith, elle, avait bien réussi ? Je ne sais pas.

Joshua, le Pr Hinley et moi, on faisait marcher le département ; on était inséparables. Joshua et moi, on approvisionnait le professeur en café et en donuts de chez Chock Full o'Nuts. Le Pr Hinley et moi, on pourvoyait Joshua de nourriture et vêtements. Mon père n'en sait rien, mais en réalité c'est lui qui a subvenu aux besoins de Joshua (Alan Goldstein) pendant ses années de fac. Chaque fois que je mangeais, il mangeait aussi et je payais l'addition. Attention, n'allez pas croire que ça me dérangeait. Joshua était de ces gens que la pauvreté rend plus séduisants. Pour son anniversaire, je lui achetais des pulls et des chemises que je mettais sur le compte de Manny Levine.

Le Pr Hinley nous fournissait aussi un lieu de repos. Moi, je venais de Long Island, Joshua de Brooklyn. C'était génial d'avoir un refuge à Manhattan pour se détendre. Le bon professeur nous a donné à chacun une clef de son petit appartement du West Village.

Le bon professeur m'a aussi attribué la plus sale note au cours 101 de théâtre pour enfants.

Joshua, le professeur et moi, on était les premiers hippies sur cette terre, on s'aimait les uns les autres. Ce n'était pas une mince affaire de décider lequel de ces deux charmants personnages serait mon élu.

« SHEILA, MA CHÉRIE, MIEUX VAUT TROUVER QUELQU'UN PENDANT QUE TU ES À LA FAC. UNE FOIS SORTIE, CE SERA DE PLUS EN PLUS DIFFICILE. »

Joshua avait les yeux de Paul Newman. C'était la toute première chose qu'on remarquait chez lui, ces superbes yeux de Paul Newman. C'était à mourir. Non seulement il avait ces yeux, mais aussi de superbes boucles brunes et – c'est du délire, j'admets, vous risquez de me prendre pour une vraie fétichiste – les pieds d'Elvis Presley. Aussi sexy. Un jour, dans *Life*, j'ai vu un gros plan des pieds d'Elvis et c'était la réplique de ceux de Joshua. Joshua avait ses humeurs, soit, mais avec ces yeux et ces pieds-là, plus tout ce qu'il y avait au milieu du même acabit, il avait toutes les chances de réussir. Pas au cinéma, c'était pas à ça qu'on pensait, nous autres, au Département d'art dramatique de NYU, mais à Broadway. C'est là qu'il aurait tout le monde à ses pieds si sexy.

S'il menait bien sa barque, il pourrait aussi m'avoir comme femme. On habiterait Central Park West dans un immense appartement ancien en copropriété. Bien sûr, on serait photographiés pour *Vogue*. Je l'imaginais bien dans un col roulé et moi avec quinze kilos de moins. Nos amis seraient du genre bohème.

« Chérie, mets vite quelque chose au four, les Bernstein viennent manger un morceau. »

D'un autre côté, le Pr Hinley avait aussi beaucoup

d'atouts. Le regard ténébreux, l'air provocateur. Pas vraiment beau, mais bien bâti. Veste en velours côtelé avec pièces de cuir aux coudes et une pipe. En réalité, il n'avait rien de tout ça mais cette bonne vieille Sheila les lui offrirait pour les fêtes et anniversaires.

Ah ! Oui, Hinley aussi réussirait dans la vie. Et puis il était toujours impliqué dans des productions d'avant-garde. Je le connaissais depuis peu, et on lui avait, pour ainsi dire, offert trois mises en scène. Au moment où une offre se concrétiserait vraiment, il irait dire son fait au chef du département et abandonnerait l'enseignement. On habiterait dans un brownstone du Village, avec hauts plafonds et loyer modéré.

« Chérie, mets vite quelque chose au four, Salome Jens vient casser la croûte. »

Oui, c'était un vrai dilemme. Joshua *versus* Hinley, Bernstein *versus* Jens. Je ne voulais blesser personne. Je pourrais pas les avoir tous les deux ? Épouse de l'un, maîtresse de l'autre ? Tiens, les aventures de la petite Sheila prennent une tournure plus exaltante ? Non... elles deviennent déprimantes. À quoi vous vous attendiez, franchement !

Pendant ma dernière année, au moment où j'étais en train de faire mon choix entre ces deux hommes géniaux, ils sont tombés amoureux l'un de l'autre. Ça vous en bouche un coin ? Et à moi donc, je vous dis que ça !

Je saisis maintenant, pourquoi, à l'époque, j'ai mis si longtemps à comprendre. Quand un homme couche avec un autre, il y a peu d'indices : pas de rouge à lèvres sur les chemises ou les mégots de cigarette. Pas de lingerie abandonnée par mégarde ; pas de bague de fiançailles.

Alors, comment savoir ? Il y a des moyens. Chères célibataires, écoutez-moi bien afin d'éviter ce qui m'est arrivé à moi. La première chose à scruter sont les vêtements. Les hommes qui couchent ensemble aiment échanger leurs vêtements. Or je voyais souvent une chemise de Hinley sur le dos de Joshua ou une ceinture de Joshua portée par Hinley. Quant à la veste en daim, elle faisait des va-et-vient. Voici la meilleure et la plus infaillible des tactiques.

Ils se mettent aussi à parler l'un comme l'autre. Il y avait pléthore de « Salut, toi », « D'accord ! ». Au lieu de se dire au revoir, ils se disaient « À plus » mais seule une oreille bien entraînée pouvait le détecter.

La troisième manière de s'en assurer – ça marche du tonnerre – ce sont les disques. Quand deux types sont copains, ils achètent souvent les mêmes disques. S'ils couchent ensemble, ils les achètent en un seul exemplaire. Croyez-en Sheila. C'est du véridique. Le jour où j'ai vu *Carnival* chez le Pr Hinley et que tous deux se le sont approprié, j'ai compris. Quel gâchis, quand je pense à cette paire de pieds si sexy !

À NYU, la remise des diplômes est à vomir. C'est bien connu. Qu'est-ce qu'on fête ? J'ai même pas pris une seule photo pour l'album. Rien de plus déprimant que de penser que j'étais allée à la fac pendant quatre ans pour me retrouver seulement avec un diplôme et toujours pas de mari. Ma mère a dû penser que c'était comme si on avait jeté ma dot aux W.-C. et tiré la chasse.

Au Département d'art dramatique, personne n'assiste à la remise des diplômes. J'ai dit au revoir aux autres étudiants le dernier jour des examens et, depuis, je n'ai pour ainsi dire revu personne. Sacrée promotion ! J'en ai reconnu un dans une pub un jour, et *basta*.

Sheila Levine avait bien l'intention de ne pas assister à la cérémonie. La mère de Sheila Levine l'a culpabilisée de nourrir de telles pensées.

Toc-toc-toc. J'ai entendu ma mère frapper à la porte de ma chambre.

« Sheila, c'est Maman. » Sans blague. Je croyais que c'était Papa avec de longs ongles pointus.

Entrée de la mère, prête à se coucher, toute enduite de crèmes hydratantes. Je sais pas. Ça marche peut-être ces trucs-là. Ils sont tous tombés des nues quand ils ont appris que ma mère avait une fille à la fac : « C'est vous qui pourriez être une étudiante. »

« Sheila, ton père ne sait pas que je suis venue te parler. Tu sais qu'il n'est pas du genre expansif, mais il est très sensible. Je sais que ça lui briserait le cœur de ne pas assister à la remise des diplômes de sa fille aînée.

– Bon, d'accord. »

Le veinard ! Il peut assister à la remise de diplôme *et* à l'enterrement de sa fille. Quelle fille pleine de sollicitude !

On m'a donc remis mon diplôme le jour le plus chaud de l'année. Je me tenais debout, fière et triste, aux côtés des autres diplômés de Steinhardt. C'était la première fois que je mettais les pieds sur le campus nord et mes parents étaient assis loin de moi. On n'est jamais allés chercher nos diplômes… Ça aurait pris quatre jours et demi. Nos noms n'ont même pas été cités. Tous les médecins diplômés ont prononcé en chœur le serment d'Hippocrate. Il y a eu un discours sur le début qui était un commencement. Le micro était détraqué. L'école d'ingénieurs était là, au complet, imperméable aux parasites.

Je faisais tout pour être touchée par la cérémonie mais j'étais obnubilée par mes cheveux. Je venais de les faire défriser chez un coiffeur de la 10e Avenue, soi-disant fréquenté par des Nègres, c'était le terme à l'époque. J'y ai jamais vu un seul Nègre, mais en revanche, une flopée de jolies Juives aux cheveux crépus. Je sentais les ondulations se frayer un chemin sous ma toque universitaire, prêtes à sortir. J'ai pensé à ça durant toute la cérémonie, pendant que mes parents – ma mère avec son Kodak et mon père avec son Yashica – se démenaient pour tenter d'apercevoir leur petite princesse. Pour fêter mon diplôme, j'ai eu le choix entre me faire refaire le nez et un manteau de fourrure. J'ai choisi le manteau de fourrure, à col montant.

« Notre Sheila a eu son diplôme. Elle va être enseignante. »

Non, non et non !

T'avais besoin, Maman, de clamer à tous vents que j'allais devenir enseignante ? Tu le proclamais avec tant de fierté. Ruthie, Madeline, Maman, vous m'avez déjà entendue dire ce mot ?

Ce jour-là, à l'instant où on est rentrés, Papa s'est installé pour lire le journal ; un charmant jeune homme est passé dans une Corvette rouge chercher ma sœur Melissa qui n'avait pas besoin, elle, de suivre un régime ; Maman a branché la bouilloire pour le thé ; et moi, je suis allée dans ma chambre pour planifier le reste de ma vie.

Plan de ma vie :
1 : me faire défriser ;
2 : trouver un métier créatif ;
3 : me marier, etc.

Métiers et appartements :
Mlles Burke et Melkin

« SHEILA, MA PUCE, ÉCOUTE TA MÈRE. L'ENSEIGNE-
MENT, C'EST UNE SÉCURITÉ SUR LAQUELLE TU PEUX TOU-
JOURS COMPTER. »

Le lundi suivant, alors que l'encre de mon diplôme
était pas encore sèche, je suis partie chercher fortune
dans le vaste monde. Le *New York Times* sous le bras
(« J'ai trouvé mon job grâce au *New York Times* »),
j'ai pris le train de Long Island pour Manhattan.

Toc-toc-toc…

« Sheila, ma chérie, je ne vois pas pourquoi tu
t'escrimes à chercher du travail quand tu peux enseigner, être à la maison à quinze heures, avoir des
vacances de Noël, tout l'été libre et un bon salaire
pour débuter. Cynthia, la petite Lichtman, enseigne
depuis deux ans et elle est ravie. L'été dernier, elle est
allée en Europe et à Porto Rico pour Pâques.

– Chère mère, je ne veux pas enseigner. Je veux
faire quelque chose de créatif.

– Créatif ? Oh, je vous prie de m'excuser, Mademoiselle la Diplômée de l'Université pour avoir osé
suggérer une activité ordinaire ! »

Ce que je voulais, c'était le genre de travail dont on parle dans *Glamour* sous la rubrique : Femmes dynamiques. Sally Harding passe ses journées en hélicoptère aux côtés de son séduisant patron, épousé six jours exactement après son engagement en tant qu'assistante de création. Sur la photo, on voit Sally, blonde, mince, les cheveux raides légèrement rebiqués, vêtue d'un manteau blanc, s'apprêtant à monter dans un hélicoptère aux côtés de son grand et séduisant mari-patron. Ils partent faire l'acquisition de deux des plus chers tableaux au monde, tâche que M. Harding n'imaginerait faire sans sa petite Sally. Elle a eu son job par le *New York Times* ? Est-ce que la mère de Sally la tannait pour qu'elle entre dans l'enseignement ?

Conséquence d'une annonce dans le *Times*, le premier bureau de placement où je suis allée portait le nom : Réservé aux diplômés universitaires ; il était au premier étage d'un immeuble sur la 45ᵉ Rue Ouest. Pourquoi étais-je convaincue que ces gens-là n'attendaient que moi ? « Entrez vite, Sheila. Voici votre travail créatif et juste là derrière la porte, le reporter et le photographe de *Glamour* n'attendent que le récit de votre vie fascinante. »

Eh bien non, ils n'attendaient pas Sheila. D'ailleurs ils ont même tout fait pour l'éviter. À l'accueil, murs jaunâtres, sol jaunâtre, fauteuils jaunâtres, il y avait pas moins de huit « Sheila » et cinq jeunes « Manny », tous avec les petites annonces du *New York Times* sous le bras, quelques-unes entourées au stylo rouge. Toutes les filles en fourreau noir. Tous les garçons en veste de velours côtelé bleu. Tous avec un trench, et où donc était Doris Day ? Comment se faisait-il qu'elle était arrivée à New York en train, qu'un homme avait renversé du café sur elle, l'avait placée à la tête de son agence de publicité, lui avait prêté son mouchoir pour sécher ses larmes et puis l'avait épousée ? Y a-t-il une telle différence entre Sheila Levine et Doris Day ? Oui. Doris Day va à des enterrements pour assister à l'inhumation tandis que Sheila Levine y va pour se faire enterrer.

La réceptionniste du bureau Réservé aux diplômés universitaires nous a distribué une fiche à remplir. En fait, Ruthie, j'aurais dû choisir maman, comme métier. Si je l'avais fait, je n'aurais pas eu besoin de remplir cette fiche.

« Sheila, ma chérie, si tu étais entrée dans l'enseignement, tu n'aurais pas besoin de remplir cette fiche. »Toc-toc-toc tant que tu voudras sur mon cercueil, Maman, je ne t'entends plus.

Au stylo-bille, appuyée sur ma pochette en cuir verni : numéro de sécurité sociale 133-30-6165. Nom : Sheila Lynn Levine. Dernier emploi : aucun. Pourquoi avez-vous quitté cet emploi ? (Devrais-je laisser un blanc ? Puisque je n'avais pas eu d'emploi précédent, je ne pouvais pas avoir eu de raison de le quitter.) J'ai casé : « Je n'ai jamais travaillé. » Puis je l'ai raturé. La fiche avait l'air dégueulasse. Mais si j'en demandais une autre, la réceptionniste me prendrait sûrement pour une demeurée. Comment les employés d'un bureau de placement ont-ils trouvé leur boulot ? Vous vous êtes déjà posé la question. Voir au dos. Aptitudes : si je mettais que je tape un peu à la machine ? D'un côté, si je le mets, ils risquent de me proposer une place de dactylo. Or je ne veux pas taper à la machine. Je veux partir en hélicoptère acheter des tableaux ; aptitudes : aucunes. Cette fiche, c'est un comble. Je ferais tout pour engager cette Sheila Levine. Jamais travaillé. Sait rien faire à part des pâtés sur la fiche. Question : Quel type de travail recherchez-vous ? Ah ! ah ! je recherche « tout ce qui est créatif ». Dernière question : Études. Ben voyons ! Diplômée universitaire, espèces de crétins.

J'ai attendu mon tour d'être convoquée, les yeux rivés sur le mur, évitant tout contact visuel. Je priais pour que personne ne mette le grappin sur le job du siècle avant moi. Pour les entretiens, il y avait un homme et une femme. J'espérais de tout cœur tomber sur l'homme. Je m'entends pas bien avec les femmes. Jamais pu. Ma seule mauvaise note à la fac venait d'une femme avec qui je ne m'entendais pas. Suivant ? C'était mon tour. C'était la femme. Allez, Sheila, fais des efforts ; il s'agit de ne pas récolter une autre mauvaise note. La femme m'a fait signe de la suivre dans son bureau. Pas vraiment un bureau, d'ailleurs, plutôt un de ces pseudo-bureaux. Un réduit entouré de cloisons. Elle m'a indiqué un siège et je me suis assise.

« Je suis Sheila Levine. J'ai lu votre annonce dans le journal. » Je sors le *Times*, étale des pages pêle-mêle sur le bureau de cette dame. Elle ne me regarde pas. Elle lit la fiche. Je parie qu'elle est époustouflée. « Ah voilà, j'ai retrouvé l'annonce : Jne dip. univ. Bon sal. Bureau Réservé aux diplômés universitaires. 555-7826 44 Ouest 45… Vous voyez, c'est là. » Elle ne lève même pas les yeux. Cette garce refuse de lever les yeux, elle m'évite.

Cette charmante personne répondait au nom de Mlle Burke. Qui pensiez-vous berner, mademoiselle ?

Avant, vous vous appeliez Burkowitz et au sortir de l'université vos parents vous ont donné le choix entre un rafistolage du nez et un manteau de fourrure ; vous avez pris l'opération du nez, hein mademoiselle Burke ? C'est flagrant. Savez-vous combien de gens se sont dit : « Ça, c'est un nez refait ou je ne m'y connais pas » derrière votre dos ? Pauvre mademoiselle Burke, vous auriez mieux fait d'arborer le nez de vos ancêtres avec fierté, comme Barbara Streisand et Sheila Levine.

Donc, elle m'a fait asseoir dans son cagibi malpropre, plein de cendriers minables et d'affiches ridicules du genre « Prévoyez l'avenir » ou une image de la Joconde qui fait de l'œil. Elle avait sûrement un porte-mine en forme de pénis caché dans un tiroir. Elle m'a fait poireauter à peu près dix minutes sans me regarder. Peut-être que j'avais son nez d'avant l'opération ? Elle a fini par parler. Son élocution a immédiatement trahi la Burkowitz en elle. Malgré sa robe très chic et ses dix bagues de chez Saks, sa voix démasquait la banlieusarde. Je vais vous donner un petit conseil, mademoiselle Burke : mettez les bagues au clou et prenez des leçons de diction.

« Vous tapez à la machine ?

— En fait, je n'ai pas très envie d'un poste où c'est nécessaire. Je veux faire quelque chose de créatif. Je suis venue pour votre annonce dans le journal… Celle qui mentionne une fille douée. La fille douée, c'est moi ! Ah ah ah ! » Jusqu'à ce jour, je m'en mords la langue de ces ah ah ah.

« Je peux voir ce journal, mademoiselle ?

— Bien sûr, bien sûr. C'est là. Fille douée. Ah ah ah ! »

Elle m'a pris le journal des mains avant de quitter la pièce sur ses escarpins en croco qu'elle aurait jamais osé porter si elle avait su que le crocodile est en voie d'extinction. En tout cas, elle avait eu des leçons de maintien. Je vous assure, mademoiselle Burke, changez de voix et vous pourrez ferrer un Onassis.

En un tour de main, elle avait rappliqué. Elle m'avait même pas laissé le temps de décrypter une de ses fiches.

« Je suis navrée, cet emploi est pourvu.

– Il était bien, ce poste ? » La grande gueule tenait à savoir.

« Qu'est-ce que ça change ? C'est pourvu.

– Je me demandais, c'est tout. Je veux dire, c'est bien agréable de savoir que quelqu'un a décroché un emploi intéressant. Enfin, c'est rassurant. Ça veut dire qu'il y en a…

– Vous tapez à la machine ?

– Un peu mais je ne veux pas d'un poste où j'aurai à le faire. Je veux quelque chose de créatif. Je refuserai même tout poste où il faut taper à la machine.

– Combien de mots à la minute ?

– Vingt-neuf, mais je ne veux pas…

– Pas fameux. Sténo ? »

J'aurais dû répondre : « Non, mademoiselle Burke et j'estime que cet entretien est clos. Il est évident que ni vous ni votre personnel ne comprenez ce que je cherche. Bien le bonjour, mademoiselle Burke. La prochaine fois, travaillez votre voix. »

J'ai dit : « Non. » Les yeux rivés sur mon vernis écaillé.

« Voyons si nous avons quelque chose. »

Elle s'est mise à compulser les fiches sur son bureau,

déplaçant un presse-papiers à l'effigie d'une personne assise sur le trône. Charmant. Absolument délicieux. Le téléphone a sonné. Elle a tout de suite décroché.

« Allô, Burke à l'appareil. »

Elle a sorti une fiche standard vierge sur laquelle elle a noté des renseignements avec un stylo bille orné d'une boule de billard.

« Oui, votre nom ? Société ? Conditions requises ? Dactylo ? Sténo ? Préférences pour l'âge, la race, la religion ? »

Mademoiselle Burke, j'espère que vous avez changé de méthode. Ça vous arrive de lire les journaux ? C'est devenu illégal aujourd'hui. Vous ne voudriez quand même pas atterrir en prison, au pain sec et à l'eau, privée de vos comptes de crédits n'est-ce pas ?

« Le salaire ? C'est une blague ? Difficile de trouver quelqu'un pour ce salaire de coolie. »

Elle a raccroché, s'est tournée vers moi, la fiche à la main, et m'a annoncé sans vergogne :

« Un poste vient de se libérer, il pourrait vous convenir.

– Il faut taper à la machine ?

– Oui, vous n'êtes pas très rapide mais on va tricher. Allez au 418 39ᵉ Rue Ouest, bureau 1411, demandez M. Mann. (Mannkowitz ?) Appelez-moi après l'entretien. Nos honoraires s'élèvent à une semaine de salaire, payables au premier jour de travail. »

Elle m'a tendu l'adresse sur un bout de papier et je suis sortie du bureau, abasourdie. Il y avait toute une nouvelle fournée de jeunes pleins d'espoir munis des petites annonces. Mais bon sang ! Doris Day n'a jamais tapé à la machine !

Je suis jamais allée voir M. Mann. En l'espace de quatre semaines, je me suis rendue dans vingt-trois autres bureaux de placement où j'ai rencontré vingt-trois Mlle Burke. À vous toutes, j'aimerais dire quelques mots. Pourquoi pas ? Avant de mourir, je vais vous jeter un sort. Ah ! Vous avez refusé de m'écouter ? Ça vous tuerait de le faire maintenant ?

Je vous souhaite à toutes, sans exception, de finir en enfer, où vous aurez chacune une cabine d'essayage, comme au rayon mode de chez Saks, au troisième étage ; il n'y aura absolument rien à votre taille. Vos seins seront flasques, vos cheveux informes. Devant chacune de vous se dressera une machine à écrire. Vous aurez une laryngite chronique et serez obligées de taper à la machine au lieu de parler. Aucun salaire avant d'avoir atteint les soixante mots à la minute et de maîtriser le dictaphone et la sténo. Écrire à toute vitesse ne sera pas pris en compte. Ceux qui vous apporteront à manger seront des diplômés de l'université, en robe noire et veste de velours côtelé bleu. Vous serez obligées de les regarder, de leur sourire et de les remercier. J'aimerais aussi que vous ayez une mauvaise haleine et portiez des chaussures orthopédiques. Ah ! Un dernier détail : tous vos nez repousseront.

Au bout d'un mois de recherche, j'ai passé toute une semaine à manger et puis j'ai trouvé un job. Pas grâce à un bureau de placement, ni par le biais du *New York Times*. C'est la sœur de Rose Lehman qui m'a trouvé un poste.

Quand un Juif est acteur, il ne cherche pas d'agent. Il obtient un rôle grâce à Rose Lehman ou au beau-frère d'Abel qui travaille dans le même immeuble que Fred Siegal, le coiffeur de l'avocat de David Merrick.

Si un Juif sort diplômé du barreau, c'est Herman Marsh, qui est dans la confection mais dont le frère travaille à Wall Street et consulte un avocat d'un cabinet prestigieux, qui lui trouve un travail.

Si un Juif veut devenir coiffeur, on commence par verser des torrents de larmes, mais soyez sans crainte, mesdames et messieurs. Dès le premier jour, il aura une clientèle énorme. Sa mère, ses tantes, ses amies viendront de partout uniquement pour que le fils de Goldie ou le neveu d'Harriet leur crêpe les cheveux. Elles prendront des rendez-vous si souvent qu'il aura vite son propre salon, ne sera plus tributaire des Italiens et cessera d'être une honte pour ses pauvres parents qui ont économisé pour ses études universitaires et se sont vus contraints d'envoyer ce magot à l'école d'esthéticiennes.

J'ai donc trouvé mon travail *via* la sœur de Rose Lehman. Elle avait un ami du nom de Danny Hirschfield, voisin d'un certain Herman Nash dont le beau-frère, Frank Holland, était dans la production de disques pour enfants. La nouvelle que Frank s'agrandissait grâce à un tube de Noël et qu'il embauchait est parvenue jusqu'aux oreilles de la sœur de Rose Lehman. Celle-ci m'a promis que je n'aurai pas à taper à la machine et puis le travail commençait le jour de mon anniversaire, le 12 août (je suis Lion, mais atypique) et je me suis dit que commencer à travailler ce jour-là serait un bon présage ; et puis franchement, j'étais malade à l'idée d'affronter une Mlle Burke de plus, et si je ne trouvais pas vite un job, je deviendrais folle à lier à force d'entendre que : « C'est si merveilleux pour une fille, l'enseignement. » J'ai donc accepté ce poste même s'il ne risquait pas d'être

41

cité sous la rubrique FEMMES DYNAMIQUES de *Glamour*. Imaginez donc la grosse Sheila Levine apportant café et croissant au fromage à son patron, Frank Holland, dont le nom véritable est Hyman mais qui en a changé quand il a plaqué les épaulettes – c'était le roi des épaulettes – pour se reconvertir dans les disques pour enfants. Il serait de notoriété publique que Frank Holland ex-Hyman refuserait toute subsistance au fromage si celle-ci ne lui était présentée par Sheila en personne. La photo m'exhiberait boudinée dans une robe noire avec des plis au niveau du ventre, les bas filés en train de mordre à pleines dents dans un gros croissant.

Le travail n'était pas formidable mais j'étais satisfaite. Quant à ma mère, elle était aux anges. Ravie que je travaille dans le show-biz. Je l'entendais se vanter auprès de ses copines au téléphone : « Oui, Sheila a trouvé une situation du tonnerre. Elle est dans une compagnie de disques. Bien sûr, qu'elle le mérite ! Après tout, elle a un diplôme de show business. »

Bernice Arnold, elle aussi, avait tenté sa chance. Un jour, un type lui avait dit que sa place était au cinéma et lui avait donné sa carte. Il s'est avéré que c'était un agent. Ma mère n'est jamais allée le voir parce qu'elle était déjà fiancée. Elle raconte encore aux gens qu'elle a renoncé au show-biz pour mon père. Elle y va fort, non ?

J'aimerais profiter de cette occasion pour remercier Fran, la sœur de Rose Lehman, de m'avoir procuré ce travail. Merci Fran, merci de m'avoir épargné la lutte acharnée. Qu'est-ce que j'aurais aimé mettre des centaines de posters dans le métro new-yorkais : « C'est la sœur de Rose Lehman qui m'a trouvé un emploi. »

Ça faisait un bail, qu'à Syracuse, ma colocataire Linda et moi, on avait décidé que si on était toujours célibataires à la fin de nos études, on serait au moins fiancées et on habiterait ensemble à Manhattan. Pourquoi pas ? Doris Day avait bien un mignon pied-à-terre tout douillet, dans des tons jaunes et bleu ciel. Rien de sophistiqué, juste un petit appartement à mille cinq cents dollars par mois situé dans un adorable brownstone dont la pauvre Doris payait le loyer avec ses allocations chômage. Rien que les draps et les pyjamas coordonnés devaient avoir coûté une fortune. Après quatre années d'université par tête de pipe, Sheila Levine et Linda Minsk n'avaient toujours pas compris qu'Hollywood les avait menées en bateau pendant tout ce temps. Elles pensaient qu'il suffisait d'être de braves filles persévérantes pour que Doris, une fois emportée par la félicité conjugale, leur sous-loue son nid.

En août, Linda aussi avait trouvé un job. Elle avait fait les Beaux-Arts, ce qui, comme l'art dramatique, ne menait à rien. C'était très en vogue. Toute une ribambelle d'étudiantes sortait de la fac sans la moindre compétence. Son diplôme en poche, Linda a laissé tomber fusain et palette pour devenir assistante sociale au Bureau d'aide sociale de New York. Ce n'est pas grâce au réseau juif qu'elle a trouvé son emploi ; elle s'est simplement rendue sur place et a posé sa candidature. Mais une fois embauchée, le fils de l'ami du beau-frère de son voisin l'a quand même pistonnée pour qu'elle obtienne un bon secteur. Mme Minsk ne voyait pas d'inconvénient à ce que sa fille travaille pour le Bureau d'aide sociale tant qu'elle n'avait pas à distribuer les allocations dans un quartier défavorisé.

Linda a fait l'impossible pour être une assistante sociale au grand cœur. Durant ses trois premiers mois au bureau, elle a donné du lino à vingt-deux familles, procuré des tables à rallonge à six autres et envoyé une jeune mère et ses neuf enfants illégitimes en vacances en Floride. Ils n'en sont jamais revenus, ce qui a tant réjoui le supérieur de Linda, qu'il l'a invitée à prendre un café et en a profité pour lui faire du genou.

J'avais prévu de retrouver Linda sous l'arc de Washington Square. Je suis partie pour Manhattan, en quête d'un appartement et d'une nouvelle vie, un vendredi matin. Ma mère se cachait derrière son déca. Mon père se cachait derrière le *New York Times*. J'avais mal agi envers eux.

Dans le train, pendant tout le trajet, je n'ai pensé qu'à la vie trépidante que j'allais mener dans la grande ville. Si seulement j'avais su alors ce que je sais maintenant, j'aurais vite fait demi-tour. Je serais restée à Franklin Square jusqu'à ce que je sois devenue trop timbrée et qu'on m'enferme dans le grenier.

« Non, non, les enfants, n'allez pas là-haut. Tante Sheila la folle y est.

— Pourquoi est-ce qu'elle est folle, maman ?

— Elle est folle parce qu'elle ne s'est jamais mariée. Personne ne l'a trouvée assez jolie ou gentille pour l'épouser, alors elle a perdu la raison. Voilà. Non, s'il te plaît, n'y va pas, mon chéri. »

Ça oui ! Si j'avais su la vérité vraie, je serais jamais partie. Il y a des gens qui prétendent que New York est une jungle. C'est faux. C'est un immense cache-sexe. Conçu pour le confort des hommes. Vous n'avez qu'à regarder les chiffres.

44

À New York, il y a un million de filles célibataires qui portent du 38, ont les cheveux raides et n'ont jamais eu un seul bouton sur le nez. Pas une de ces filles n'est vierge. Elles sont toutes prêtes à coucher avec un type dans leur studio. Toutes lisent les articles de *Cosmopolitan* sur les tactiques à suivre pour se marier : « Comment vous marier si vous avez plus de trente ans ? » Elles vont toutes à des soirées pour célibataires, de réveillon de Noël, du Nouvel An, de veille des élections, toute veille qui peut servir de prétexte à une fête. Certaines mentent sur leur âge. D'autres prétendent même être divorcées, parce que ça augmente les chances de se marier. C'est vrai, quoi. Si on a divorcé, ça veut dire qu'un jour, quelqu'un vous a aimée au point de décider de passer le restant de sa vie avec vous.

À New York, un million de filles ont leurs comptes chez Bloomingdale et chez Saks, et s'achètent leurs bijoux toutes seules. Des filles vont chez Tiffany s'acheter des bracelets et des bagues. Oui, au cas où vous penseriez être au-dessus du lot, laissez-moi vous dire que ces filles aussi sont allées à l'université, qu'elles ont lu *Faust* et connaissent Zola. Et toutes sont des cordons-bleus. La quiche et la paella n'ont aucun secret pour elles. Elles ont toutes recopié la même foutue recette.

Et, oh ! Comme elles sont politisées, ces filles. C'est des libérales. Elles défilent dans le froid, s'inscrivent à des partis, affichent leur appartenance. Vous croyez que c'est pour servir les grandes causes, qu'elles assistent aux meetings ? Non, elles y vont pour la probabilité d'y rencontrer un homme qui y croit, lui, aux bonnes causes.

Quoi ? On est toutes folles à lier ? On a toutes perdu la boule ? On n'a toujours pas capté qu'ils tiennent un vrai filon avec nous, les filles pas mariées ? On a nos propres revues, nos rayons spéciaux dans les grands magasins. Dans chaque immeuble bâti à Manhattan, la moitié des appartements sont des studios. Studios ? Non, plutôt des cachots sans chambre à coucher, pour le million de filles qui en a rarement l'utilité.

Toutes ces filles, ces centaines de milliers de filles suivent le même cursus. D'abord, elles s'installent au Village avec trois, quatre ou cinq colocataires, toutes à la recherche d'un homme ou d'un mari. Puis elles déménagent dans l'Upper East Side avec seulement une copine dans un appartement plus petit et plus cher. Pas de décoration intérieure. Tout est investi en fringues parce qu'elles cherchent désespérément, se démènent, sont en manque d'homme. Enfin, elles se retrouvent toutes seules. Dans de petits appartements Midtown, moins chers mais encore sûrs, à acheter des produits de beauté et se préoccuper de leurs points retraite. Elles achètent de beaux verres à vin, tapissent leurs vieux canapés et prennent un chat. Elles ont des poteries sur les étagères de la cuisine et des plantes vertes sur la table du salon. Et sans relâche, elles cherchent.

Ce serait faux de dire qu'aucune ne se marie. Certaines le font, bordel ! C'est vrai. Il y en a qui épousent le pauvre type de leur patelin qu'elles avaient toujours snobbé avant de partir pour Manhattan. D'autres rencontrent un homme à une soirée par le truchement d'un voisin de palier. C'est rarissime, croyez-moi. Ville des plaisirs ! Ah ! New York n'est que lutte, pour survivre, se faire remarquer, désirer, épouser. Un duplicata de ces considérations sera adressé, *via* Manny Levine, qui se fera un plaisir de les ronéotyper, à toute personne intéressée.

J'ai immédiatement repéré Linda sous l'arc de Washington Square. Faut dire qu'elle était pas dure à repérer. Pieds nus, Linda Minsk mesure un mètre quatre-vingts. Sur certaines personnes, un mètre quatre-vingts, c'est bien. Pour Linda, c'était pas seyant. À ce stade, elle était pas sculpturale, elle était colossale. En plus, elle avait l'air empoté. Sa seule présence sous l'arc de Washington lui donnait un air bizarre, à l'arc. Vous savez ce qu'on disait d'elle ? On disait qu'elle avait un très joli visage. C'était vrai, d'ailleurs. La peau mate, de grands yeux noisette et un nez peu encombrant.

Par ce beau vendredi, Linda avait crêpé ses cheveux, normalement foncés et raides, sur le dessus de sa tête. Elle avait la bouche livide après avoir abusé de ce rouge à lèvres blanc si en vogue à l'époque. Elle portait une robe chemisier en madras, un peu étriquée, dans laquelle elle ne risquait pas de faire des ravages. Aux pieds, du quarante et un fillette, rouge à petits talons. Avec une sorte de sac informe en toile de jute, en guise de sac à main. Pour autant que je m'en souvienne, Linda s'habillait comme beaucoup de filles qui avaient leur diplôme depuis peu et débutaient dans le monde du travail. Sa situation avait changé, mais pas sa garde-robe. Ça arrivait aux meilleures d'entre nous. Elle se tenait là, plongée dans un exemplaire de *Mad*. Non, vraiment, Linda était pas dure à repérer.

On était arrivées *toutes les deux* avec les petites

annonces du *New York Times* et du *Village Voice*, histoire de bien souligner nos préférences. C'est dans le Village, qu'on allait vivre, même si ça devait être dans un sous-sol. Ma sœur Eileen vivait bien là. Pourquoi pas nous ?

« Salut !

– Salut.

– Je peux te dire que les vieux me l'ont joué version "mutisme buté" quand j'ai quitté Parsippany ce matin. Ça les met dans tous leurs états que je quitte la maison familiale. Et ta mère, elle l'a pris comment ?

– Génial. Pas de problème. Elle m'a souhaité bonne chance.

– Tu rigoles ?

– Bien sûr ! Elle préférerait me congeler dans son freezer que de me voir installée chez moi.

– Toutes les mêmes.

– Oui. »

Non, elles sont pas toutes pareilles. J'avais une amie qui s'appelait Cindy. Elle avait dix-huit ans et sortait avec un paumé. Ses parents l'ont fichue à la porte, la veinarde.

Toutes les annonces immobilières sont mensongères. Toutes, sans exception. Les menteurs pathologiques passent directement de l'asile de fous à la rédaction de petites annonces.

Il y avait trois mensonges dans la description du premier appartement qu'on a visité. L'annonce mentionnait trois pièces. Il n'y en avait qu'une. Pour un prix de cent quatre-vingts dollars par mois. C'était deux cent vingt. 213, 12e Rue Ouest. Il n'y a pas de 213 12e Rue Ouest. C'était 213, 12e Rue Est. C'est forcément l'œuvre d'un interné.

On n'est jamais arrivées jusqu'au deuxième appartement sur notre liste. Le mensonge, c'était le numéro de téléphone. On était censées appeler un numéro sans abonné.

« Ah ! Ah ! Myrtle. Tu devineras jamais ce que j'ai fait au bureau aujourd'hui.

– Non, t'as fait quoi Henry ?

– J'ai inventé un numéro et je l'ai mis dans les annonces du *New York Times*.

– Ah ! Ah ! Elle est bien bonne celle-là, Henry. T'as prévu quoi pour la semaine prochaine ?

– Dimanche prochain, je mets le numéro des Alcooliques anonymes.

– Oh Henry, tu me feras mourir de rire. J'espère qu'ils vont pas encore t'enfermer dans cet abominable asile. »

La troisième annonce avançait : « Chambre à coucher sep. » Pas la moindre chambre à coucher sep. en vue.

On a regardé dans tous les immeubles qui étaient dans nos prix. C'est-à-dire dans deux. Des endroits affreux : quatre étages à monter, au fond du couloir redescendre au-dessous du niveau de la rue. Sans fenêtre, sans air. Des endroits horribles.

Le pire quand il s'agit d'un vieil immeuble, c'est qu'il faut demander au concierge de vous montrer l'appartement.

« Bonjour, mon amie et moi, on est là pour l'appartement.

– Et alors ? répond le concierge.

– C'est possible de le visiter ? Si ça ne vous ennuie pas trop ? On voudrait surtout pas vous déranger. »

J'ai été bien plus polie avec ce concierge que je l'ai jamais été avec ma propre mère.

Le regard haineux, le corps couvert de sueur, il nous fait signe de le suivre dans des escaliers étroits, le long de couloirs étroits. Il ouvre la porte avec une clef, idem pour les placards et reste là. Aucun effort pour nous vanter le lieu. Il sait bien qu'il a affaire à deux filles qui meurent d'envie d'habiter le Village.

L'endroit était si sombre et crasseux qu'on n'y voyait rien. Linda et moi, on avait peur de dire que ça nous plaisait pas, et puis on voulait pas en discuter devant lui. J'ai enfin réussi à lui dire – quel courage ! – qu'on allait réfléchir. Il a été furieux. Pourquoi est-ce qu'on l'avait pas laissé tranquille devant sa bière et ses jeux télévisés ? Par terre, il y avait plein de cloportes. Une chance qu'il nous ait pas violées.

Après cet échec, on est allées au Van Gogh, au Rembrandt, au Salvador Dali Arms ; que des immeubles neufs avec lithos dans le lobby. Même s'ils offraient un mois de loyer ou une étole en vison, ils étaient trop chers pour nous. Trop petits. Sans charme. Doris Day, elle en avait pour son argent, elle, du charme.

En parlant de se traîner… On peut dire qu'on a visité tous les appartements du Village, alentours compris. On était moulues et on avait des ampoules. Des W.-C., il y en avait partout, mais pas un où aller. J'ai réprimé mon envie toute la journée. Pourtant, on a dû en visiter une bonne vingtaine, mais j'ai jamais osé demander.

Il y a un appartement que j'oublierai jamais. (Même quand j'aurai disparu. Il y a une vie après la mort ? Je serai toujours célibataire ? Oh ! là ! là !) Voici l'annonce : « Gd studio, East Vllg. 280 3ᵉ Rue Est, 160 $. » Des mensonges… que des mensonges. Ce qu'ils appelaient East Village, même l'East Village n'en aurait pas voulu. En fait, c'était en plein Lower East Side, ce qui, quand on y pense, est assez hilarant. Le père et la mère de mon père se sont installés dans le Lower East Side quand ils ont débarqué de Roumanie. Ils ont travaillé dur – il était tailleur et coupait des manteaux de fourrure. Dès qu'ils ont pu, ils sont partis pour Washington Heights ; à l'époque, c'était bien mieux. Mon père, lui, a déménagé pour Long Island dès que les chapeaux de bébé ont bien marché et Sheila Levine, dès qu'elle l'a pu, s'est empressée de chercher un appartement dans le Lower East Side, qui, il faut pas se leurrer chers New-Yorkais, reste le Lower East Side. Voilà, les Levine étaient de retour à la case départ.

Revenons-en à l'appartement. Ce fichu truc n'était qu'alcôves, partout. Pas une seule pièce, seulement des alcôves. Une alcôve pour dormir, une alcôve pour manger, un salon-alcôve et, je le jure sur ma tête, une alcôve-salle de bains. On a pas franchement eu un coup de foudre, mais il se faisait tard, on était crevées et cent soixante dollars, c'était ce qu'on pouvait mettre. Donc, on l'a pris.

Je dois dire qu'on a été sérieusement influencées par un agent immobilier coriace, une certaine Mlle Melkin, sorte de Mlle Burke, en plus vieux. Elle en a fait un plat de ces alcôves, c'était pas croyable.

« Voilà, les filles. Vous trouvez pas ça génial ? On peut faire des merveilles avec ces alcôves… C'est vrai que j'adore cet appartement, c'est un bijou pour seulement cent soixante dollars. J'avoue que, quand ils m'ont donné le prix, j'en étais estomaquée. Je ne sais pas si vous cherchez depuis longtemps, mais vous pouvez me faire confiance, j'ai de l'expérience. En plus, c'est un bail de deux ans. C'est inimaginable. D'habitude, on fait un bail de trois ou quatre ans, voire cinq parfois, ce qui est absolument ridicule, mais ça marche apparemment. Regardez-moi cette alcôve-là ! Elle est pas mignonne ? C'est fou ce qu'on pourrait faire ici avec des rideaux. Vous vous rendez compte du nombre d'appartements qui ont une fenêtre dans l'alcôve-cuisine ? Pour ainsi dire aucun ! Vraiment, si je n'avais pas déjà mon appartement, je me jetterai tout de suite sur celui-ci. J'ai le bail avec moi. Il vous suffit de signer, me donner deux mois de loyer, plus un mois de caution et il est à vous ; vous pouvez emménager demain si vous voulez. »

Hou ! Mademoiselle Melkin. Vous avez grugé deux jeunes filles qui avaient leurs carnets de chèques en poche. Honte à vous pour votre baratin, votre boniment à la noix de coco. Vous vous êtes jamais posé la question, mademoiselle Melkin : « Qu'est-ce que j'ai fait de bien dans ce monde ? » Ce vendredi après-midi-là, vous avez utilisé votre jargon chevronné contre deux jeunes banlieusardes trop naïves. Hou ! Honte à vous, miss Melkin.

On a signé le bail, payé le loyer et la caution avant de rentrer chacune à la maison, un peu déprimées par toutes ces alcôves. Maman m'attendait à la porte.

« Alors ?

— On a trouvé un appartement. Vraiment bien. Il y a des alcôves adorables.

— C'est pour ça que tu déménages ? On n'a pas d'alcôve ici ?

– Maman, je t'en prie.

– Et c'est quoi, ta nouvelle adresse ?

– Dans le Village.

– Où dans le Village ? Quelle adresse ?

– Qu'est-ce que ça change ? Tu connais pas.

– J'ai des repères quand même. Avant, on y allait souvent avec ton père pour regarder les artistes. Tu crois que t'es la seule à connaître. T'étais même pas née que j'y allais dans le Village, histoire de voir les drôles de gens qui y traînaient.

– C'est dans la 3e Rue Est et il y a ces alcôves toutes mignonnes qu'on pourrait arranger avec des rideaux…

– 3e Rue Est ? Où ça ?

– (C'est pas vrai…) 280, 3e Rue Est et chaque petite alcôve peut être indépendante… »

Contre toute attente, ma mère ne s'est pas mise à sangloter comme une hystérique. Elle a éclaté de rire comme une folle.

« Manny, Manny, viens voir. Tu vas jamais me croire ? Devine où Sheila a trouvé son appartement ? Ha, ha, ha ! 280, 3e Rue Est. C'est pas juste en face d'où tes parents, qu'ils reposent en paix, ont habité quand ils ont débarqué dans ce pays ? »

Mon père aussi a trouvé ça drôle. Hilarant, même. Ça, ils se sont bien marrés tous les deux des aventures de leur écervelée de fille.

« Combien ? (C'est mon père qui parle.)

– Cent soixante par mois, charges comprises. » D'un coup, ça les a calmés.

« Tu es devenue folle ? Tu dérailles. Mes parents, qu'ils reposent en paix, ont habité juste en face pour vingt-sept dollars par mois avec deux chambres ; et encore, ils trouvaient ça cher.

– Mais papa, c'était il y a presque quarante ans. Les prix ont monté.

– C'est ridicule. Moi, je payais quatre-vingt-cinq par mois pour deux chambres à Washington Heights.

– Tu es sûre que tu veux vivre à New York ? Avec toutes ces belles jeunes femmes, juste comme toi, qui se font assassiner ? Et puis c'est si sale. » Je ne sais pas ce qui inquiétait plus ma mère : la saleté ou les assassinats.

« C'est un quartier sympa.

– C'est sympa de se faire trucider ?

– J'ai signé le bail.

– Tu as signé un bail ? Vraiment signé un bail ? Pas grave, ton père va demander à Hyman Silverman de te dégager de ce bail. Si quelqu'un peut te dégager d'un bail, c'est bien Hyman Silverman. C'est l'un des meilleurs avocats du pays. Le meilleur.

– Je ne veux pas que Hyman Silverman dénonce le bail ; l'appartement me plaît. Il y a toutes ces alcôves. Tu devrais le visiter.

– Je l'ai déjà visité. Ton grand-père et ta grand-mère habitaient le quartier.

– Je t'en prie, maman. J'ai vingt et un ans. Il est quand même temps que je choisisse toute seule où je vais vivre.

– Non mais écoutez-moi ça, jeune diplômée de l'université, tu te crois si maligne. À vingt et un ans, on est encore un bébé. Écoute ta mère. Tu es encore en âge que je te dise ce qui est bien et mal. Tu laisses Hyman Silverman te sortir de ce bail, et tu verras,

54

tu m'en seras reconnaissante jusqu'à la fin de tes jours. » Non, maman, je te suis pas reconnaissante.

Tap-tap-tap.

Qui est là ? Ma mère toc-toc toquait à la porte elle ne tap-tap tapait pas. Ma sœur était partie dans une Corvette rouge. C'est mon père qui frappait.

« Sheila ? C'est moi, Papa. »

J'ai enfilé une robe de chambre. L'homme qui m'avait mis des couches ne devait pas me voir en chemise de nuit.

« Entre. »

Il entre. Il porte la seule tenue de sport qu'il possède. Papa, tu as tes chaussures Hush Puppies grises ; tes socquettes noires ; ton pantalon vert irisé ceinturé sur un ventre protubérant. Tu portes ta chemise avec le pingouin et ton chapeau bleu ciel à trous d'aération pour couronner le tout. Sacrée apparition. Sortie tout droit du *Gentleman's Quarterly.*

On avait le bec cloué. On s'était si peu parlé pendant toutes ces années. Will Fisher m'était plus familier que cet homme debout près de ma fenêtre.

Il m'était inconnu parce qu'on n'avait jamais discuté. Il lançait des mots, à moi de les saisir au vol, toujours des clichés. Par exemple, il me disait toujours que si j'étais bonne pour mes pieds ceux-ci me le rendraient. Je ne savais jamais quoi lui dire. Il est si modéré, mesuré en tout. Notre maison n'est ni trop grande ni trop petite. Son affaire n'est ni trop grande ni trop petite. Et je suis prête à parier que son vous-savez-quoi n'est ni trop grand ni trop petit.

Papa, pourquoi t'étais venu me parler ? Tu m'avais rien dit pendant vingt et un ans. La seule réponse plausible, c'est la blague éculée : « Si je ne t'ai pas parlé pendant vingt et un ans, c'est que jusqu'à maintenant tout allait bien. »

Avant, j'étais jalouse de tous ces enfants dans les séries télévisées parce qu'ils parlaient à leur père. Pour chaque problème, aussi minime soit-il, ça pouvait être un souci avec un lacet de chaussure, l'enfant allait voir son père pour lui en parler.

Il a dit : « Sheila ? »

J'étais au bord des larmes. Il avait toujours cet effet sur moi. Tu te souviens, quand j'avais cinq ans, Papa, et je voulais me marier avec toi ? Mon complexe d'Œdipe. Mon complexe d'Électre ? Pourquoi tu voulais pas te marier avec moi, Papa ? « Pourquoi je pouvais pas t'épouser ? »…

« Je suis déjà marié, Sheila. »…« Quand je serai grande, je t'épouserai. »… « Allez, donne un baiser à Papa. »

« Sheila ? Je te parle.

– Pardon.

– Ta mère est très contrariée.

– Je suis désolée qu'elle soit contrariée. Je comprends pas ce qui peut bien la contrarier.

– Ta mère t'aime. Elle veut ce qu'il y a de mieux pour toi. » Ha, ha ! Les deux, mon bon monsieur, ne sont pas forcément liés.

« Moi aussi, je l'aime. La seule chose que je veux c'est choisir mon appartement toute seule. C'est si terrible que ça ? Tous les autres choisissent leur appartement tout seuls.

– Ce que font les autres ne m'intéresse pas. C'est toi qui m'intéresse. (Comme quand j'avais quinze ans : "Mais papa, tout le monde a raté l'examen. La classe entière s'est plantée."… "Les autres ne me concernent pas. C'est toi qui m'intéresse.")

– Si tu t'intéressais vraiment à moi, tu me laisserais vivre où je veux.

– Je ne peux pas t'en empêcher. Tu es une grande fille, maintenant. Je voulais juste que tu saches ce que j'en pense. » Tu as menti. Tu as dit que c'était Maman qui t'avait envoyé. C'est toi qui voulais venir.

« Papa, cet appartement me plaît. Désolée.

– Fais-moi plaisir. Inscris-toi sous S. Levine dans l'annuaire. On sait jamais avec tous ces cinglés dans la ville. Il y a des hommes qui appellent des filles pour leur dire des obscénités au téléphone. Alors écoute ton père et mets S. Levine. Comme ça, ils sauront pas si tu es un homme ou une femme. » T'inquiète qu'ils le savent bien, Papa. Il y a que des filles au père angoissé qui mettent leurs initiales dans le bottin.

Il s'en va. Maintenant je me sens coupable jusque-là. Je me sens coupable pour ma mère, coupable pour mon père et coupable de souhaiter être orpheline. « Non, impossible de quitter l'orphelinat. Tu n'as que vingt et un ans. »

Le lendemain matin.

Dring, dring…

« Allô.

– Bonjour, Sheil ?

– Ouais, Linda ?

– Ouais ! »

Silence… silence…

« Sheil, ma mère a piqué une crise. Elle aime pas le quartier. » Sourire sur le visage de ma mère. Maman, comment t'as su ? Je vais mourir, dis-moi comment t'as pu savoir ?

57

« Ouais. Je vois ce que tu veux dire.

– Mon père a un ami, un certain Harry Lipschutz, le meilleur avocat du pays, soi-disant, qui peut nous sortir de ce bail.

– Que faire ? » Quelle question ! Que faire avec deux mères, deux avocats, tous deux les plus renommés du pays, sur le dos ?

« Je sais pas. Qu'est-ce que tu veux faire, toi ?

– Je sais pas. » Je sais pas parce que personne ne m'a posé la question : « Tu l'aimes tellement cet appartement ?

– Non. Toutes ces alcôves, ça rime à quoi ? » Ça rime avec liberté. Ta liberté de choisir. Voilà à quoi ça rime, Linda.

« J'en suis pas folle, non plus, de cet appart. »

Oh, Linda ! Pourquoi t'étais pas plus forte ? Et moi ? Si j'avais emménagé dans cet appartement, peut-être que ma vie aurait été transformée. D'abord, elle aurait pu être plus longue.

Et voilà comment deux jeunes brebis de panurge juives ont laissé leurs mères fortes et les deux avocats les plus renommés du pays les tirer du bail qu'elles avaient signé. Les deux mères ont ensuite entrepris de trouver un nid convenable à leurs petites princesses. Un endroit qui serait à leur hauteur. Un truc climatisé avec chevalier en armure étincelante (plus connu sous le nom de concierge) aux portes du palais pour protéger la vertu des donzelles.

Hélas, hélas, le royaume était pauvre. L'escarcelle des deux princesses était bien trop maigre pour le splendide château trouvé par les mères. Les mères promirent de soustraire à leurs propres aumônières les deniers nécessaires à leurs filles, mais les princesses refusèrent : « Non, nous devons nous débrouiller seules. Il nous faut une troisième princesse pour partager les dépenses. » De nombreux jours, elles parcoururent tout le royaume sans trouver d'autre princesse. Elles allaient abandonner leur quête, lorsqu'une gay marraine (vous vous rappelez Joshua de NYU) fit son apparition.

« J'ai une coloc, pour vous ! » dit-il. Et voici comment les deux princesses envisagèrent d'emménager au 25, 13e Rue Ouest, connu à travers le pays sous le nom du Mont Parnasse, avec Kate Johnson, épiscopalienne. Fin de l'histoire.

Kate Johnson, parlons-en. Je m'exprime sans contrainte car je sais que Kate ne lira jamais ce qui suit. « Kate ? »…

« Oui »…« Sheila Levine s'est suicidée. Elle a laissé une longue lettre d'explication. Je sais que vous étiez proches, tu veux lire ses dernières volontés ? »…
« Bof. »

Kate était au Département d'art dramatique de NYU en même temps que moi. Ses sous-vêtements étaient sales, et je suis pas la seule de cet avis, tout le monde le pensait. Je ne laisserai personne prétendre que Sheila a ruiné la réputation de quelqu'un sur son lit de mort.

J'ai jamais aimé Kate. Suffisait qu'elle aille quelque part et tout le monde était embarrassé de s'y trouver. Elle a eu un C de moyenne, est allée voir le prof qui lui avait donné, a pleurniché et s'en est sortie avec un B moins. On lui a donné le rôle principal dans *Un tramway nommé désir* et elle a tout laissé en plan sous prétexte qu'elle supportait pas le manque de professionnalisme des autres acteurs ; le metteur en scène l'a suppliée de revenir alors qu'elle était une actrice lamentable. Quand nous, on allait en colonie de vacances, Kate Johnson paradait en short. Pour couronner le tout, ses parents avaient divorcé, son père s'était remarié, sa mère aussi, et seule enfant parmi tant d'adultes, ils la laissaient tranquille.

D'accord, j'ai toujours détesté Kate Johnson. J'admets, j'étais jalouse. J'étais vraiment contente qu'elle quitte la fac en première année car je pensais que je serai débarrassée d'elle à jamais. Alors ? C'est pas étrange que je me retrouve à partager un appart, avec cette salope ? Si, c'est le comble, mais personne t'y obligeait. Il fallait bien. C'était *obligé*. On avait besoin d'une troisième.

Halloween et problèmes divers

La scène s'ouvre en extérieur, devant le numéro 1650 sur Broadway, vieil immeuble sale. Panoramique sur Sheila Levine. Vêtue d'un fourreau noir taille 44, un peu trop juste de sorte que si l'œil inquisiteur de la caméra se pose sur elle, on voit la marque de sa gaine-culotte. Éviter une prise de vue trop serrée car Mlle Levine a oublié de se raser les aisselles ce matin. Sheila, sur le point d'entrer dans l'immeuble, trébuche et tombe sur le trottoir, déchirant son bas au niveau du genou droit qui saigne. Mlle Levine cache son genou avec son sac à main et se dirige courbée en deux jusqu'au restaurant Schrafft le plus proche, réputé pour ses toilettes pour femmes.

Elle claudique jusqu'aux toilettes. Gros plan sur le genou. Gros plan sur le visage contrarié de Sheila. Gros plan sur le mascara et le maquillage qui dégoulinent sur son visage. Elle rince son genou avec des serviettes en papier en priant pour que personne n'ait envie d'aller aux chiottes. Elle enlève le bas déchiré, contemple ses jambes et décide qu'il vaut mieux enlever les deux bas. Sans la tension des bas, sa gaine-culotte se retrousse sur ses grosses cuisses, lui coupant la circulation. Elle remet ses chaussures, ce qui est désagréable sans les bas, jette le bas déchiré et met l'autre dans son sac avant de se diriger vers le 1650 Broadway.

Fondu enchaîné sur le bureau où M. Franck Holland, du genre joufflu sympathique, lui souhaite la bienvenue dans l'équipe et lui annonce que les Poussins comptent bien faire, non pas un ou deux, mais trois tubes pour Noël. M. Holland la conduit auprès de Mme Cox qui sera sa supérieure. En traversant le bureau, une succession de réduits gris avec des tables métalliques grises, Sheila remarque que Franck Holland n'a aucun jeune homme dans son équipe. Mme Cox, cinquantenaire aux cheveux teints en noir, chaussée de bottes blanches, l'accueille et lui demande si elle tape à la machine.

Zoom. Sheila, abattue, répond : « Oui. »

Voilà, chers cinéphiles, c'est tout. *L'Affaire Sheila Levine*. Les critiques ont adoré.

« (Hier soir, j'ai vu *L'Affaire Sheila Levine*.) Jamais un film ne vous a plongé si profondément dans les affres de la dépression. Le violet crépusculaire du désespoir m'est familier mais, généralement, une touche de rose vient le transfigurer en coucher de soleil mauve. Rien de tel avec *L'Affaire Sheila Levine*. C'est sombre, profondément sombre, jusqu'à la fin. Ernest Borgnine interprétait Sheila Levine. »

Rien de la vie de Doris Day, Sandra Dee ou Nathalie Wood ne nous arrivait à moi, Linda et Kate. Et à New York, s'il ne se passe rien, il faut créer l'événement.

FAIT : Les amoureuses n'organisent pas de soirées. Les filles en quête d'amour sortent les chips et les cacahuètes à toute occasion.

« Vous savez ce qu'on devrait faire ? Organiser une soirée pour Halloween », nous dit Kate, toute nue en faisant tomber sa cendre sur le tapis vert que nous nous étions cotisées pour acheter (et que j'étais la seule à aspirer).

« Bonne idée.

– Génial.

– Ça me plaît.

– C'est quand Halloween ?

– Le trente et un.

– Je veux dire, quel jour ? Dans combien de temps ?

– Trois semaines, à peu près. Ça tombe un samedi.

– Parfait. Absolument parfait.

– On va le fêter le samedi soir.

(Moi.) – Qu'est-ce qu'on aura à manger ? Ce serait pas mal d'avoir des trucs à grignoter, des saucisses, du foie haché.

(Kate.) – Il y a qu'à mettre des saladiers de chips par-ci par-là. C'est quoi le foie haché ?

(Moi.) – Des chips, ça suffit pas. Et s'ils ont faim ?

(Linda.) – Pourquoi pas des chips et quelques trucs du traiteur ?

(Moi.) – Quelques trucs du traiteur, c'est pas assez, on en prend plein ou pas du tout.

(Kate.) – Oh, et puis des chips, et *basta*. »

FÊTE D'HALLOWEEN
VENEZ NOMBREUX
ON VA RIGOLER COMME DES FOUS

J'ai ronéotypé les invitations au bureau pendant que Mme Cox se ravalait la façade. Les invitations pour les filles suivaient exactement le modèle ci-dessus. Sur celles des garçons, on a ajouté en travers *Amenez vos amis*. On était allées à tant de fêtes où il y avait cinq filles par mec. Rien de plus terrible que d'arriver à une soirée et se faire snober par la maîtresse de maison parce qu'elle espérait ouvrir la porte à un homme. Ça risquait pas d'arriver à la soirée d'Halloween au Mont Parnasse.

J'ai affranchi les invitations au bureau, pendant qu'aux toilettes, Mme Cox tripotait ses oreilles nouvellement percées.

La veille de la fête, avec Linda, on a essayé de sculpter une citrouille à moitié défoncée pour en faire une joyeuse lanterne. Même si la citrouille parfaite n'existe pas à Manhattan, la question se pose de savoir ce que deux Juives peuvent bien connaître des lanternes d'Halloween ? À la maison, on avait bien des citrouilles, mais version plastique et on achetait la tarte à la citrouille chez Horn & Hardart. On a apporté la dépouille de la citrouille jusqu'à l'incinérateur et là, incroyable, qu'est-ce qu'on voit ?

Le premier homme jamais rencontré dans l'immeuble, en train de vider sa poubelle. L'immeuble était plein de filles. On en rencontrait par deux ou par trois, à la laverie, dans l'ascenseur, devant les boîtes à lettres. Il y a d'ailleurs une leçon à tirer de tout ça. Si vous tenez vraiment à rencontrer l'homme de vos rêves dans le couloir, ne prenez pas d'immeuble avec concierge. Le mâle *Homo sapiens* est musclé et n'attache aucune importance à la présence d'un concierge. Il ne craint même pas le viol.

FAIT : Les hommes, désirables ou non, sont plus nombreux dans les vieux immeubles sans concierge.

Imaginez donc notre surprise à la vue de ce spécimen unique, en train de vider sa poubelle, dans un immeuble peuplé de jeunes femmes.

« Maman, tu me racontes encore quand tu as rencontré Papa ?

– Vous ne vous lasserez donc jamais de cette histoire, les enfants ?

– S'il te plaît, juste une fois, maman.

– Bon, d'accord. Tante Linda et moi, on était en train de jeter cette citrouille ridicule qu'on avait découpée pour Halloween et Papa était là, en train de vider sa poubelle. On habitait le même immeuble depuis plus de six semaines sans même le savoir. Allez, dormez maintenant mes petites coquines. Baiser. Baiser. »

D'abord, Linda et moi on a été surexcitées par la présence de cet homme, grand et plutôt mignon, juste là dans notre couloir à nous. Je peux dire que l'excitation a diminué quand j'ai remarqué qu'il vidait ses ordures dans des boîtes. Le Pr Hinley aussi avait des poubelles impeccables. Oh, la barbe !

« Salut !

– Salut !

– Salut !

– Je suis Linda Minsk, et voici mon amie et colocataire, Sheila Levine.

– Moi, c'est Charles Miller. J'habite au 14 G. »
Quand il a souri, on a vu toutes ses couronnes. C'était
bien ce que je pensais. Il était gay.

« Salut. » C'était le « salut » de Linda. Pourquoi
faire des efforts pour un type qui range bien ses
ordures et qui a des couronnes ? « On fait une fête
pour Halloween, demain soir. Passez si vous voulez.
Évidemment c'est plutôt tardif comme invitation,
mais si vous êtes libre.

– J'ai déjà quelque chose de prévu, mais si je rentre
à temps.

– Super, on est au 14 L. » Toujours Linda.

– *Ciao*.

– À plus.

– *Ciao*. »

Charles Miller est sorti en premier du local à poubelles et on l'a regardé s'en aller dans le couloir. Il
était vraiment beau gosse. Même sans les couronnes,
il aurait eu toutes ses chances.

De retour à l'appartement :

« Sheila, tu te rends compte, il va peut-être venir.

– Calme-toi Linda. C'est un pédé, une tante, un
homosexuel.

– Qu'est-ce que t'en sais ?

– Linda, ma pauvre, quand est-ce que tu
comprendras ? Un mec qui range ses ordures dans une
boîte est forcément pédé. Je te parie qu'avant, dans
ces boîtes, il y avait de l'eye liner.

– Qu'est-ce que tu en sais ? Je vais certainement
pas avoir des a priori sur les gens. Et puis ça fait rien

66

qu'il soit homo… Ça veut pas dire qu'il changera pas s'il rencontre la fille faite pour lui. »

Faux, Linda ! Tout faux ! Il y en a des filles qui ont consacré leur vie, oui leur vie entière, à transformer un homosexuel en hétéro. Même moi, Sheila qui sait tout, je suis tombée dans le piège. Plus d'une jeune femme s'est dit qu'elle était la seule, l'unique qui pourrait réussir. Ça ne marche pas. Il peut voir tous les psy du monde ; subir des électrochocs en plus de votre amour inconditionnel, ça ne l'empêchera pas de préférer son pote d'East Hampton. Pour certaines c'est même une habitude de s'amouracher d'homos. Pourquoi ? Je suis pas sûre. Auraient-elles peur des hommes sans être prêtes à devenir lesbiennes ? Une manière de conforter son ego ? « Devine ? J'ai rencontré ce type qui a toujours été de la jaquette ; et je suis la seule qui ai réussi à le changer radicalement. »

Pas la peine d'essayer, Linda. Ça vaut le coup pour personne. Ça ne marchera pas. D'accord, vous serez amis, peut-être qu'au lit ça fonctionnera une ou deux fois, vous allez peut-être vous marier mais à l'heure où les autres papas emmèneront leur progéniture voir un match de base-ball, celui-là de papa, il filera en douce dans les bars à pédés.

Le jour J, j'étais en train de passer la serpillière dans le salon quand Linda est rentrée de chez l'esthéticienne absolument superbe. Elle avait les cheveux noirs, brillants et lisses, légèrement rebiqués au bout. Disparues, les ondulations, abandonnées chez Smart-Set, pendant que mes frisottis pullulaient sous mon fichu. Et moi, pourquoi j'y étais pas allée chez l'esthéticienne ? Moi aussi, je voulais que mes cheveux rebiquent. Intéressant, ça. Pour quelle raison j'avais

67

privilégié l'appartement à mon apparence ? Mère martyre alors que j'avais jamais conçu d'enfant ?

On s'est mises à décorer à deux, comme des furies, avec du papier crépon orange et noir qui dégoulinait des abat-jour, pendait aux poignées de portes, était scotché aux murs. Des sorcières et fantômes en carton-pâte avec des chats au poil hérissé. Au-dessus des toilettes (que j'étais la seule à nettoyer), on a mis une pancarte : Des bonbons ou la vie. C'est fou comme on se croyait drôles. Tellement drôles d'ailleurs qu'on s'est accoudées au lavabo pour pas tomber.

Notre fou rire a réveillé Kate. Pauvre chérie, il n'était que quatre heures et demie. La plupart du temps, le samedi, Kate dormait jusqu'à six ou sept heures du soir et se levait en bâillant comme si c'était l'aube.

Kate a enfilé son peignoir de star, un peignoir qu'elle avait eu en soldes à moitié prix chez Saks, pour 69,95 dollars, turquoise avec des plumes de marabout jusqu'au sol, et est allée dans la cuisine (que moi seule nettoyais). Là, elle s'est fait un sandwich au beurre de cacahuètes, avec mon beurre de cacahuètes et mon pain. Je détestais ça. J'avais beau passer mon vendredi soir à étiqueter tout ce que j'avais acheté, elle me piquait tout le temps ma bouffe. J'inscrivais S. L. sur chaque œuf, gravais mes initiales sur chaque miche de pain. C'était pour des prunes. La garce me chipait mes provisions.

« Bonjour Kate. Je veux dire bonsoir.

– Ta gueule, Sheila.

– Tu sais, Kate, les gens vont débarquer d'une minute à l'autre, il faut que tu ranges ton bazar dans la chambre (soutiens-gorge et culottes sales entassés sur une chaise, robes sales, jupes sales, partout des pantalons froissés – style Sheila Levine du temps de Franklin Square). C'est un vrai bordel, cette chambre et il y a que tes affaires.

– Va te faire foutre, Sheila. Si j'avais voulu vivre avec une chieuse de mère, j'aurais emménagé avec la mienne. »

Extrait de *Women's Wear Daily*

La soirée chez Sheila Levine a été un vrai succès. L'appartement était décoré dans l'esprit Halloween avec les plus ravissantes citrouilles et sorcières que j'aie jamais vues et que je ne suis pas prête de revoir de sitôt. Le buffet était exquis, délicieux ! Les chips, la crème aux oignons Lipton sont des mets que l'on goûte trop rarement. Bien sûr, la consigne était d'apporter ses propres boissons. C'est si chic !

Deux des trois hôtesses, Sheila, Sheil comme l'appellent ses proches, et Linda Minsk arboraient la même tenue, un fourreau noir, immédiatement identifié comme venant du sous-sol de chez Ohrbach. C'était sans conteste l'événement mondain de la saison. Petite confidence, Sheila Levine ne s'était pas douchée. N'est-elle pas extraordinaire ?

Greta

Et oui, Linda l'échalas et Sheila la potelée portaient une robe identique. Composition pour fourreaux noirs et perles, perles que nous avions toutes deux reçues pour nos tendres seize ans.

« Et si personne ne vient, Linda ?

– Il n'est que huit heures. Ils sont pas censés arriver avant la demie.

– Et s'il y a pas assez à manger, imagine qu'il reste plus rien et qu'ils aient encore faim ?

– On aurait dû mettre RSVP sur les invitations.

– C'est maintenant que tu y penses. C'est malin !

– J'y ai pas pensé quand on a fait les invitations. »

À huit heures vingt-cinq, premier coup de sonnette. Linda est restée figée. J'ai ouvert et me suis retrouvée face à Joshua. Notre premier invité était une tapette.

« Salut, Joshua.

– Salut, Sheila.

– Comment ça va ?

– Parfait. » Joshua ne posait jamais de questions. Jamais.

« Qu'est-ce que tu deviens ? lui ai-je demandé.

– Rien de spécial. » Je ne m'attendais pas vraiment à ce qu'il me raconte quoi que ce soit. Il ne répondait pas aux questions, non plus. S'il partait chercher des cigarettes et que vous lui demandiez où il allait, il ne vous le disait pas.

« Bon, alors assieds-toi au moins. Les gens devraient pas tarder. » Je scrutais ses mains. Il n'avait pas apporté de bouteille. C'était lui tout craché.

On a sonné. Je suis allée ouvrir. Devant moi, deux types du Bureau d'aide sociale, bien propres sur eux. Linda s'est précipitée pour les accueillir. Elle les dépassait d'une bonne tête.

« Sheila, je te présente Larry Hellman et Ralph Glazer.

– Salut.

– Salut.

– Voici Joshua.

– Joshua comment ?

– J'ai pas de nom de famille. » Ils ont donné à

Linda un sac en papier avec une bouteille de scotch bon marché.

« Tiens Linda, ma vieille, on remportera ce qui reste. » En plus, ils plaisantaient pas. Apportez votre bouteille, ça voulait aussi dire remportez-la une fois la fête finie.

« Si on s'asseyait ? » J'ai proposé. Avant que j'aie eu le temps de m'asseoir, on a sonné. C'était trois garçons. Comme un jeu de multiplication. Cette fois, il y avait le neveu de Mme Cox du bureau, avec deux amis que je connaissais pas.

« Salut, Henry.

– Salut, je te présente Harvey Puckett et Norman Berkowitz.

– Salut, moi, c'est Sheila, et ici c'est Linda, Joshua, Larry et Ralph ; ou bien c'est Ralph et Larry ?

– Non, tu t'étais pas trompée, salut.

– Salut.

– Salut.

– Salut.

– Salut.

– Salut.

– Salut. »

Linda a empilé leurs manteaux sur le lit avec les autres. Je me serais bien glissée en dessous. Je me retrouvais seule avec six hommes, oui, j'avais bien compté six, et je me sentais minable et très gênée.

« Comment va ta tante ?

– Aucune idée. Tu la vois plus que moi.

– Ça roule au Bureau d'aide sociale ?

– Linda t'a pas raconté ?

– Tu veux dire la grève ?

– Ouais.

– Si, si elle m'a tout raconté.

– Alors pourquoi tu demandes ? (Dépêche-toi Linda, je t'en prie, fais vite. Je me noie.)

– Et toi Joshua, ça gaze ?

– Je t'ai déjà répondu. Ça va. » (Au secours, vite, quelqu'un, aidez-moi.) La sonnette. J'aurais jamais cru qu'un jour je prierais le ciel de voir des filles à ma porte, mais je vous assure que, ce soir-là, c'est bien ce que je faisais. Deux garçons, des copains de Kate, l'air vieux et miteux comme des types finis qui ont jamais réussi. Qu'est-ce qu'ils pouvaient faire peur, je vous dis pas, et ils étaient hors d'âge, je leur aurais bien donné vingt-cinq ans.

« Elle est là Kate ?

– Oui, entrez, je vous en prie. (J'avais l'impression d'entendre ma mère.)

– Elle est où, Kate ?

– Elle sera là dans un instant. (Merde alors ! Pourquoi je dis des choses pareilles ?) Vous voulez grignoter quelque chose ? » Silence. (Un vrai fiasco, cette soirée ; la mayonnaise prend pas.) « Vous voulez un verre ?

– Ouais. Qu'est-ce qu'il y a ? » C'était un ami de Kate qui demandait. Lui aussi, il était venu les mains vides.

« On a du Coca, du Fanta orange, du Ginger Ale, de la bière sans alcool et de la bière, j'ai répondu, très maîtresse de maison.

– Et ben ça alors, c'est un goûter d'enfant ou quoi ? »

Il s'est levé, s'est dirigé vers la cuisine et est revenu avec la bouteille de scotch de Larry Hellman et Ralph Glazer, à moitié vide.

« J'aimerais bien des glaçons si c'est pas trop demander.

– C'est la bouteille de Ralph et Larry. » J'étais terrorisée ; il allait peut-être devenir fou, me flanquer une rossée. Imaginez qu'il casse la bouteille de scotch et me poursuive avec. Ou qu'il fasse une tache sur le tapis ? Il est retourné dans la cuisine et est revenu avec une bière qu'il a bue à même la cannette.

Kate a fait son apparition dans une robe que Mitzi Gaynor elle-même aurait pu porter pour son entrée sur scène à Las Vegas. Bleu roi, très échancrée, portée avec un soutien-gorge pigeonnant qui exhibait un décolleté comme je n'en avais encore jamais vu, et pourtant, j'avais vu Kate sous toutes les coutures… cette fille ne possédait pas un seul pyjama. Un décolleté vertigineux en plein milieu de mon salon. Kate s'est dirigée vers ses deux amis et les trois sont allés dans leur coin à eux, secoués par des rires et glousse- ments, s'amusant comme des fous. Elle n'a même pas pris la peine de nous présenter ou quoi que ce soit.

On a sonné. Quatre types. Pourquoi ? Pourquoi, ô Dieu qui êtes au ciel à contempler l'univers, pourquoi infliger cela à Sheila Levine ? Envoyer quelques filles, c'était si difficile que ça ? Kate était dans son coin avec ses deux types tandis que Sheila et Linda trônaient au centre d'une cour de douze gentils- hommes.

Les quatre nouveaux arrivants étaient des amis de Syracuse, quatre garçons couverts d'acné et de pelli- cules qui rôdaient dans les dortoirs des filles, trop lâches pour inviter les jolies filles et trop tièdes pour inviter les moches. On était devenus amis sur-le-champ.

Ils étaient nos potes, ces types, avec leurs amours plato-niques à mourir d'ennui.

Depuis Syracuse :

« Maman, j'ai invité quelques copains pour le week-end.

– Des petits amis ?

– Non, pas des petits amis, des amis tout court.

– Il y a une différence ?

– Je peux pas t'expliquer au téléphone. Je le ferai quand on se verra.

– Très bien, tu sais que tes amis sont toujours les bienvenus. Je ferai un rôti. Ah ! Sheila, si seulement tu pouvais avoir un petit copain au lieu de ces copains. »

On a fait toutes les présentations et on s'est retrouvées là, comme deux Scarlett O'Hara à essayer de divertir nos prétendants. C'était terriblement gênant, vous savez. Je dois être vraiment exception-nelle pour avoir surmonté ça.

Une demi-heure est passée, interminable, entre nous deux et eux douze.

« Vous avez vu des pièces intéressantes ? Lu de bons livres récemment ?

– Où sont les nanas ?

– Elles devraient pas tarder. Je jure sur ma tête que j'en ai invité. Il est que neuf heures. Tout le monde sait bien que, normalement, les gens débarquent tard à une soirée. (En une phrase, je m'étais fait que des ennemis.) Quelqu'un a faim ? » Silence. Des paquets de silence. « Linda, je peux te parler une seconde dans la chambre ? » On a parlé en privé.

« Qu'est-ce qu'on peut faire, à ton avis ?

– Je sais pas, Sheil. Ils ont l'air plutôt furieux dans le salon. Si rien ne se passe, ils vont tous se barrer.

– Ils nous haïssent.

– Reste calme, discute, montre-leur comme le carrelage de la cuisine est réussi. »

On a sonné. Je me suis précipitée pour ouvrir. Six filles, six filles plus belles les unes que les autres et j'étais ravie de les voir. C'était toutes des copines de Kate, des petites starlettes mais il était temps qu'elles arrivent. La soirée a démarré. On a sonné à nouveau, deux filles de plus, des amies de NYU. Encore la sonnette, trois filles de plus. Merci, mon Dieu, d'avoir exaucé mes prières, mais inutile d'exagérer. La soirée a vite pris l'allure des soirées new-yorkaises typiques pour célibataires, avec trois filles pour un garçon.

Enfin, la soirée avait démarré. Dans un coin, Kate avait sa cour d'admirateurs, dont certains étaient des amis que j'avais fait venir exprès. Vraiment cruche de ma part. Linda semblait avoir un faible pour le neveu de Mme Cox, et c'était réciproque. D'ailleurs, c'est lui qui a éteint les lumières à dix heures. Moi, j'étais la parfaite maîtresse de maison : je remplissais les verres, concoctais des choses à grignoter à la va-vite, épongeais ce qu'on avait renversé, vidais les cendriers les uns dans les autres et je commençais à être très agacée d'avoir invité tous ces gens si sales dans mon appartement si mignon et si propre.

Oui, la soirée typique. On écoutait *Peter, Paul et Mary* sur la hi-fi, un couple se pelotait dans la douche, deux étudiants timbrés faisaient une bataille de popcorn. Les gens s'amusaient comme des fous. La police est arrivée vers onze heures trente.

« Vous habitez ici ?

– Oui, monsieur. (Qu'est-ce qu'il fout là ? Il y a eu un meurtre ; ma mère est malade ; le mec du kiosque

75

m'a vu partir sans payer le journal et m'a dénoncée. C'est pas un vrai policier, il fait semblant pour s'introduire chez moi et me violer. Je ressemble à une meurtrière recherchée et ils me prennent pour elle. Il y a des mineurs en train de boire de l'alcool. Ma déclaration d'impôts était inexacte l'année dernière ; je vais aller en prison.)

– Les voisins se sont plaints à cause du bruit ; ils ne peuvent pas dormir. (Soulagement.)

– Je suis désolée, on va faire moins de bruit, vous voyez, on fête Halloween. » J'ai ouvert la porte pour qu'il constate que c'était bien une soirée et pas quelque chose d'illégal.

« Ce que vous fabriquez ne me regarde pas. Faites juste moins de bruit, sinon on sera obligé d'intervenir. C'est un avertissement. »

Il est parti. J'ai hurlé aussi fort que je pouvais.

« SILENCE TOUT LE MONDE ! TAISEZ-VOUS TOUS. LA POLICE VIENT DE PARTIR. LA POLICE ! » Personne n'a prêté attention à ce que je disais ; ils ont continué à faire du bruit. J'ai passé le reste de la soirée à trembler à l'idée que la police revienne pour m'emmener en prison dans un panier à salade où il y aurait déjà un cambrioleur minable, deux prostituées et une femme qui viendrait d'assassiner sa mère parce qu'elle voulait la voir entrer dans l'enseignement.

« C'est l'heure de la pêche à la pomme. » Là encore, personne ne m'a entendu ou bien ils ont fait exprès de m'ignorer. Les pommes étaient là, intactes, dans la bassine posée sur la table. Il était minuit et demi et la musique était encore plus fort alors que j'avais déjà baissé le son trois fois. Les gens étaient en couples, à se dire des mots doux et se peloter plus ou moins. Moi, je trimballais les ordures dans la cuisine.

Je suis allée vider des verres pleins de mégots de cigarettes baignant dans un fond de scotch et de glace fondue. Berk ! J'avais le dos tourné, lorsque j'ai entendu :

« Salut ! » Une voix d'homme disait salut. Qui était l'homme derrière la voix ?

En un éclair, je m'étais retournée, la tête rejetée en arrière à la Rita Hayworth, et j'ai dit : « Salut ! » Mon regard est tombé sur une sorte de Manny Levine, en plus gras et plus jeune. Cheveux ondulés, petits yeux derrière des lunettes cerclées d'écaille noire reposant sur le nez juif classique, chemise, fine cravate noire, veston décontracté marron tacheté, des taches de toutes les couleurs de l'arc-en-ciel, pantalon marron, à plis s'il vous plaît, ceinture avec l'initiale « N » sur la boucle, mocassins marron et chaussettes jaunes. Et voilà, les amis. Tout ce pour quoi j'avais quitté le domicile familial. M. et Mme Levine sont heureux de vous inviter au mariage de leur fille, Sheila Lynn Levine, avec « N ». La réception aura lieu dans les salons du traiteur Horowitz, dimanche 14 novembre à 4 h 42. RSVP.

« Salut, tu es qui ?

— Sheila Levine, une des filles qui habitent ici.

— Ouais, c'est bien ce que je pensais. Tu t'es occupée des poubelles toute la soirée.

— Et toi ? Je parie que ton nom commence par un N ?

— Comment t'as deviné ? C'est vrai, je m'appelle Norman, Norman Berkowitz. Comment t'as deviné ?

— Je m'en suis doutée.

– Arrête, dis-moi ?

– Un petit oiseau me l'a dit.

– Non, vraiment, dis-moi.

– C'est sur la boucle de ta ceinture.

– Oh ! Alors, ça te plaît de vivre à Manhattan ?

– J'adore. Il y a tant à faire. C'est la capitale culturelle du monde. C'est tellement génial d'avoir tous ces concerts, musées, théâtres, à portée de main. (Faut dire que, depuis que j'avais débarqué, j'avais écouté aucune note de musique live, vu aucun tableau, j'étais allée voir aucune pièce.)

– Tu aimes aller au musée ?

– J'adore. C'est pour ça que je me régale de vivre à Manhattan ; tout est si proche.

– Ça te dirait qu'on aille au musée ensemble ? (Zut, dans quoi je m'étais fourrée ? Je lui ai seulement dit que j'aimais aller au musée et il en fait un projet à deux, ce M. Norman Berkowitz avec un pantalon à plis. J'ai vraiment pas envie d'aller au musée avec lui. Ça ne me dit rien. Je supporte même pas sa présence dans la cuisine.)

– Bien sûr. (Qu'est-ce que je pouvais dire d'autre ? je vous demande un peu ? Je pouvais dire : « Bien sûr, mais je t'en prie, pas de pantalon à plis, et fais nettoyer ton veston ? »)

– Samedi en huit, l'après-midi, ça te dit ? (C'est pas vrai, ça devient concret. Il m'attire pas et il devient concret.)

– Ben, samedi en huit, c'est problématique. Tu vois, il faudra peut-être que j'aille faire des courses et je crois que j'ai un rendez-vous et puis il se peut que mon patron ait besoin de moi samedi parce que c'est la haute saison pour lui et ma mère aura peut-être envie de passer en ville et il faudra que je passe du temps avec elle parce que je la vois si peu depuis que j'ai emménagé à New York.

– Le samedi suivant, alors ?

– Bien. »

Dire « bien » à Norman a déclenché comme un signal. Son cerveau a fait clic. Puisqu'on avait rancart dans quinze jours, il pouvait aussi bien me tripoter ce soir. Il m'a entraînée dans la pénombre du salon. Ce qu'il avait en tête ne pouvait supporter l'éclairage de la cuisine. Il m'a fait asseoir sur ses genoux et m'a embrassée environ une demi-heure jusqu'à ce que son copain exprime le désir de rentrer.

« Au revoir, m'a dit Norman le peloteur, je passerai te chercher samedi en quinze. Tu veux aller dans quel musée ?

– Je ne sais pas. Il y en a tellement que je ne sais jamais par lequel commencer.

– Le Metropolitan, ça te dit ?

– Parfait. Ça fait plus d'une semaine que je n'y suis pas allée. Ils ont dû recevoir des trucs géniaux. »

J'ai ouvert la porte pour me retrouver face aux hommes en bleu.

« Que se passe-t-il monsieur l'agent ? » Cette fois, j'en menais pas large parce que le fleuron de la police new-yorkaise m'avait déjà donné un avertissement. Impossible de couper à la prison. J'engagerai un avocat célibataire qui tombera fou amoureux de moi à la barre.

« Les voisins se plaignent qu'ils ne peuvent pas dormir à cause du bruit que vous faites. Faut que ça cesse immédiatement. »

D'un mouvement rapide, il a tourné les talons et est

parti au pas le long du corridor. Son coéquipier, qui n'avait dit mot, l'a suivi après m'avoir lancé un regard sévère, histoire de me faire comprendre que son copain ne plaisantait pas.

Le bruit venait en grande partie du tourne-disque. Je suis allée le débrancher. Personne n'a bougé. Quelques couples se sont défaits car se bécoter sans musique était plutôt barbant. C'était autre chose que de se tripoter en musique.

Deux heures et demie. La soirée s'effilochait, s'effilochait vraiment. Des filles partaient avec des garçons. D'autres partaient toutes seules. Les types avaient eu beau profiter de seins nus la moitié du temps, ça les enquiquinait de raccompagner les filles dans le Bronx. Celles qui me faisaient le plus pitié, c'était celles venues avec des amies, mais obligées de rentrer seules parce que leurs copines avaient un mec pour les ramener chez elles. Celles-là, elles la paieraient cher leur course en taxi et pas moyen de partager. Sans parler de la jalousie qu'on a toutes déjà ressentie dans ce genre de situation.

Quatre heures dix et tout le monde était parti, sauf Joshua qui nous a demandé s'il pouvait dormir sur le canapé. Pourquoi pas ? C'est si en vogue, dans l'air du temps, actuel, de partager un appartement avec un garçon. L'idée nous a tant plu que Joshua, dans son blouson de daim crasseux, est devenu un accessoire quasi permanent du canapé vert pomme, notre seul meuble digne de ce nom. Il venait droit de la cave de Linda où sa mère l'avait relégué quand elle avait redécoré sa maison.

La porte s'est refermée sur notre dernier invité. Impossible d'affronter ça, malgré mon besoin de

nettoyer, je ne pouvais pas m'y mettre. Quel bordel !
Tout ce fouillis noir et orange partout, assiettes en
carton, cigarettes. Comment avaient-ils pu me faire
ça ?

« C'était réussi comme soirée, hein Sheila ? T'avais
l'air de bien t'amuser avec le type au veston couvert
de taches. » Elles les avaient remarquées. (Elles bril-
laient dans le noir ou quoi ?)

« Ça allait.

– Il veut te revoir ?

– Oui. On va aller au musée ensemble samedi en
quinze. Et Henry ?

– Je vais le voir demain, après-demain, le jour
d'après et tous les jours de ma vie. (Elle est amoureuse. Pitié non, elle est amoureuse. Elle a trouvé
quelqu'un et c'est le béguin et moi je dois prétendre
que c'est fantastique alors que c'est pas fantastique du
tout. C'est carrément atroce. Je suis jalouse, je crève
de jalousie que ma meilleure amie soit tombée
amoureuse.)

– Linda, à t'écouter, on pourrait croire que t'as le
béguin.

– Oh Sheila ! » (Pas de doute, c'est l'amour. Elle
met les deux pieds dans la même jambe de pyjama. Je
deviens folle. Pourquoi ça m'est pas arrivé, à moi ?
J'ai six mois de plus qu'elle. J'ai rencontré Henry Cox
avant elle. Comment j'ai pu lui présenter ce type !)

Linda s'est endormie bien avant moi, un sourire
exaspérant aux lèvres. Moi j'étais là, inerte dans mon
lit, à prier pour trouver quelqu'un rapidos ou si c'était
impossible pour que ça ne marche pas entre Linda et
Henry. Cher Dieu, soit tu m'en donnes un, soit tu lui
enlèves le sien.

Dès que Kate s'est endormie, je me suis levée pour éteindre la clim. J'ai un problème de sinus, une sorte d'écoulement nasal. Linda et Kate voulaient garder la clim toute la nuit, moi pas. Je voulais bien la garder le soir mais l'éteindre pour la nuit. Si elle restait branchée toute la nuit, je me réveillais vers trois heures pour tousser. Linda a fini par céder. Tous les soirs avant de nous coucher, on éteignait le climatiseur. Kate rentrait tard, après avoir passé la nuit à faire de vilaines choses avec des garçons – ce que j'aurais bien aimé faire aussi – et elle rallumait le climatiseur. Je me réveillais en toussant toutes les nuits sans exception.

On sonne. J'ai fait comme si de rien n'était. Je n'arrivais pas à m'endormir mais j'étais trop fatiguée pour bouger. On a encore sonné. Lasse, je me suis traînée jusqu'à la porte.

« Qui est là ?

– Charles Miller.

– Qui ? (Je chuchotais pour pas réveiller ce cher Joshua qui dormait comme un bébé sur le canapé.)

– Charles Miller. J'habite au 14 G. Je vous ai rencontrée dans le local à poubelles. » J'ai donc ouvert la porte pour me retrouver nez à nez avec Charles Miller et quelqu'un qui devait être son colocataire : tous deux en travestis des pieds à la tête, avec perruques, vernis à ongles, escarpins, jambes rasées et tout l'attirail. Superbes, ils étaient absolument superbes.

« La soirée continue ?

– Je suis désolée, tout le monde est parti. On est toutes au lit. » Je me suis tue, les yeux dans le vague.

« Pas grave, on voulait juste jeter un coup d'œil. À un de ces jours.

« – Oui, bonne nuit.

– Bonne nuit. »

Ils ont traversé le couloir sans anicroche, sans cette démarche ridicule qu'ont généralement les hommes quand ils mettent des chaussures à talons. Je me suis demandé s'ils feraient l'amour avant de faire dodo.

Je suis retournée dans la chambre. Linda était assise dans son lit.

« C'était qui ?

– Ton ami du 14 G. Travesti de la tête aux pieds, sac à main en cobra inclus. Alors tu le crois maintenant que Charles Miller est une pédale ?

– Non.

– Comment ça, non ? Il était là, en soutien-gorge, devant la porte ! »

Comme promis, Norman est passé me chercher à une heure. Mon premier rendez-vous de fille libre et indépendante, et c'est avec lui que je sors ? Oh, que j'aimerais pouvoir vous dire qu'on ne juge pas un livre par sa couverture ! C'est malheureusement une déclaration, chers amis, que je ne peux pas faire. Norman portait un veston marron maculé et à l'intérieur dudit veston, il y avait un homme avec des taches jusque sur les boyaux.

Comme prévu, on est allés au musée. Doris Day aussi allait au musée, vous vous souvenez ? Elle y est déjà allée accompagnée d'un Norman ? (« Hé ! Les costumiers, vous vous êtes plantés, ce type n'est pas censé porter un veston marron maculé. Il devait avoir un costume trois pièces bleu marine à rayures. ») On s'est promenés à travers le Metropolitan en prononçant des mots comme Renaissance, impressionnistes, expressionnistes, etc. Norman m'a raccompagnée sans avoir investi pour moi l'ombre d'un centime. J'ai utilisé mes propres tickets de métro, à l'aller et au retour. Je ne l'ai pas invité à entrer.

(Moi.) « Merci, c'était très sympa.

(Norman.) – Oui, je trouve aussi. Si on se revoyait le week-end prochain ? »

(Moi, pensant…) « Tu rigoles ? Tu veux rire ? Je ne veux plus jamais te revoir de toute ma vie. Prends tes taches avec toi et oust ! Du balai ! Toi devant, tout l'immeuble a l'air minable. »

(Moi, parlant.) « Ça me ferait très plaisir mais je ne peux vraiment pas ; le week-end prochain, je me lave les cheveux.

(Norman.) – Le week-end d'après, alors ? »

(Moi, pensant.) « Sors d'abord du hall. À toi tout seul tu transformes cet immeuble de standing en taudis. »

(Moi, parlant.) « Désolée mais le week-end d'après, je rentre chez moi, à Franklin Square.

– Je peux te rejoindre là-bas et on ira se balader. (Toujours aussi prodigue le mec.)

(Moi, désormais incapable de raisonner.) – D'accord. »

Norman s'est jeté sur mes lèvres et m'a fait le plus écœurant des longs baisers baveux qu'on m'ait jamais fait. M'a embrassée là, dans le hall, à six heures du soir. Il y a des gens qui descendent leurs poubelles et lui, il m'embrasse.

Oh, je vous dis que ça : la rencontre de Norman et de ma mère.

De Franklin Square :

« Alors, Sheila, comment ça s'est passé ton rendez-vous ?

– Ennuyeux, affreux, dégoûtant.

– Vous allez vous revoir ?

– Oui. Je peux vraiment pas le sentir. Il me dégoûte. Il y a quelque chose qui cloche chez lui. Il est trop juif.

– Il a l'air adorable. Vous vous revoyez quand ?

– Samedi en quinze. Il vient à Franklin Square.

– Il vient ici ? » Elle arrive pas à le croire. C'est bien la première fois de ma vie que j'invite un gentil garçon *trop juif* à la maison. Elle est encore sous le choc.

« Il vient samedi. On ira faire le tour de l'île en voiture, peut-être.

– Mais bien sûr, ma chérie, je te prête ma voiture si tu veux. Prends ma voiture, prends mes vêtements, prends ma maison, j'en ai les larmes aux yeux. Tu peux dire que tu m'auras rendue heureuse. Tu as invité un vrai garçon *trop juif* chez moi. »

Écoutez bien Sheila : n'amenez jamais un garçon dont vous n'êtes pas folle chez vos parents. À peine était-il chez nous que ça été le coup de foudre. Norman et ma mère étaient fous l'un de l'autre. Ruthie, Madeline, toutes, écoutez : Norman et Bernice Levine en pincent l'un pour l'autre. Ouais !

« Mon cher Norman, je peux aller vous chercher un verre ? Retirez donc votre veston, vous serez plus à l'aise. Tenez, prenez un bon jus de fruits frais. Bien sûr, faites comme chez vous. J'aime que les gens se sentent bien. C'est passionnant, vous êtes instituteur ? Il faut que vous me racontiez. C'est un défi, non ? Est-ce que toutes les petites filles tombent amoureuses de leur instituteur ? »

Ses cils battaient à une cadence folle, elle avait mis

son soutien-gorge à balconnets, et ses extensions de cheveux toutes neuves. Aucun doute, elle flirtait avec Norman Berkowitz. Petit flash-back à l'époque où elle était encore Bernice Arnold.

Cet élan affectueux n'est pas resté stérile. Norman est tombé fou amoureux d'elle, sans réserve, complètement.

« Madame Levine, votre soupe est un régal… Vous avez fait la décoration toute seule ?… Incroyable que vous ayez peint vous-même tous ces splendides tableaux dans le bureau ! »

Y a pas à dire, c'était l'amour fou entre ces deux-là. Elle l'a invité à dîner et il est resté. Elle l'a invité à passer le week-end chez nous. Heureusement, il avait un empêchement. Il fallait qu'il donne à manger à ses chats. (C'est pas mignon ?) Elle l'a invité pour le week-end suivant, sans me consulter, tout simplement invité. Norman a gentiment accepté, serré la main de mon père, embrassé Bernice sur la joue. Je l'ai conduit à la gare pour qu'il puisse enfin retourner à sa place, à Brooklyn. Le train approchait déjà mais il a réussi à me mettre le grappin dessus et à m'embrasser avant de descendre vite fait de la Cadillac. Son haleine avait l'odeur du foie haché de ma mère.

Ce soir-là :

« Il me plaît beaucoup, ce Norman. C'est vraiment un garçon bien élevé.

— Je peux pas le voir en peinture.

— Tu n'es pas obligée de l'épouser. Donne-lui seulement une chance. Et puis, un tiens vaut mieux que deux tu l'auras. Il ne faut pas cracher dans la soupe.

— Ah ! C'est comme ça que tu le considères ? Un bouche-trou !

– Pas du tout. Il se trouve que je l'aime bien. » Je n'en doute pas le moins du monde, mademoiselle Arnold, après le fabuleux jeu de jambes auquel on a eu droit.

Norman est revenu le week-end suivant, puis je l'ai vu le week-end d'après, et le suivant et le suivant. À cette époque, j'avais deux mauvaises habitudes : triturer mes petites peaux et voir Norman Berkowitz. Pas d'autre garçon à l'horizon. Linda étant amoureuse d'Henry Cox, elle était pas de bonne compagnie et je commençais à croire au proverbe du « tiens et des tu l'auras ». Il suffisait que je décide de ne plus voir Norman pour qu'une copine m'appelle pour m'annoncer qu'elle avait un diamant deux carats tout neuf au doigt. (J'ai découvert plus tard que ces diamants étaient des versions bon marché, juste un tas de petits diamants ridicules assemblés pour en faire un gros.) Deux mois après notre premier rancart, j'ai décidé d'accepter sa demande en mariage, de porter la bague pour un temps avant de la lui jeter à la figure à l'arrivée de M. Parfait.

Que dire des ébats avec Norman qui n'ait pas déjà été dit ? On s'embrassait et on se tripotait beaucoup, mais Norman persistait à être le gardien de ma virginité. (Je sais. Je sais.) On se pelotait, on se bécotait, et tout le bazar sauf vous savez ce que je veux dire. Pourquoi est-ce que je laissais ce schnoque me toucher ? J'arrive pas à dire : « Non, je n'ai pas envie. S'il te plaît, non ! » Personne me croit quand je dis ça. Grace Kelly dit : « Je vous en prie, non », et personne ne s'approche d'elle. Sheila Levine dit : « Je vous en prie, non », et on lui fonce dessus. Je n'ai jamais, que

Doris Day me pardonne, giflé personne. C'est du Sheila Levine tout craché, elle prend ce qui lui tombe sous la main. Tous ces tripotages, batifolages, embrassades ont bien duré des mois. Norman allait même jusqu'à me déshabiller. Puis il touchait, il tripotait, il embrassait. Vous imaginez l'émoi ? Je me suis mise à lire Margaret Mead, espérant trouver un passage sur ce type de comportement sexuel.

Chère Abby,
Ça fait sept mois que je sors avec ce garçon. Je peux pas le supporter. Il me fait gerber. J'ai pourtant un problème. Il me baise pas. Que faire ?
En manque.
Franklin Square et Manhattan.

Sentiments contradictoires. Je détestais Norman, je pouvais pas l'encadrer mais j'étais une passionnée pleine d'acné. Et puis je faisais aussi de drôles de rêves : Norman arrache mes vêtements, trop impatient pour les déboutonner. Je sens son souffle chaud sur mon dos et, pour la première fois, je suis excitée. Excitée comme je l'ai jamais été auparavant. Mon corps tout entier hurle : « Prends-moi… prends-moi… » Et il me prend, là, sur le tapis. Je suis en état de choc, je ne m'attendais pas à une joie si intense, une telle extase venant d'un homme, quel qu'il soit. Quand c'est fini, il me caresse tendrement. Je soupire de satisfaction. Pourrai-je revivre une telle intensité ? Je me demande ?

Bon, maintenant on revient à la réalité : mes parents étaient sortis. Dès qu'ils sont partis, voir un film très long nous ont-ils dit, Norman s'y est mis. Toujours la même chose. D'abord les baisers, puis le tripotage et il m'a déshabillée. Il s'est déshabillé aussi pour plus de baisers et tripotage. Je devenais folle, tous ces attouchements, ces baisers, alors j'ai initié la chose – oui, Maman, tu peux sauter ce passage si tu veux – je suis devenue agressive. J'ai attrapé son « vous savez quoi » avec une idée précise en tête.

« Je t'en prie, non ! (C'était lui, les mecs, pas moi. J'en reviens pas qu'il m'ait pas giflée.)

– Ça va, Norman.

– Non, ça va pas du tout. Je ne peux pas te faire ça.

– C'est bon, Norman. (Je le serre plus fort, pas trop mais décidée.)

– C'est pas bien.

– Norman, c'est ok.

– Non, je me le pardonnerai jamais.

– Norman, c'est bon, je suis plus vierge.

– Moi, je le suis. »

La vérité, rien que la vérité. J'en étais à tenir le pénis d'un puceau sur le tapis en laine bouclée vert avocat de ma mère, tout à côté de son canapé en velours mordoré.

« Tu plaisantes ?

– Pas du tout. Je l'ai jamais fait.

– Il serait temps. Vas-y !

– J'ai peur. »

Monsieur a peur. Je suis là, allongée toute nue à supplier Norman Berkowitz de me baiser et il a peur.

« Tu sais, il y a pas de raison d'avoir peur. Vraiment, Norman. Norman, tu pleures ? » (Il me faisait pitié. Vraiment. Il le niait mais il pleurait bien. Le pauvre était complètement terrorisé. Comme un puceau.)

« Allez, Norman, je vais te montrer. »

Je l'ai guidé au-dessus de moi. Au moment où son corps a touché le mien, cataracte de spermatozoïdes ; il y en avait partout. Pas besoin de te faire un dessin, Maman ?

Le film a duré très longtemps, et après un café et quelques disques, on a essayé encore. Cette fois, ça a marché. La première fois pour Norman. J'avais l'impression d'être une vieille pute. Il s'est endormi, sur moi. Et vous savez quoi ? L'espace d'un instant, je me suis sentie coupable de lui avoir pris sa virginité.

Europe

FAIT : Les filles avec une vie sexuelle épanouie restent à New york. Les autres veulent passer l'été en Europe.

Norman était mortel, le boulot, c'était trop de dactylo et ma copine Madeline se mariait. Neuf mois que j'étais à New York et apparemment c'était pas là que ça bougeait. J'ai pensé que tout irait peut-être mieux si je changeais l'orthographe de mon nom, pour passer de Levine à Le Vine. C'est resté Le Vine pendant trente jours sans interruption et rien ne s'est passé. Je sais pas. J'aurais peut-être dû changer Sheila en Sheilah.

Ça gazait pas non plus pour Linda. Elle venait de découvrir, après de longs mois, qu'Henry Cox avait voté Nixon au lieu de Kennedy.

« Enfin, Linda. On casse pas avec un type seulement parce qu'il a pas voté comme nous.

– Tu comprends pas, Sheil. Il a voté Nixon. Je pourrai jamais coucher avec un homme qui a voté Nixon. Non, impossible ! »

Elle a broyé du noir pendant plusieurs semaines et puis, tout à coup, un après-midi, Linda est rentrée avec des prospectus de pays lointains.

« Sheil, t'as combien sur ton compte ?

– Je sais pas… à peu près deux cent quarante et un dollars.

– Super ! C'est quand, tes vacances ?

– M. Holland est très souple pour ça. Les Poussins vont pas chanter avant septembre. J'imagine que je peux choisir la date pour mes deux semaines de congé.

– Génial ! J'ai aussi deux semaines et il y a des milliers de vols charter par l'association des anciens élèves de NYU, on peut avoir un aller-retour pour cent quatre-vingts dollars et se débrouiller avec cinq dollars par jour et puis je suis sûre que nos parents nous donneront un petit supplément.

– On y va ! Mais attention, Linda, j'ai pas envie de faire comme les touristes, à visiter seulement les églises et les musées. Je veux vraiment rencontrer des gens.

– Moi aussi. Je supporte pas ces voyages organisés qui font seize pays en quatorze jours.

– D'accord. On a donc deux semaines. On ira seulement à Londres, Paris et Rome. »

On mourait d'envie de voir l'Europe ? On piétinait d'impatience d'aller au Louvre ? De nous balader sur la voie Appienne ? On crevait plutôt d'envie de quitter New York et on brûlait de tomber amoureuses d'un François français ou d'un vrai Tony italien. Allez, faut pas oublier qu'on avait vu *La Fontaine des Amours*. On n'avait qu'à traverser l'Atlantique et tous les bons partis d'Europe viendraient nous accueillir à l'aéroport. Ça veut pas dire qu'on en épouserait un. On rentrerait pour épouser un brave Américain de souche comme faisait toujours Sandra Dee. Mais pourquoi ne pas vivre une aventure passionnée avec un homme qui vous fait le baisemain ?

Vol 204 A à destination de Londres. Embarquement immédiat.

Il y avait foule à l'aéroport. Pour chaque voyageur, il y avait trois personnes venues l'accompagner. Les Minsk étaient là qui embrassaient Linda, la serraient dans leurs bras en lui disant au revoir avec joie et tristesse. Mes parents étaient là à me prédire vol, viol et déportation si je ne suivais pas leurs recommandations.

« Sheila, pense à descendre exclusivement dans de bons hôtels et mets bien du papier-toilette sur la lunette.

— Sheila, cache bien ton argent. Ne le prends pas avec toi et ne le laisse pas dans ta chambre.

— Sheila, si tu as des ennuis, va immédiatement à l'ambassade américaine la plus proche. Ils s'occuperont de toi. N'oublie pas que tu y as droit. Tu es une ressortissante américaine. On paye suffisamment d'impôts.

— Que fais-tu si tu perds tout ton argent ?

— Je vais chez American Express.

— Et si pour une raison quelconque tu as besoin de plus d'argent ?

— J'envoie un télégramme à la maison pour une rallonge.

— Si la lunette des toilettes est sale ?

— Je vais à l'ambassade. »

Puis, comme s'ils suivaient un scénario bien précis, mon père s'est éclipsé discrètement et ma mère s'est approchée pour me glisser à l'oreille :

« Sheila, tu sais que nous te faisons confiance, MAIS, ma chérie, tu vas à l'étranger, et beaucoup d'hommes là-bas profitent des belles jeunes filles américaines. Ne laisse pas un garçon étranger te toucher tu sais où.

– Je ne vois pas où tu veux dire, maman. » Elle m'a regardé d'un sale œil. Quand j'ai quitté le sol américain, ma mère avait une expression grivoise.

On est montées dans l'avion, Sheila et Linda, deux bonnes amies en route pour l'Europe. Deux filles qui, dans leur studio de la 13e Rue, ont planifié leurs vacances, l'une serait en combinaison Arnel infroissable, l'autre simplement superbe.

Durant notre année à New York, Linda avait acquis un style, le genre de style propre aux New-Yorkaises. Elle savait assortir ses fringues, ajouter une écharpe, mettre une ceinture, prendre un sac à bandoulière. Elle savait donner de l'allure à la tenue noire de base. Elle ne mangeait plus, était aussi mince qu'un mannequin et avait acquis du flair, du *savoir-faire*. Depuis que j'avais dépucelé Norman, j'avais pris trois kilos et le mot « accessoire » m'était totalement étranger. Conclusion ? Linda était près du hublot et moi, j'avais le siège du milieu. Près de moi, côté couloir, j'avais un type très calme, plongé dans un bouquin, du genre chemise de trappeur et pantalon de velours. Il s'est débrouillé pour ne pas me voir, ce qui n'était pas chose facile, et darder son regard droit dans les yeux de Linda. Ils ont papoté par-dessus mon estomac.

« C'est votre premier voyage ? (Lui.)

– Oui. Je suis survoltée. (Linda.)

– Moi aussi. (Moi.)

– Vous allez adorer. Ça fait cinq années de suite que j'y vais, et chaque fois c'est encore mieux. (Lui.)

– Vous y êtes allé cinq fois ? C'est génial ! (Linda.)

– Génial ! (Moi.)

– Vous vous appelez comment ? (Lui.)

– Linda. Et vous ? (Linda.)

– Charles. (Charles.)

– Moi, c'est Sheila. » (Moi, Sheila.)

Est-ce vraiment utile de préciser que, lorsque je me suis levée pour aller aux toilettes, il a pris ma place ? Est-ce nécessaire d'ajouter qu'à l'atterrissage, Charles a pris ses bagages et ceux de Linda et que, moi, j'ai dû traîner les miens pour passer la douane et arriver jusqu'au taxi ? Dois-je préciser qu'il nous a conseillé une petite pension, très bien, très propre, très bon marché, petit déjeuner inclus avec chambres contiguës ? Est-ce utile de vous dire que Linda et Charles se sont baladés dans la ville jour et nuit, aux bras l'un de l'autre, leurs mackintoshs battant au vent ? Et dois-je vous préciser que j'ai vu la tour de Londres, le Palais, le Parlement, Soho, Piccadilly Circus et compagnie de mon côté, toute seule dans un car bondé de touristes ? Ai-je besoin d'ajouter que mes diapos sont bourrées d'inconnus ?

Bien que je l'aie visité seule, j'ai adoré Londres. Je sentais qu'il faudrait que j'y vive un jour. Je pourrais peut-être persuader Frank Holland d'y ouvrir une filiale. Sinon, je pourrais peut-être trouver un job au Parlement ou ailleurs. La reine avait sûrement besoin d'une fille bien. Pour elle, je taperais à la machine.

« Bien, mademoiselle Levine, vous avez l'air du genre de fille qu'on aimerait voir, ici, au palais. Vous tapez à la machine ?

– Oui, Votre Majesté.

– Tapez cette lettre pour l'Écosse. Vous savez, elle m'appartient. »

Ma plus grande crainte était que, par amour pour Linda, Charles nous suive à Paris. Le dernier soir à Londres, je faisais mes valises en écoutant le flic-flac qui provenait de mes vêtements infroissables en train de s'égoutter. Linda est revenue, s'est jetée sur le lit et m'a annoncé que tout était fini.

« Enfin, Linda. Tu ne vas pas me dire qu'il a voté Nixon ?

– Il a voté Kennedy. J'ai vérifié le premier jour.

– Alors, où est le problème ?

– Il a pas aimé *L'Attrape-cœur*.

– C'est la seule raison ?

– Tu comprends pas, Sheila ? C'est mon livre préféré. Je l'ai lu dix-sept fois. Je pourrai jamais épouser quelqu'un qui n'aime pas Salinger. Je voudrais pas de ce type d'homme comme père de mes enfants. »

Dès que j'ai vu Paris, j'ai su qu'il faudrait que j'y vive un jour. Le premier soir, j'ai songé à reprendre le nom de Le Vine. Pourquoi ne pas être une Américaine à Paris ? Je pourrais rentrer à New York, travailler une année de plus pour Frank Holland, économiser tout mon argent – je ne mettrais pas un pied chez Ohrbach de toute l'année – et puis je reviendrais dans mon Paris à moi. Je vivrais sur Le Rive Gauche, de pain et de fromage, avec peut-être un hamburger de temps en temps, acheté au drugstore, et je porterais beaucoup de cols roulés noirs avec ce petit air affamé si seyant.

Bien sûr, au début ma mère s'y opposerait. Elle sangloterait sûrement à l'aéroport. Mais tout serait pardonné dès que je lui aurais présenté Jacques, mon mari juif français et mes beaux enfants juifs français, Pierre et Martine, deux petits amours avec cartable sur le dos et chaussettes bleu marine aux pieds.

Ma mère serait particulièrement ravie de rencontrer ma meilleure amie, Brigitte Bardot. (On était devenues amies à Saint-Tropez, où on avait chacune une maison, et aussi parce qu'on portait la même taille de bikini.)

Linda a détesté Paris.

« Linda, comment peux-tu détester Paris ? J'ai jamais entendu ça. Comment détester une ville entière ?

— Elle me dit rien, c'est tout.

— C'est splendide. Avoue quand même que c'est beau ! le Louvre, les Tuileries, la tour Eiffel. Où qu'on regarde, c'est beau.

— Bof.

— Bof ? J'ai jamais entendu dire que Paris, c'était bof. »

En fait, la cause de la mauvaise humeur de Linda était évidente. *Via* le bureau American Express, elle avait reçu une lettre d'Henry Cox, seize pages ! Il s'excusait encore et encore d'avoir voté Nixon et comprenait maintenant combien il avait été idiot. Linda n'a pas éprouvé une once de compassion pour Henry Cox, l'a trouvé encore pire de ne pas rester fidèle à ses convictions et a décidé de jeter la lettre dans la flamme du tombeau du Soldat inconnu. On n'a pas pu s'approcher suffisamment alors elle l'a jetée dans une poubelle en haut de la tour Eiffel.

De retour à l'hôtel (Le Montana – trouvé dans *L'Europe pour cinq dollars par jour*) la veille de notre départ, deux Français moches en Peugeot nous ont hurlé des obscénités en français. Effet magique sur l'humeur de Linda qui, sur-le-champ, s'est sentie mieux. Pour notre dernière journée dans la Ville lumière, Linda a souri et a pris des centaines de photos en sifflotant « I Love Paris » sans tarir. Et au moment où on était dans l'avion pour Rome : « Tu sais, Sheil, j'aimerais vraiment vivre ici un jour. Je pourrais peut-être faire ma maîtrise en beaux-arts à la Sorbonne. Je vivrai rive gauche, simplement, me nourrirai de pain et fromage. Ce serait pas génial ? »

À Rome, il y a eu des tuiles. D'abord, j'ai envoyé une carte à Norman. J'étais sans nouvelles de lui et je lui envoyais une carte, quelle gourde ! J'ai jamais envoyé de carte à un mec sans le regretter plus tard.

Cher Norm,
Nous voilà à Rome. Jusqu'à maintenant, j'ai eu trois demandes en mariage, d'un lord anglais, un duc français et un comte italien. (Je plaisante.) Sérieux, j'aimerais vraiment vivre à Rome un jour.

À plus,
Sheila.

J'ai essayé de fourrer ma main dans la boîte à lettres pour la récupérer.

Ensuite, Linda et son dernier flirt ont disparu de la circulation pendant des heures. Rien que d'y penser, j'ai les nerfs en boule.

On était en train de dîner, Linda et moi dans un *prix fixe* à côté de l'hôtel. C'était charmant ; même l'air à Rome est spécial. Je me sentais comme une reine tout en n'arrivant pas à croire que j'étais vraiment là. La maison était juste au coin de la rue ; Linda s'était mise à penser à l'aide sociale et moi à Frank Holland et à ses disques. Pendant le voyage, on avait décidé toutes les deux qu'on trouverait de nouveaux jobs dès notre retour. On gâchait notre vie. On était trop bien pour nos postes. On était allées en Europe.

« Il faut que je revienne vite.

— On pourrait revenir l'été prochain ?

— Non, Sheila, pas en vacances. Il faut que je vive ici.

— Moi aussi. Je viens de l'écrire à Norman. Si tu finis pas tes spaghettis, je les prends. »

Deux types qu'on n'avait même pas remarqués sont venus à notre table nous demander s'ils pouvaient se joindre à nous. Vous avez déjà observé ce phénomène : quand deux types s'assoient avec deux filles, le plus mignon des deux choisit systématiquement la place à côté de la plus jolie ?

Ils étaient américains, du Middle West, pas moins, chemises à col boutonné, pantalons kaki et ce qui vient avec. Celui de Linda s'appelait Rick quelque chose et le mien, c'était Joe ; Joe tout court. Linda et Rick avaient mis le cap sur une destination inconnue avant même que je m'en aperçoive. Joe et moi, on est partis sur sa Honda, moi derrière, dans un bar fréquenté par des étudiants américains et, tout à coup, je me suis rendu compte que j'étais plus âgée que lui. Effrayant. Je m'étais toujours considérée comme étant très très jeune. Et je voyais Joe saluer des gamins en sweat-shirts, Dartmouth, Rochester, Ithaca, etc. Ils étaient tous en train de parler de la rentrée. À vingt-deux ans, j'avais l'impression d'avoir le visage tout ridé.

« Sheila, tu vas où à la fac ? »

J'avale ma salive ; très bas je fais : « NYU. » Ça me rendait nerveuse. Imaginez que quelqu'un ait assisté à ma remise de diplôme ?

On n'a pas revu Linda et Rick. Joe semblait absolument pas inquiet. Moi, bien sûr, j'ai commencé à me faire du souci de retour à l'hôtel où il y avait pas trace de Linda. Joe a attendu avec moi puisque Rick et lui n'avaient pas décidé où ils allaient passer la nuit. (Comment peut-on vivre comme ça ?) On s'est assis sur les chaises dures et inconfortables du vestibule et on a attendu encore et encore.

Évidemment, je suis bien la première à admettre que je panique, me fais du souci pour rien. Mais si votre toute meilleure amie était en vadrouille avec un inconnu à l'étranger, en moto, et qu'il était trois heures et demie du matin, vous paniqueriez pas, vous ? Moi, aussi.

« Joe, je crois vraiment qu'il faut faire quelque chose, appeler quelqu'un, bouger.

— Que faire ? Qui appeler ? » Il a posé ces questions mais sans sembler concerné.

« Et l'ambassade américaine ?

— À trois heures et demie du matin ? »

Alors je me suis levée pour agir, je savais pas comment, et voilà qu'arrive Rick sans Linda.

« Joe, t'étais où ? On t'a attendu chez Mark.

— Où est Linda ? » J'ai dit.

« Je ne savais pas qu'on devait aller chez Mark. Tu me l'as jamais dit.

— Où est Linda ? » J'ai dit.

« Si je te l'ai dit. Je l'ai crié quand je suis parti en bécane du restaurant.

– Où est Linda ? » J'ai dit.

« J'ai rien entendu.

– Où est Linda ? Où est Linda ? » J'ai dit.

« Allez, en route. Je t'ai cherché partout. Je suis lessivé et on part pour Madrid ce matin.

– OÙ EST LINDA ? » J'ai hurlé.

« Qui ?

– Linda, la fille avec laquelle t'es parti.

– Je l'ai déposée ici après le film.

– Tu rigoles ? Elle est pas là. Je suis anéantie. » Que savaient-ils, ces deux garçons non juifs, un Rick et un Joe, de l'anéantissement ? Je parie que leurs mères, à tous les deux, étaient des blondes plates comme des limandes, pas du genre à s'inquiéter s'ils grattaient leurs boutons de varicelle.

« Je l'ai déposée et j'imagine qu'elle est montée. Viens, Joe, on part tôt que tu sois levé ou pas.

– Salut, Sheila. Content de t'avoir rencontrée.

– Moi aussi. Merci pour le pot et pour tout. Merci. »

Je suis montée, me suis assise sur le lit et j'ai regardé dans le vague. Pas besoin de s'énerver. Il était évident que Linda était dans les mains de la Mafia qui voulait qu'elle dirige un bordel italo-judéo-américain. L'ambassade américaine... appelle l'ambassade américaine, Sheila. Pauvre Linda, elle gisait sans doute dans une rue sombre, trop faible pour bouger, victime d'une crise de constipation. Appelle l'ambassade. On avait pris Linda pour une espionne et elle était, en ce moment même, torturée par les fascistes qui voulaient la faire parler. Conclusion : appelle l'ambassade !

Je suis redescendue. J'ai appelé l'ambassade américaine. Ils dormaient. Imaginez un peu que l'Italie déclare la guerre à l'Amérique ? L'ambassade n'en saurait rien jusqu'au matin.

L'homme, à la réception, a vu l'inquiétude sur mon visage.

« *Polizia ?*

– Oui, s'il vous plaît, *polizia.*

– *Polizia ?* (Il composait le numéro.)

– Je parle pas Italien. Vous pouvez leur dire que mon *amigo, meine freundin.* » Il savait ce que je voulais dire. Il m'avait vue attendre des heures dans le vestibule. Il a parlé à *la polizia* et m'a fait signe de rester calme. Je lui ai souri, sans arrêt. C'était la seule façon que j'avais de lui montrer ma reconnaissance. Un tas de sourires et un tas de *grazie. Grazie. Grazie. Grazie.*

La *polizia* est arrivée et j'ai commencé à les inonder de *grazie,* ça dégoulinait. Ils ont discuté longtemps avec le directeur de l'hôtel, ils riaient, se tapaient sur l'épaule, s'amusaient pendant que ma petite Linda était sûrement ligotée à la fontaine de Trévise. Puis ils m'ont fait signe de les suivre. À mon tour, je leur ai fait signe : « Moi, venir ? » Ce à quoi ils m'ont indiqué : « Oui, espèce d'idiote, suivez-nous. » Le directeur a dit : « Aller, *polizia.*

– Ha, ha ! Je regrette d'avoir commencé tout ça. J'ai pas vraiment envie de vous suivre. Je suis désolée, mais si on allait tous se coucher ? J'appellerai l'ambassade américaine quand ils seront réveillés, ha, ha, ha ? »

Là, ils ont pas pigé. Ils m'ont fait monter dans une voiture de la *polizia.* Pourquoi les avoir impliqués ? Moi, Sheila Levine, suis en route pour le poste de *polizia.* Veinarde que j'étais, ils m'ont pas conduite au poste du tout. J'ai eu le droit d'aller dans un grand bâtiment bien éclairé du centre-ville. Des lumières partout, des gens affairés comme en plein jour.

Ça ressemblait à une sorte de grand hôpital. Ils m'emmenaient à l'hôpital parce qu'ils pensaient que Linda était malade ? Non ! C'était pas un hôpital. On était dans une pièce glaciale, illuminée, avec des gens en larmes, des gens qui regardaient, quelques gens de la *polizia*, un homme en blouse blanche et une foule de gens qui dormaient sur des tables. Attendez… ne bougez pas… AU SECOURS… ces gens dorment pas. La petite Sheila Levine de Franklin Square, Long Island, État de New York était à la morgue de Rome. Je vous dis pas, j'en étais malade. La *polizia* me montrait des gens, me posait des questions, et moi, j'avais mal au cœur et je me disais que c'était un cauchemar tant c'était incroyable. Je me suis mis les mains devant les yeux et j'ai lancé quelques regards furtifs aux corps d'ex-Italiens allongés sur les tables. C'était très fellinien tout ça. Ces visages. Heureusement, peu de femmes et pas de Linda parmi elles. D'accord, ça suffit, elle est pas là, *grazie* quand même, vous pouvez refermer ce tiroir. Non, c'est pas mon amie. Écoutez, on peut y aller. Non, c'est pas elle. Fermez le tiroir. Non, pas la peine d'en ouvrir un autre. Merci quand même. J'ai parcouru la pièce du regard. Tous les autres regardaient puis faisaient le signe de croix, alors je me suis signée aussi. À Rome… Excusez-moi M. le rabbin, mais je ne vois pas comment ça pourrait être un péché puisque le signe de croix, c'est venu après l'Ancien Testament ?

Ils m'ont raccompagnée à l'hôtel. Il faisait déjà jour et Mlle Minsk était assise dans le vestibule.

« Sheila, t'étais où ? J'étais dans tous mes états. Prête à appeler la police. » On est tombées dans les bras l'une de l'autre, en larmes, épuisées, soulagées.

« Où étais-tu ? Je t'ai cherchée partout.

– J'ai rencontré ce type, Gary. Il est aussi dans notre hôtel et on a discuté des heures et il a voté Kennedy et adore Salinger.

– Linda, jusqu'à six heures du matin ?

– Je me suis pas rendu compte qu'il était si tard. Excuse-moi.

– C'est bon. Ça m'a permis de voir plus de choses à Rome.

– T'es sérieuse quand tu dis que tu voudrais vivre à Rome ?

– Non, je voudrais mourir ici. Leur morgue est du tonnerre. »

Vol 432 *fora New Yorka.*

Évidemment, Charles était dans le même avion que nous puisqu'il était passé par les anciens élèves de NYU pour acheter son billet charter. Pendant tout le voyage, Linda et lui se sont évités, ce qui était pas facile vu qu'on était dans la même rangée, comme à l'aller. Moi, bien sûr, j'étais une fois de plus au milieu, ce qui leur facilitait la tâche mais compliquait la mienne.

Les deux semaines étaient passées aussi vite qu'un rêve.

« Je peux pas croire que c'est fini.

– Il faut qu'on y retourne, Sheila.

– D'ici l'année prochaine, tu seras sûrement mariée. Tu pourras voyager avec ton mari.

– Ouais. (C'est quoi, ce "ouais" ? Pourquoi tu dis pas : "Toi aussi Sheila, tu seras mariée et tu iras avec ton mari" ? Je me demande bien pourquoi, tu m'as pas répondu ça.)

– Ça fait déjà un an qu'on est dans l'appartement. J'arrive pas à le croire. Le temps est passé si vite. Tu te souviens du type qu'on a rencontré dans le couloir et tu voulais pas croire qu'il était pédé ?

– T'as aucune preuve.

– Tu te souviens de la fête d'Halloween ?

– Tous ces mecs…

– Et le soir où on était enfermées dehors ?

– Et le premier soir ?

– C'était génial. On s'est bien amusées. Je suis contente de pas m'être mariée tout de suite après la fac. Pense à tout ce qu'on a fait : travailler, se payer un appartement, voyager en europe.

– Ouais. J'ai toujours voulu avoir mon appartement à moi pendant un an ou deux avant de me fixer. Comme ça, je sais ce qui me plaît. Tu vois ce que je veux dire ?

– Parfaitement. Parce que au moins j'ai l'impression d'avoir vécu, tu vois ?

– Oui. Bien sûr. »

On se justifiait, on se motivait pour notre seconde année de célibat à Manhattan. Au départ, on avait prévu d'être au moins fiancées. On avait vu et appris que tant d'amies, l'une après l'autre, avaient trouvé un homme. À vingt-deux ans, on se disait déjà qu'il était pas trop tard, que tout s'était pas déroulé aussi rapidement que prévu mais que ça nous arriverait à nous comme c'était arrivé à d'autres. On avait encore pas mal d'amies célibataires qui continuaient à chercher.

Aucune d'entre nous s'était attendue à chercher si longtemps, c'est tout.

La douane. Montres, parfums, gants, dentelle. Tout déclaré, par peur. Linda a fait passer des tas de vêtements sans les déclarer. On a fouillé ma valise, pas la sienne.

En passant la douane, j'ai vu mes parents et j'ai immédiatement cherché Norman des yeux. Il était pas là. J'étais déçue. Norman était une personne détestable mais c'était mieux que rien du tout.

« Salut…

– Salut…

– C'était génial. Je vous raconterai. J'ai plein de diapos et de cartes postales et tout. Où est Norman ?

– Il est aussi parti en vacances. Il est à Atlantic City avec ses parents. Viens, on va te raccompagner à New York. »

Linda nous a rejoints, a embrassé tout le monde.

« Sheila, Charles a sa voiture ici. Si tu veux, il peut nous raccompagner. » J'ai vu le soulagement sur le visage de mon père. Le pauvre faisait plus de cent dix kilomètres par jour en voiture. Il était ravi de ne pas avoir à faire le trajet le week-end.

« Charles, celui que tu peux pas piffrer ?

– Je peux pas le supporter mais c'est que pour le trajet. Comme ça, mes parents peuvent rentrer directement par le pont de Throg's Neck.

– D'accord. »

On a mis les bagages dans la voiture et Linda et Charles se sont installés à l'avant, moi comme d'habitude, toute seule à l'arrière. Personne n'a dit mot. On était fatigués, on pensait aux vacances et à ce qu'il faudrait faire ensuite. Changer de travail ? Chercher quelque chose de plus intéressant ? Arrêter de voir Norman car sinon les gens penseraient qu'on sort ensemble ? Vendre le manteau de fourrure et me faire refaire le nez ? Plein de questions.

Il nous a déposées au coin et on s'est débrouillées pour se traîner avec nos valises jusqu'en haut sans l'aide de tous ces gens à qui on avait donné une belle enveloppe pour Noël. Un coup d'œil à l'appartement a suffi pour comprendre qu'on avait été cambriolées.

Plus que cambriolées, mises à sac. Rideaux arrachés des tringles, draps bazardés, papier-toilette partout, télévision introuvable, tourne-disque manquant à l'appel, empreintes de pieds sur les abat-jour. Oh non. Pas ça ! J'en peux plus. Ils feraient mieux de cambrioler quelqu'un avec assez d'estomac pour le digérer.

« Arrête de pleurer, Linda.

– Quel bordel. Tout l'appart est un bordel complet. Où est Kate ? Où est Joshua ? Heureusement que j'avais ma bague en opale avec moi. Quel putain de bordel de merde.

– Arrête de pleurer, Linda. T'appelles qui ?

– Mon père.

– Pose ce téléphone, Linda. Ton père va le dire à ta mère qui va le répéter à ma mère qui va le dire à mon père et avant que t'aies le temps de te retourner, tu vas te retrouver à Parsippany et moi à Franklin Square. » Au moment où elle a reposé le combiné, le téléphone a sonné.

« Sheila ?

– Oui, maman ?

– Tout va bien ? J'ai eu ce drôle de pressentiment, comme si j'aurais mieux fait de vous raccompagner en ville. J'avais l'impression que quelque chose clochait. » Cette femme, ai-je pensé, est une sorcière. Il y a trois cents ans, on l'aurait brûlée vive. Aujourd'hui, c'est une voyante.

« Tout va bien. Je t'assure, maman.

– Bien. Tu devrais te détendre, allumer la télé ou mettre un disque et te décontracter. (Comment savait-elle ?)

– D'accord. Au revoir.

– Allez, Linda, il faut appeler la police. (C'est bien comme ça qu'on dit dans ce pays ? Combien vaut un dollar ? Pas facile d'être un grand voyageur.) Ils vont venir et tout arranger. Ils ont sûrement déjà arrêté le type et ils ont toutes nos affaires avec eux dans l'attente qu'on passe les récupérer. » J'y croyais dur comme fer.

« Appelle-les, toi, Sheila. T'es super pour ces trucs-là. » (Comment j'étais devenue experte pour ce genre de choses ? En étant célibataire. C'est comme ça qu'on apprend à s'adresser à un officier de police et à réparer les toilettes.) Le 411…

« Allô, ici les renseignements.

– Les renseignements, je voudrais le numéro du commissariat le plus proche de chez moi, c'est-à-dire du 25, 13ᵉ Rue Ouest, le Mont Parnasse.

– Vous souhaitez que je vous mette en relation ? C'est une urgence ?

– Je sais pas.

– Vous ne savez pas si c'est une urgence ?

– Un instant, je demande à mon amie. Linda, c'est une urgence ? (Elle hausse les épaules.) Mon amie ne sait pas non plus. Je suppose que c'est une urgence.

– C'est le 555-1090

– Merci. »

Le 555-1090.

« Allô, vingt-huitième circonscription.

– J'ai été cambriolée et…

– Oui ?

– Je voudrais le signaler ou enfin… »

Ils sont venus (ont brandi leur badge). « Je suis le sergent Riley, voici le sergent Kelly. (À coup sûr, c'est une blague !) Vous avez signalé un cambriolage ?

– Oui, on rentre d'Europe et on nous a cambriolées.

– Vous êtes danseuse ?

– Non. (Danseuse ?)

– Un tas de danseuses se font cambrioler. Elles font cours chez elles et leurs élèves les volent.

– Non, aucune danseuse ici. »

Et puis il a posé quelques questions, genre, nos noms, si je soupçonnais quelqu'un.

« Que voulez-vous signaler comme objet manquant ?

– Je dirais que les deux choses principales sont la télévision et la hi-fi. (C'est moi qui fais la conversation. Linda reste assise là, en état de choc.)

– Vous avez les numéros de série ?

– La télé, c'était une Emerson ou RCA. Vous croyez pouvoir la retrouver ?

– Vous plaisantez, ma petite dame ? Vous n'avez pas les numéros de série ?

– Non. (Linda est furieuse que je ne les connaisse pas.)

– Pas l'ombre d'une chance que vous récupériez vos affaires.

– Vous allez pas vérifier chez les prêteurs sur gages ? dans *Dragnet*, ils l'ont fait une fois…

– Ça va jamais refaire surface. Il faudrait être

109

siphonné, madame, pour imaginer remettre la main dessus.

— Merci quand même.

— Vous êtes veinarde d'être en vie, ma petite dame. Bonne nuit.

— *Grazie…* je veux dire, merci. On vient de rentrer d'Italie. » Riley et Kelly m'ont regardée comme si j'étais timbrée. Heureusement que j'avais le projet de quitter ce pays.

La deuxième année

Au cas où vous penseriez que la mayonnaise a pris, il est de mon devoir de vous informer que ma deuxième année à New York a été pourrie.

Norman s'est réinsinué en douce dans ma vie. Je pensais qu'après mon voyage en Europe, c'était hors de question, mais pas du tout. J'ai repris le ronron douillet du rancart du samedi soir, sans obligation de régime. Je voyais maintenant Norman les mardis, jeudis, samedis et dimanches. Le mardi et le dimanche, on faisait tout pour ne pas avoir à se dire un mot. Quant au jeudi, Linda suivait son cours d'introduction aux religions orientales à NYU, et le samedi, Linda sortant avec des célibataires en goguette, on baisait. Je mettais mon diaphragme et on baisait. Où donc était passé le bon vieux temps du sorbet maison et des capotes anglaises ? Tu te rappelles, Madeline ? Dans tous nos débats sur le sexe, tu te souviens de ce qu'on disait des mecs avec capotes ?

Je vous demande un peu de quand ça date ? Quand c'est devenu la corvée de la femme ? L'année du tailleur-pantalon ? Prends ton tailleur-pantalon, mais attention, si tu portes le pantalon, fini les capotes. Comme toutes les autres, je suis allée chez mon gynéco, j'ai payé dix dollars la consultation, me suis sentie gênée devant l'infirmière, et puis j'ai eu ma protection. (Les gynécologues, ils sont tous dans le racket de la protection, qu'on se le dise.)

Linda est retournée au Bureau d'aide sociale en attendant de trouver mieux. Elle était à nouveau amoureuse, d'un mec du nom d'Ivan Lumak, engagé comme avocat par le comité Brûlez votre ordre d'incorporation. Il représentait tout ce que Linda aimait. Il était beau, grand (pour Linda c'était un impératif), châtain, yeux verts, mâchoire carrée. Il avait des opinions politiques. Il fallait à Linda une personne avec une certaine conscience sociale. Ivan avait une qualité supplémentaire. Il avait une fortune personnelle. Son père était le Lumak des soutiens-gorge Well-Wear, une vraie fortune. Linda avait tiré le gros lot : grand et riche. Même sa mère était euphorique : « Linda sort avec les soutiens-gorge Well-Wear. » C'était le refrain dans tout Parsippany.

Cette fois j'étais affreusement jalouse. J'avais le béguin, c'est la première fois que je l'admets, pour Ivan Well-Wear Lumak. C'était dur, insupportablement dur de le voir à tout bout de champ. Mon cœur avait des réactions, type soubresauts, j'exagère pas. Il avait qu'à sourire et je m'asphyxiais sur place. Un bonjour, au téléphone, je tombais dans le coma. Un « comment ça va » et je délirais pendant vingt-quatre heures. Vous avez une idée de la torture que c'était ? Soir après soir, je les voyais partir bras dessus, bras dessous. J'étais un vrai vautour à guetter l'instant où elle le larguerait.

Que faire quand vous êtes follement, éperdument amoureuse du petit copain de votre meilleure amie ?

112

J'ai essayé de me le sortir du crâne. Ça a pas marché. Il venait sans arrêt voir Linda ; moi je sortais pas souvent, alors j'étais là pour l'accueillir. J'ai essayé de me tenir à l'écart. Quand il venait, je me forçais à rester dans ma chambre. J'y arrivais pas. Comme par hasard, je sortais de ma tanière toute maquillée, dans le peignoir de Kate, celui avec les plumes.

« Oh ! Pardon. Je ne savais pas que tu étais là, Ivan. (Battements de cœur… Boum boum boum.) Je voulais seulement me faire une tasse de thé. Je suis assez bonne cuisinière, non, Linda ?

– Sheila cuisine du tonnerre ! Ses lasagnes sont succulentes. (Soit Linda était pas consciente de mon stratagème, soit elle me considérait pas comme une menace.)

– Tu aimes les lasagnes, Ivan ?

– J'adore.

(Boum… Boum… Boum. Suffit, le cœur.)

– Suffit de le dire et je t'en fais. Demain, si tu veux. Pourquoi pas ce soir ? Vous avez envie de lasagnes, ce soir ? Je peux m'habiller, faire un saut à l'épicerie prendre ce qu'il faut et…

– Non merci, Sheila. Linda m'a préparé un plateau-repas ; elle l'a fait brûler. (Il embrasse la main qui a saboté son dîner.)

– Bon, alors je retourne dans ma chambre. Je vais lire un peu de Voltaire et repriser mes bas. Linda, si tu veux, je fais ton lit.

– Pas la peine. De toute manière, il sera vite défait.

– Alors, *bonsoir*.

– Bonsoir, Sheil.

– Bonsoir, Sheila. » Bonsoir ! Il m'a dit bonsoir. C'est insupportable.

113

Le pire dans toute l'histoire, c'est que Linda l'aimait pas tant que ça. Elle arrêtait pas de le rembarrer.

(Elle se déshabillait.) « Parfois Ivan est si assommant.

(De mon lit.) – Je vois ce que tu veux dire. Il y a rien de plus agaçant que les raseurs. Moi, je passerais pas dix minutes avec quelqu'un de barbant.

– Et puis il est tellement radin. Il est bourré de fric, je le sais, mais on finit toujours chez lui avec un plateau-repas.

– Terrible ! C'est trop dommage. Qu'est-ce que tu vas faire Linda, le laisser tomber ? Le larguer ? (Je t'en prie !)

– Je sais pas. Il a l'art de me mettre en boule. Tu vois, il est censé être libéral à fond, mais j'y crois pas. C'est simplement l'idée d'être appelé libéral qui lui plaît. Tu sais ce que je pense ? Je pense qu'il a des valeurs de petit-bourgeois. Voilà ce que je pense.

– En plein dans le mille. C'est fou comme vous allez pas ensemble. Ça m'étonne que tu sois restée si longtemps avec lui.

– D'un autre côté, il y a quelque chose en lui qui me séduit vraiment.

– Ah oui ? J'ai l'impression qu'il est pas un aussi grand fan de Salinger qu'il le prétend. » À l'amour comme à la guerre, il paraît que tout est permis. Pendant des semaines j'ai essayé de tomber sur lui comme par hasard, près de son bureau, à côté de chez lui.

« Oh ! Salut Ivan.

– Salut Sheila, qu'est-ce que tu fais dans le coin ?

– Mon dentiste est à deux pas d'ici. J'y vais pour mon bilan deux fois par an.

– Je suis heureux, tellement heureux de t'avoir rencontrée. T'as pas idée comme j'ai eu envie d'être avec toi ces derniers mois. J'ai continué à voir Linda, seulement pour être proche de toi.

– Oh, Ivan.

– Chut ! Ne dis rien. Viens Sheila. Enfin. Oublie le dentiste. D'ailleurs, tes dents, comme tout le reste chez toi, me paraissent splendides. »

… Imagination

Réalité…

J'ai fini par le rencontrer devant chez lui.

« Oh, salut Ivan.

– Salut, Sheila. Qu'est-ce que tu fais par ici ?

– J'achète mon filet mignon dans le coin. Ils ont le meilleur filet mignon de toute la ville. (Je fais comme si je venais d'avoir une idée géniale. Eurêka !) Tiens, et si je prenais deux filets mignons ? Je t'en ferai un avec une pomme de terre au four, crème fraîche, ciboulette et une petite salade ?

– C'est tentant. Vraiment, mais je suis claqué. Je vais réchauffer un plateau-repas et me mettre au lit.

– Demain soir ?

– Je peux pas prévoir.

– À bientôt.

– À plus, Sheila. »

Norman est un si gentil garçon. Bon, d'accord. Mais il me stimulait vraiment pas. À vingt-deux ans, je me sentais pas assez vieille pour me fixer. C'est pas que j'aie eu le choix, aucune demande en mariage à l'horizon. À Noël, Norman m'a offert une écharpe en laine, pas de diamant scintillant de mille feux, petit mais d'une extrême pureté. S'il m'offrait pas de bague, comment la lui jeter à la figure ? Comment annoncer à mes amies que j'avais rompu les fian-çailles, annulé le mariage s'il y avait pas de mariage en vue ?

Ouais, Norman est un gentil garçon mais lamen-table au lit, offrant des cadeaux minables, en plus on peut pas l'emmener partout. Faux, Norman est le genre de type qu'on ne peut emmener nulle part. Le bel Ivan de Linda avait tout le temps sa place, partout. Pas le cas de Norman. En janvier de notre deuxième année à Manhattan, Kate a obtenu un rôle très très off Broadway. Elle jouait le quatrième rôle féminin d'une pièce intitulée *Renaissance*, dans laquelle elle devait porter une grande cape noire, plein de maquillage blanc et dire plein de « putain » et de « merde ». On était évidemment très fières d'elle. Quel est le rapport avec Norman ?

Linda et moi, on était invitées à la première. On devait payer nos places mais c'est quand même chouette d'être invitées. Ça nous donnait l'impression d'être dans le coup. On était aussi invitées à la soirée après la représentation. Or une soirée de première est pas vraiment l'endroit où emmener un type dans une veste marron pleine de taches. Je tenais ma chance. J'irais à la soirée sans Norman, juste pour voir comment je me débrouillais sans lui. Sûr qu'un mec génial viendrait vers moi, on se mettrait à discuter et il me ramènerait sans doute à la maison, prendrait mon numéro, je commencerais à sortir avec lui et lar-guerais Norman en douceur. Je me demandais si je devais inviter Norman au mariage.

J'ai proposé à Joshua de m'accompagner. Il était pas difficile à joindre. Il passait maintenant au moins

116

trois nuits par semaine sur notre canapé. Le reste du temps, il allait à des soirées. Je rigole pas. Il passait la plupart de sa vie dans des soirées. Je parle pas du samedi soir ou des fêtes particulières. Je veux dire quatre, cinq, six soirs par semaine. Il cherchait même pas de travail. Pas le temps pour ça. Entre s'habiller et aller à des soirées, Joshua avait plus de temps pour grand-chose.

On s'est donc tous retrouvés dans un taxi, Joshua dans son pantalon de velours beige, sa chemise bleu ciel et sa veste de daim, Sheila dans sa robe verte à col roulé minable sous la fourrure reçue pour son diplôme, Linda, absolument superbe, ses cheveux bruns tombant en cascade sur sa robe prune et le bel Ivan portant je ne sais plus quoi tant il était beau, sous la neige sale de janvier, en route pour le sous-sol de l'église du mémorial de Judson où se jouait *Renaissance*.

J'aimais bien sortir avec Joshua. Il ouvrait pas les portes, avançait pas de siège, vous tenait pas la main, mais il était sacrément beau. Ça faisait belle lurette que j'étais pas sortie avec un type présentable.

La pièce était bizarre. Un tas de gens jouaient un tas de symboles. Un de ces trucs torturés où on s'ennuie à mort mais on veut pas l'admettre de peur d'être traité d'idiot par un groupe de pseudo-intellectuels. Je dirais seulement que c'était bourré de répliques du style : « Notre Mère la Terre est à présent sur nous. » Kate et cinq autres acteurs glissaient sur scène pieds nus, maquillés de blanc, multipliant génuflexions et imprécations.

À l'entracte :

« J'adore l'usage que fait le metteur en scène du

mouvement abrupt, en contraste direct avec la fluidité du texte. (Joshua.)

– On sent que l'auteur essaie de nous dire qu'il y a du bon et du mauvais dans chaque homme. (Sheila.)

– Par le biais du masque, brillamment utilisé, le propos est de nous dire que tous les hommes sont semblables. (Ivan, qu'est-ce qu'il est beau.)

– Pour moi, le thème est la fraternité, on pourrait tous utiliser la "renaissance" ou la fraternité qui est en nous. Si plus de spectateurs voyaient cette pièce, le monde en serait meilleur. » (Linda.)

Le second acte de *Renaissance* était semblable au premier, beaucoup d'agenouillements, maquillage et cris. La pièce a fini sur les six comédiens en rang au pied de l'estrade, les bras tendus tandis que les lumières passaient du vert au rouge et vice versa jusqu'au black-out. Applaudissements… applaudissements… applaudissements. Les comédiens ont salué, graves et majestueux, chacun leur tour… Bravo… bravo… bravo. Puis ils ont salué ensemble, toujours très tendus, sans sourire, s'essuyant le front. Retour de la lumière ; le public, qui consistait en une vingtaine de personnes dont chacune était soit un ami soit un parent des membres de la distribution, plus deux ou trois prêtres qui assistent toujours à ces performances jouées dans des églises, s'en alla en silence.

En coulisses, Kate faisait la star dans son peignoir à plumes. (Ivan allait-il le reconnaître ?) Elle était en train de se démaquiller avec son lait sans parfum Albolene, le démaquillant des stars depuis plus d'un siècle, et a quitté avec grâce sa coiffeuse improvisée pour nous accueillir. Kate avait du style. Il y avait trois autres filles dans la loge qui, de toute évidence, servait

118

de salle de catéchisme. Kate était la seule avec des roses à longues tiges.

« Je suis ravie que vous soyez venus. » (On aurait dit Julie Andrews à la première de *Camelot*.)

La soirée se passait dans un loft, le premier et le dernier loft dans lequel j'aie jamais mis les pieds. Il courait toutes sortes de bruits sur les lofts, comme : un de mes amis vit dans un loft fabuleux, en face de Washington Square, pour cinquante dollars par mois.

Tout le monde évoquait la pièce en termes élogieux. Notre hôte était le metteur en scène. C'était pas le genre de soirée où on attendait les critiques officielles des journaux car c'était pas le genre de pièce dont on faisait le compte-rendu. Plutôt le genre de pièce où le metteur en scène arrête pas de faire miroiter à ses acteurs non payés la venue, mercredi en huit, du critique off Broadway du *New York Times*.

Peu après notre arrivée, on s'est séparés, Joshua et moi. Après tout, il s'agissait pas de se faire concurrence. Il s'est dirigé vers le metteur en scène. Je me suis dirigée vers les cacahuètes. Dans un coin, Linda et Ivan semblaient plongés dans une conversation privée très intense, si bien que j'avais tout le loisir de siroter mon ginger ale, grignoter mes cacahuètes en essayant de me mêler aux invités. Je me suis retrouvée mêlée à trois conversations.

Conversation numéro un avec un jeune homme exalté à col roulé, que je trouvais séduisant. J'avoue que c'est moi qui ai engagé la conversation numéro un.

« Salut, qu'est-ce que tu as pensé de la pièce ? J'ai beaucoup aimé.

– J'ai trouvé ça prétentieux.

– Je vois ce que tu veux dire.

– Excessif.

– Je vois ce que tu veux dire.

– Si je l'avais mise en scène, ça aurait été très différent. Tu vois ce que je veux dire ?

– Je vois. Tu es metteur en scène ? » (Il est offensé, accuse le coup et plie bagage.)

… Fin de la conversation numéro un.

La conversation numéro deux s'est déroulée avec une autre célibataire, Pesha Pinkus, du Département d'art dramatique de NYU, devenue assistante d'une acheteuse de sacs à main pour dames. C'est elle qui a engagé la conversation numéro deux. Il y a rien de pire que de se retrouver entraînée dans une longue conversation avec une fille à une soirée. Toute fille seule sait que chaque minute passée à parler avec une autre fille est une minute perdue.

« Salut. (C'est Pesha Pinkus qui parle.)

– Salut. (Sheila Levine répond.)

– Quoi de neuf ?

– Pas grand-chose. (Sheila Levine cherche une issue de secours.)

– Je travaille chez Bonwitt, c'est épatant. Je peux prendre aussi longtemps que je veux pour déjeuner et… (Comment me débarrasser de cette fille pour me mêler aux autres ? SE MÊLER AUX AUTRES. La chose primordiale à faire à une soirée. La seule chance. Tiens, il y a un type là-bas avec un verre vide…) Les horaires sont super et ma chef est adorable. En sacs à main, elle est incollable. L'autre jour elle a repéré du similicroco… (Le type bouge. Il se mêle aux autres invités. Il discute avec un autre mec, ouf.)

– Excuse-moi Pesha, il faut que… (Je t'en prie, Pesha, c'est crucial. Il y a un mec là-bas.)

– Attends, devine qui j'ai vu l'autre jour ? Tu te souviens de Bob Lankey ? Je suis tombée sur lui dans le métro, je sais plus quelle ligne, la BMT ou peut-être l'IRT, enfin bref… (Laisse-moi partir. Laisse-moi partir Pesha !) Dès que je l'ai vu, je me suis dit que c'était Bob Lankey… (Il faut que je me mêle aux autres, Pesha, je t'en prie, il me reste plus beaucoup de temps, mon chou.) On a ri en se rappelant la fois où…

– Excuse-moi, Pesha…

– Tu veux pas savoir ce qui nous a fait rire ?

– Non. »

… Fin de la conversation numéro deux. Fin de notre amitié. Fini les sacs à main à prix de gros. Je me suis réfugiée droit dans la conversation numéro trois.

« Salut. (Je m'adresse au type mignon que j'avais repéré. Je suis pas allée vers lui les mains vides, mais chargées d'un bol de cacahuètes. L'accès au cœur d'un homme passe par les cacahuètes.)

– Salut. (Sourire amical. Je me jette à l'eau.)

– Tu as vu la pièce ce soir ?

– Non, mais ma femme l'a vue. (Hum, hum. Là, j'ai pas l'habitude. Je suis jeune. Trop jeune pour connaître des gens mariés.)

– Elle en a pensé quoi ? (Comment me sortir de ça avec élégance ?)

– Elle a pas aimé. Une scène ça te tente ?

– Quoi ? (J'avais vraiment pas idée de quoi il parlait. Il faut pas oublier que j'étais diplômée en théâtre. Pour une diplômée de ce type, assez naïve, une scène est un passage d'une pièce qu'on joue devant le Département d'art dramatique. Je suis maintenant à une soirée pleine de gens du théâtre, avec quelques exceptions notables comme Pesha qui est dans les sacs à main. Je me dis qu'enfin, c'est ma chance. Adieu, les disques Frank Holland. Bonjour Broadway ultra-confidentiel. Mes amitiés à l'avant-garde de Broadway.)

– Une scène, ça te dit ?

– Pourquoi pas ? (Je prends quel pseudo ? Sheila Lee ?)

– Génial ! Ma femme raffole des scènes. (Je sais plus où j'en suis.)

– Ta femme raffole des scènes ? (Je suis gênée car j'ai l'impression de poser une question idiote.)

– Ouais, mais elle supporte pas les gouines. T'es gouine ? »

… Fin de la conversation numéro trois. La fête est finie.

Joshua s'ennuyait, Linda et Ivan étaient déjà partis, alors j'ai dit au-revoir-merci-c'était-une-soirée-épatante.

De toutes les soirées de ma vie, je me demande pourquoi c'est celle-ci que je raconte. En quoi diffère-t-elle des autres ?… C'est du pareil au même. C'est ça, ma chérie, le problème. C'est la soirée type de la célibataire en goguette, rancart avec un pote homo, pièce barbante. Qui fait vivre l'avant-garde de Broadway ?… La fille célibataire.

FAIT : Les bourgeoises juives de Long Island financent Broadway mais c'est la célibataire qui n'a rien d'autre à faire de son jeudi soir qui achète une place à tarif réduit.

Ça nous mène à quoi ? À rien. Nulle part, tout bonnement à un gâchis de temps et de talons de tickets. Pendant un an et demi, chaque fois que je suis allée à une soirée, j'ai pensé que si je n'étais pas avec

Norman, je rencontrerais M. Parfait. Cette fois, Norman ne m'avait pas accompagnée et j'avais offensé quelqu'un, m'étais retrouvée coincée dans une conversation avec une pipelette et on m'avait proposé une scène de ménage. Rien.

Oh ! Madeline et Ruthie, vous avez fait quoi ce soir-là, vous les femmes mariées ? Mangé un rôti à la maison, hurlé pour que les gosses aillent se coucher, vous vous êtes battue sur l'heure d'aller au lit car vous êtes du soir et lui du matin ? Follement tentant tout ça. Vous avez baisé ? Vous les avez détestés, vos maris, parce que, malgré vos études, vous vous êtes retrouvées coincées chez vous toute la journée avec un gamin de deux ans qui pue, que vous aimez plus que tout mais engueulez tout l'après-midi ? Plutôt qu'être assises à côté de vos maris sur le canapé en velours gold imperméabilisé à regarder un film à la télé, vous auriez préféré faire la bringue avec un copain homo ? Soyez honnêtes, les filles. Vous avez envie de vous amuser. Vous êtes crevées mais pas d'humeur à troquer. Vous allez pas renoncer à votre homme, à votre cocon douillet pour le style de vie de cette bonne vieille Sheila !

Une semaine après la première de *Renaissance*, Kate nous a annoncé qu'elle allait vivre avec le metteur en scène. Comme ça ! Adieu notre appartement, bonjour le loft. Sans se préoccuper du mal qu'elle nous faisait. (Décidément, je ressemble de plus en plus à Mme Levine.)

« Pourquoi tu déménages ?

– J'en ai envie. Il m'a proposé de vivre avec lui et j'ai décidé d'accepter.

– Tu peux pas partir.

– Et pourquoi ? J'ai le droit de faire tout ce qui me chante. Et personne va m'en empêcher !

– Au revoir, Kate. »

Extrait du *New York Times* : « Deux Juives cherchent troisième pour partager appartement moderne dans le Village. 60 $ par mois. Tél : 555-8342. »

L'annonce était mensongère, pas vrai ? Faux numéro de téléphone. C'était leur faute et on a fait reparaître l'annonce le dimanche suivant. J'avoue que le texte était encore mensonger. En toute honnêteté vis-à-vis des lecteurs, on aurait dû lire : « Deux Juives avec Joshua cherchent quatrième. »

On a reçu des appels.

Premier coup de fil :

(Moi.) « Allô. »

(Lui.) Respiration rauque.

(Moi.) « Allô ?

(Lui.) – Quelle profondeur de bonnet ? » (La respiration rauque s'accélère et clic, ça a raccroché.)

Deuxième coup de fil :

(Moi.) « Allô.

(Lui.) – Je voudrais te lécher la chatte. » (Clic.)

Au total, on a eu huit réponses de Juives pour huit réponses de pervers. La question est la suivante : y a-t-il des pervers spécialisés en filles juives ?

Tard le samedi, on a eu des coups de fil de filles qui avaient acheté le journal dès sa parution. On a aussi eu des appels à l'aube le dimanche. Elles posaient toutes la même question : « Combien de chambres ? » On répondait « une » et elles disaient « au revoir ». Toutes ces filles juives n'arrêtaient pas de poser la même question avant de raccrocher. Il y en deux ou trois qui sont passées mais elles ont trouvé l'appartement trop petit et sont reparties.

Le dimanche suivant, on pouvait lire dans le *New York Times* : « Deux filles juives partagent appartement avec semblable. Beau mais petit, une chambre. 555-8343. »

Plus de coups de fil. Cette fois, on a interviewé une nuée de minettes. Ça vous est déjà arrivé de rencontrer quelqu'un que vous connaissez ni d'Ève ni d'Adam mais avec qui vous envisagez de vivre ? Comment savoir si la personne est propre, serviable et polie ? Vous regardez la fille, si elle a les ongles propres et qu'elle a pas l'air susceptible de saccager votre vie amoureuse avec ses longs et superbes cheveux blonds non teintés, vous la prenez. On a pris Charolette Whooper. Grave erreur.

Charolette était propre mais absolument pas serviable ni polie. En retard pour son loyer, elle passait des coups de fil interurbains qu'elle refusait de payer et baisait à la maison. Oui, Mlle Whooper ramenait ses prétendants chez elle, c'est-à-dire au Mont Parnasse, les emmenait dans sa chambre, qui était notre chambre, et baisait. Souvent et longtemps. Linda, Joshua et moi, on en a passé, de longues soirées assis sur le canapé vert pomme, à guetter le son d'une braguette qu'on referme et le départ de certaines personnes.

Linda et moi, on était littéralement chassées de notre appartement. Il fallait se débarrasser de cette baiseuse de Mlle Whooper. On avait aussi une décision importante à prendre : notre bail expirait en septembre. Comment était-ce possible ? Je pensais pas vivre avec Linda pendant tout un bail. Alors, que faire ? Côté Linda, les propositions de mariage s'accumulaient de semaine en semaine. Elles les rejetait parce que les types avaient voté Nixon, qu'ils étaient pour Johnson, qu'ils s'habillaient comme des balais ou, nouveau motif, si le troisième album des Beatles ne les emballait pas. J'en étais encore à me demander quand Norman allait évoquer le sujet pour que je puisse lui cracher à la figure. Jusqu'ici, pas de veine.

On était un peu plus vieilles, un peu plus futées grâce à Charolette Whooper, et bien plus tristes. Comment ça avait pu nous arriver ? Pourquoi se faire du souci pour un autre bail alors qu'on aurait pu hésiter sur le modèle d'attaché-case à offrir à notre mari pour la Saint-Valentin ? On n'était pas vraiment paniquées mais on se posait des questions. Voilà ce qui se passait : l'amour et le mariage nous ignoraient.

« Sheil, il faut se débarrasser de Charolette.

– De toute façon, le bail expire dans quelques mois. On pourrait chercher un autre appartement ? Juste pour nous deux, comme ça si l'une de nous se marie ou quelque chose, ce sera pas trop dur pour l'autre. Ce sera bien plus facile de trouver une colocataire que deux.

– Oui. » (Voix de Joshua qui paraissait déterminé à rester sur le canapé vert pomme où qu'il se trouve.)

C'est Linda qui a décidé qu'on devrait viser l'Upper East Side parce que le Village était saturé de pédales et de gosses. Les gosses, c'était des jeunes filles de l'âge qu'on avait quand on a débarqué. J'ai écouté Linda parce que, maintenant, elle était au fait de tout. D'ailleurs, j'écoutais toute personne qui était mince.

Donc, impossible de retourner en Europe. On a

passé toutes nos vacances à chercher l'affaire du siècle dans l'Upper East Side. Il y a toujours quelqu'un qui connaît quelqu'un qui a dégotté ce superbe appart à deux pas de Sutton Place, avec portes-fenêtres, balcons et loyer limité à, écoutez bien ça, cent dollars par mois.

On a sué douze jours à chercher. À moi toute seule, j'ai saboté trois robes en lin avec des taches de transpiration. On s'est retrouvées face aux mêmes annonces mensongères, escroquées par les mêmes agents immobiliers.

« Je sais pas, je suis vraiment pas convaincue. C'est plus petit que ce qu'on a maintenant pour seulement trente dollars de moins…

— À vous de voir. Ça fait sûrement un bon moment que vous cherchez. (Au vu de mes dessous de bras, elle savait.) Tout ce que je peux vous dire, c'est que lorsque vous vous serez décidées, l'appartement sera loué.

— D'accord. »

À Franklin Square…

« Maman, j'ai versé des arrhes pour un appartement. (Fais quelque chose, Maman. Sors-moi de ce pétrin. Appelle le meilleur avocat de tout le pays pour me tirer de là et trouve-moi un endroit, toi.)

— Bon, bonne chance. C'est où ?

— Sur la 77e Est. Il est 201, 77e Rue Est. (Je le déteste, Maman, tire-moi de là, je t'en prie.)

— Très chic.

— Je suis pas sûre qu'il me plaise. (Appelle l'avocat.)

— C'est toujours comme ça au début. Je suis sûre que tu vas l'adorer. Pour ta crémaillère, ton père et moi, on compte te donner cent dollars ; je voudrais que tu achètes quelque chose de joli pour l'appartement. »

J'étais déçue, affreusement déçue qu'elle se soit pas mise à hurler, pousser des cris, et qu'elle récupère pas mes arrhes. Putain, qu'est-ce qui se passait ?

On a annoncé à Charolette qu'on déménageait. Elle est restée dans l'appartement et a fait venir environ six inconnus pour habiter avec elle. Sept inconnus allaient hériter du papier adhésif dont j'avais moi-même recouvert les étagères de la cuisine.

On a encore loué une camionnette et tous nos copains nous ont aidées à déménager. On a dit à nos mères qu'on allait se débrouiller sans elles et elles ne sont pas venues. (Elles ne nous aiment plus ?) C'est moi qui ai dû nettoyer les toilettes et Norman a posé les verrous sur les portes. Avec les cent dollars de mes parents, j'ai acheté cinq gros polochons, un nouveau dessus-de-lit, des rideaux et un ouvre-boîtes électrique. (Histoire d'arriver plus vite à la bouffe.)

C'était pas la même chose que pour notre premier déménagement. Linda avait un rancart dès le premier soir. Je me suis lavé les cheveux. Pas d'effervescence. Doris Day n'a eu qu'un seul appartement à New York avant son mariage.

J'avais vraiment pas l'intention de travailler *ad vitam æternam* pour Frank Holland. Pour de multiples raisons. J'étais obligée de taper à la machine. C'est déjà rédhibitoire. Et puis je rencontrais pas d'hommes, plein de poussins, zéro coq. Presque deux ans que j'étais à New York et rien à déclarer, rien de rien.

J'ai cherché du travail. Scruté les annonces. Sexe féminin, recherche…, diplômée. J'avais toujours pas retenu la leçon et me suis retrouvée dans les agences de placement. Rencontré plein de nouvelles Mlle Burke, leur ai dit que je ne voulais pas de dactylo. Même avec la sœur de Rose Lehman, ça a pas marché. Rose s'était installée dans un quartier chic de Great Neck et, d'après ma mère, elle était devenue bêcheuse. Ma mère et elle ne se parlaient plus beaucoup. La seule façon pour moi d'entrer en contact avec sa sœur, Fran, serait d'aller au Texas et d'essayer de tomber sur elle.

J'ai pensé aller en Californie pour me faire une idée du marché du travail là-bas…

« Tu devineras jamais, Daryl, Sheila Levine vient chercher du travail ici.

– C'est une blague ? On peut la prendre sur notre prochain film. Comme assistante du réalisateur et vedette. »

J'ai pas réussi à prendre mes clics et mes clacs. Je fais rien ici, mais je ferai peut-être rien là-bas. Ma vie sociale est pas fantastique ici, mais qui me dit qu'elle sera géniale là-bas ? Ma mère a déjà fait tout un plat quand je suis partie à soixante-dix kilomètres d'ici. Comment réagirait-elle si je partais à cinq mille kilomètres ? La question est réglée. Je reste. Sûrement plus d'avantages que de désavantages. Et puis sans moi, New York serait-elle la ville où l'on s'amuse ? « Moi, M. Lindsay, en tant que maire de la ville, souhaite remercier personnellement Sheila Levine d'avoir pris la décision de rester à New York… »

Flashes… « S'il vous plaît, monsieur le maire, pourriez-vous embrasser Mlle Levine à nouveau. On voudrait refaire un cliché. »

Enfin, un job s'est présenté. Ma cousine Mindell,

un vrai globe-trotter, a rencontré cet écrivain à bord d'un bateau ou un truc du genre et a pris son numéro. Mindell, qui habite Riverdale, l'a appelé un jour où elle était à New York, il l'a invitée pour le thé, pas moins. Bref, toujours est-il que Mindell, que son âme soit bénie, a mentionné une de ses cousines, très brillante (moi, qui d'autre ?), et que l'écrivain a dit qu'il cherchait quelqu'un pour s'occuper des recherches sur son prochain livre.

C'est ainsi que ma cousine Mindell, qui voyage beaucoup (c'est comme ça qu'on parle d'elle dans la famille « cousine Mindell, qui voyage beaucoup »), a dit à ma mère que sa petite Sheila devrait se dépêcher d'appeler l'écrivain. Sa petite Sheila l'a fait. Le secrétaire de l'écrivain, oui oui, un homme, m'a annoncé que M. Swernson, l'écrivain, me recevrait jeudi à seize heures. Allez donc expliquer ça à Mme Cox et à toute la batterie de poussins.

« Madame Cox, jeudi, je dois impérativement quitter le bureau plus tôt parce que je me marie. » Trop abracadabrant.

« Madame Cox, il faut que je parte plus tôt, jeudi, j'ai un rendez-vous chez le médecin. » Hors de question, elle m'interrogerait.

« Madame Cox, il faut que je parte tôt jeudi parce que je cherche un nouveau job. » Franc mais idiot.

(Jeudi.) « Madame Cox, ce matin je me suis réveillée avec une affreuse migraine, mal au ventre et à la gorge et quarante de fièvre. Et mon visage est couvert de taches. Et j'ai vomi, en plus j'ai une laryngite. Mon médecin va sûrement m'envoyer à l'hôpital… Oui, je serai là demain. »

Me voilà, M. Swernson ! J'arrive, pétrie de connaissances sur vous et votre œuvre.

Swernson, Randolph. Né en 1912. A écrit plus d'une centaine de livres de voyage. (Ma cousine Mindell voyage beaucoup.) Parmi ses plus célèbres, on notera : *L'Espagne, pays de rêve ; La France, terre de beauté ; L'Italie, de la réalité à la fiction* et *La Suède, un pays chaleureux sous un climat froid*.

En route, dans le métro, j'arrêtais pas de me dire (difficile de réfléchir avec toutes ces Miss Métro qui vous dévisagent – une Africaine, une Portoricaine, une Wasp et une petite Juive) alors la petite Sheila a enfin réussi : « Les Filles qui Bougent » de *Cosmopolitan*, « Les Filles dans le Vent » de *Glamour*, « On Parle d'Elles » dans *Vogue*… Oui, on parle de Sheila Levine, coauteur du dernier livre de Randolph Swernson. Peut-être pas coauteur, mais dédié à… Ce livre est dédié à Sheila Levine, mon amour, ma femme. Je n'aurais pas été capable de l'écrire sans son aide. Au fil du temps, les dédicaces s'allongeraient, suivant les naissances de nos enfants. Ce livre est dédié à ma femme chérie, Sheila Levine Swernson, et à nos enfants chéris, Médée et Zacharie.

Imaginez ma stupéfaction lorsque j'ai réalisé que 262, 62e Rue Est était un hôtel particulier. Un hôtel particulier, vrai de vrai, je vous dis. J'ai sonné avec toute l'élégance et la discrétion d'une lady.

« Mademoiselle Levine ? s'est enquis le secrétaire (oui oui, un homme) petit et mince.

– Oui, je suis Sheila Levine, a répondu Mlle Levine en dissimulant un bouton manquant derrière son sac à main.

– Prenez place, je vous prie. M. Swernson sera à vous dans un instant. »

Bon, j'enlève mon manteau ou pas ? Si on vous prie de vous asseoir, ça implique qu'il faille retirer son manteau ? J'ai hésité pour finalement choisir la version sans manteau. Sur ce fait, le secrétaire mâle s'est glissé furtivement dans la pièce afin de m'aider à le retirer. Je suis sûre que, lui, il a bien remarqué qu'il manquait un bouton.

« Tss tss, a dû penser le secrétaire mâle. Quelle souillon ! L'homme de ma vie, qui est infirmier (mâle hi hi), mourrait de rire s'il voyait ce manteau. »

La pièce où je me trouvais sentait le luxe. Ouais. Ça suintait la richesse héréditaire *et* parvenue. Des antiquités sans une égratignure. Ça, c'est du luxe. Plein d'objets en argent à droite et à gauche. Des petits trophées, des livres à reliure de cuir. Pas une tache sur les tissus. C'est ça la richesse. Et des tableaux avec plaques. Vous en connaissez beaucoup, des gens qui ont des tableaux avec plaques ? Des trucs de tous les coins du monde. Ça, il aimait acheter, cet homme. « Bonjour, monsieur Swernson, qu'est-ce qui vous ferait plaisir aujourd'hui ? » « Qu'est-ce que vous avez en pendules, dans les six mille dollars ? Et puis, je prendrai cet éléphant en jade. Ça sera mignon entre la boîte à cigares anglaise en argent massif et le vase Waterford de Dublin. » Cet homme était un acheteur. On peut hériter d'antiquités mais on n'hérite pas du brocart sans tache. C'est le secrétaire qui le sélectionnait dans toute une gamme d'échantillons ?

Après plus d'une demi-heure, le secrétaire m'a invitée à le suivre à l'étage, dans le cabinet de travail de M. Swernson. Il a un cabinet de travail, lui, pas une alcôve-bureau. Non, un cabinet de travail. Oh ! là, là ! Supposez qu'il meure et pense à moi dans son testament… ? « Et à ma chère amie et assistante, je lègue mon éléphant de jade vert et trente-cinq millions de dollars. »

Il était devant un énorme bureau, assis dans un énorme fauteuil de cuir à oreilles. Comme dans les films ! J'ai eu une sensation de *déjà vu*. Qui sait ? J'avais peut-être été millionnaire ou à la recherche d'un emploi, dans une autre vie.

« Mademoiselle Levine, j'ai rencontré Mindell pendant ma dernière traversée. Elle m'a dit le plus grand bien de vous. (Je me suis assise pour l'écouter, sans dire un mot. Il était moche, la quarantaine, une vilaine peau, mais qu'est-ce qu'il en jetait.) Je cherche une assistante de recherche pour mon prochain livre, *Lichtenstein, un petit pays*. J'ai besoin d'une personne avec l'esprit créatif. (C'est moi, je suis créative. Vous m'avez enfin trouvée.) Bien sûr, j'ai besoin d'une personne qui tape à la machine. (Merde.) Je suis convaincu que le travail vous intéressera. Si vous alliez voir mon secrétaire ? Il discutera tous les détails avec vous. »

On m'a conduite dans un autre bureau. Déjà fini, l'entretien ? Le secrétaire, M. Henley-Jones, (pourquoi ce foutu trait d'union ?) m'a informée que je pouvais commencer dans deux semaines, et me présenter à seize heures, l'après-midi du 25 octobre. Et au revoir Mlle Levine, merci d'être venue.

Je suis partie, très troublée. J'avais le poste ? Je pense que oui. J'ai accepté ce poste ? Je ne pense pas. En quoi ça consiste ? Qui se présente à un foutu job à quatre heures de l'après-midi ? Je ne sais pas. Quel est le salaire ? Oh ! zut, je ne sais pas. Aucune idée. Ça doit être un bon paquet. Vu toutes ces antiquités. Parfois, les riches sont pingres. Ferais mieux d'appeler M. Henley-tiret-Jones. Il va me prendre pour une idiote de poser la question ? Je devrais simplement y aller ? Quelle différence ça fait, le salaire, c'est le genre de travail que j'ai toujours voulu. Mais je suis célibataire, je subviens à mes besoins. Il faut que je connaisse le montant.

« Bonjour, j'aimerais parler à M. Henley-Jones s'il vous plaît ?

– De la part de qui ?

– Mlle Levine.

– Un instant, je vous prie. (Est-ce que le secrétaire a un secrétaire ? Il a un Bigelow posé par terre ?)

– Henley-Jones à l'appareil. (C'est pas merveilleux ? Sans doute originaire de l'Oklahoma, il est allé jusqu'en CM2.)

– Monsieur Henley-silence-Jones, je me demandais si vous aviez besoin de moi plus tôt, je pourrais travailler le soir, par exemple.

– Ce ne sera pas nécessaire, mademoiselle Levine.

– Ce ne serait pas un problème, appelez-moi si vous le souhaitez, et puis (prendre un ton décontracté), mon comptable se demandait combien j'allais gagner. Étant donné qu'il gère mes finances, il a besoin de savoir. Moi, ça m'est égal, c'est lui.

– Dites à votre comptable que vous gagnerez quatre-vingt-quinze dollars par semaine, maintenant si vous permettez, j'ai des questions à régler.

– Bien sûr, monsieur Henley-silence-Jones. »

QUATRE-VINGT-QUINZE DOLLARS PAR SEMAINE. MERDE. PUTAIN. SALAUD. HOMMELETTE. LÂCHE.

134

MENTEUR. Trois ans à New York, trois augmentations de M. Frank Holland. Je gagne à présent cent trente-cinq dollars par semaine. Revenir à quatre-vingt-quinze. Ce salaud de Swernson. Il a le fric. J'ai vu les antiquités. Il a qu'à mettre l'éléphant au clou. Je le ferai pas pour quatre-vingt-quinze. Impossible. En fait, quatre-vingt-quinze brut ça revient à soixante-cinq net. Cent soixante-cinq pour l'appartement. Peux pas. Faut que je subvienne à mes besoins. Je suis céli-bataire, vous savez. Frank Holland est un chic type, peut-être que ça va s'améliorer là-bas. Il a été ques-tion d'un spécial « poussins » pour Noël prochain. Je vais peut-être participer, rencontrer des gens et mettre un pied à la télé. Oh ! Zut ! Retour à Frank Holland et aux petites annonces.

Cher Monsieur Swernson,
Je regrette de ne pouvoir accepter votre offre. Peut-être aurons-nous l'occasion de collaborer dans le futur.

Salutations,
Sheila Levine.

Fire Island

Notre troisième année new-yorkaise a été un fiasco total. Linda a eu plusieurs amourettes, toutes des fiascos. Norman était un fiasco. Le boulot était un fiasco. J'étais un fiasco. Le boulot de Linda était un fiasco, et Joshua, toujours sur notre canapé, retapissé en velours rouge, était un fiasco. Même le tissu du canapé, c'était un fiasco.

Bon, il fallait agir. On pouvait pas rester comme ça. J'ai donc rapporté à la maison une belle sélection de vin, deux dollars vingt-cinq la bouteille. Je passais pas beaucoup de temps avec Linda parce qu'elle était trop belle. Au moment où j'allais supplier *Glamour* de me prendre comme cobaye pour la rubrique de maquillage « Avant-Après », un miracle s'est produit. Une réponse à nos prières. Une échappatoire se profilait à l'horizon. Charles Miller, le type aux poubelles ordonnées du Mont Parnasse, est apparu sous nos propres yeux pour nous annoncer que pour deux cent soixante-treize dollars chacune, on pourrait partager une maison sur Fire Island cet été, avec six autres personnes.

Si vous vous demandez pourquoi Charles Miller et son colocataire voulaient louer une maison avec nous, l'explication est simple. L'année précédente, Charles avait partagé une maison à Cherry Grove avec cinq types. Un soir, sur les dunes, on lui a piqué son amant. Cette année, il voulait pas de concurrence alors il s'est dit que, s'il louait une maison dans la partie hétéro de l'île, comme Ocean Bay Park, il aurait pas à se soucier de perdre son amant ou ses fringues et pourrait se détendre.

Fire Island ! Fire Island un week-end sur deux, quatre personnes dans une maison minuscule. C'était du tonnerre ! Fire Island représentait pour nous ce qu'Atlantic City était pour nos parents… Fire Island, l'aire de jeux des Américains.

Ça nous branchait ? Parce que si ça nous branchait, il fallait le dire à Charles tout de suite. Il avait déjà mis six personnes dans le coup, lui et son colocataire ; Mark Marks, un type dont on n'avait jamais entendu parler ; Agatha Horowitz, une fille dont on n'avait jamais entendu parler ; et les Ponties, un couple qui avait emménagé dans notre ancien appartement après que Charolette Whooper en avait été expulsée. À chaque fois que je voyais les Ponties, ils venaient de se disputer. Elle avait toujours les yeux rouges et des traces de rimmel sur les joues.

« Je sais pas, Linda, que faire, à ton avis ? Fire Island avec tous ces gens ? On les connaît à peine. Peut-être qu'ils aiment les orgies, tu vois le genre ? Ils sont peut-être dégoûtants.

– Tout ce que je sais, Sheila, c'est que ma cousine Rhoda a loué une maison là-bas l'été dernier avec onze personnes et que sur les onze, trois ont demandé sa main. »

Trois demandes en mariage ! Je serais allée jusqu'à

cinq cents dollars pour être dans ce coup-là. Splendide. Une maison sur Fire Island. C'est la grande mode et puis je serai pas obligée de me farcir les « Sheila, ma chérie, tu veux pas rentrer à la maison ce week-end ? Il fait si étouffant en ville ». Et puis, je serai débarrassée de Norman. Alors, je vais perdre dix kilos, m'acheter un maillot de bain bien coupé, mettre ma lampe à bronzer dans ma valise et en route.

« Ils débarquent pour l'été, Isaac, les vacanciers. Ils viennent chaque année et s'imaginent que l'île leur appartient. Si seulement il pouvait y avoir une loi pour les empêcher de venir !

– Un jour, Maria, il y en aura une. Patiente. Le jour viendra. »

La maison que Charles avait initialement prévu de louer est tombée à l'eau. L'année précédente, le propriétaire l'avait louée à une horde de vandales qui avait plus ou moins saccagé une tête de lit vieille de deux cents ans et il préférait laisser sa maison vacante plutôt que de la louer de nouveau à un groupe.

Charles a proposé de se rendre sur place pour en trouver une autre. Pas question. On avait tous les sept envie de l'accompagner. Normal de vouloir voir ce qu'on va récolter, non, pour deux cent soixante-treize dollars, non. C'est pourquoi, un dimanche de mars glacial (mars, c'est la saison de la chasse), emmitouflés dans plusieurs couches de pulls, on s'est traînés tous les huit jusqu'au ferry à destination de l'île. Il faisait si froid que Charles et son colocataire étaient pelotonnés l'un contre l'autre. Les Ponties étaient chacun à une extrémité du bateau.

Pas besoin des annonces du *New York Times* ou des journaux du coin avec des rubriques du style « vacances rustiques », car Fire Island regorge d'agences immobilières prêtes à vous louer les plus minuscules des cahutes, à promettre des meubles là où il n'y en a pas, en s'extasiant sur les cheminées à bois, tout en assaisonnant leur discours de mots susceptibles de séduire des citadins de Manhattan, comme « rustique » et « pittoresque ». C'est exactement ce qu'on voulait, du rustique et du pittoresque !

On a vu plusieurs villas qui avaient toutes des noms du genre, Petite Lili, Au Bercail, Le Refuge de Nana. (À Cherry Grove les noms sont mieux. Mon préféré c'est Hommes Seulement.) Un panel de huit inconnus peut-il trouver la maison de ses rêves ? Difficile. Pas de réfrigérateur pour Petite Lili. On a tous été d'accord pour l'éliminer du lot, moi la première. Le Château de Sable de Sal avait bien une cheminée, mais dans la chambre. C'était possible de transformer cette chambre en salon ? Non, ça ne marcherait pas et puis c'était injuste que certains puissent se rôtir les orteils et d'autres pas. Le Refuge d'Hilda était juste en face du cinéma, le seul de l'île, et ce serait très bruyant à la sortie des séances. C'est Mme Pontie qui y a pensé. M. Pontie n'était pas d'accord et il l'a fait pleurer.

On a trouvé une maison. Le Refuge de Papa. Un peu plus cher que ce qu'on voulait mettre, dix-sept dollars de plus par personne. Pas vraiment un palace. Par terre, il y avait encore du sable de l'été passé. Un peu moins meublé que ce qu'on avait escompté, trois chaises en fer forgé à la toile déchirée et quatre grands lits. Mais c'était la mieux du lot et, bien sûr, l'employée de l'agence immobilière nous a dit qu'un autre groupe était très intéressé, qu'elle avait déjà leur chèque de caution mais qu'on lui semblait bien plus respectables. Deux filles désespérées de trouver un mâle, deux pédales, un couple chamailleur, une fille taciturne en poncho criard, et un type qui écrasait ses cigarettes sur le sol de toutes les maisons qu'on visitait. On avait l'air plus respectables que quoi ?

On est donc devenus locataires. Des locataires, devrais-je ajouter, qui ont loupé le ferry de l'après-midi et ont dû poireauter des heures dans le vide le plus absolu jusqu'au suivant. J'ai observé le groupe et, pour la première fois, j'ai réalisé que j'allais dormir dans la même maison que tous ces inconnus. C'était pas ma mère, mon père ou ma sœur, Melissa. Ces gens, à part Linda, m'étaient tous étrangers. J'ai découvert plus tard, en discutant avec d'autres locataires, qu'il y a toujours ce moment crucial où on se rend compte que ces inconnus vont poser leurs fesses sur les mêmes toilettes que vous.

On a fait deux groupes. Groupe A et Groupe B, ainsi nommés par votre humble Sheila, dont l'imagination est renversante. Le Groupe A était formé par Linda, Agatha Horowitz, Mark Marks et moi. Les deux couples radieux, les Ponties et Charles Miller étaient dans le Groupe B. C'est notre groupe qui devait venir en premier, ce qui, d'abord, semble être un privilège mais croyez-en Sheila, n'en est pas un. Si jamais vous avez le choix, prenez le groupe B. Quand ça a été le tour du Groupe B, tout était en place dans la maison. Ils ont passé un bon week-end tranquille, douillet et confortable.

Quand on y va les premiers, on doit nettoyer la maison et devinez qui n'a jamais réussi à aller à la plage parce qu'elle passait la serpillière ? Quand on y va les premiers, on se gèle parce qu'on s'est jamais préoccupés de savoir s'il y avait le chauffage, donc on n'a pas apporté d'édredon ou de sous-vêtements thermolactyl. Quand on y va les premiers, on n'a pas d'eau chaude parce que le chauffe-eau est pas branché, on est juif donc on n'y connaît que dalle en chauffe-eau. On bat des pieds et des mains pour trouver un plombier qu'on paie une fortune quand on y va en premier. Et vous savez le pire quand on y va en premier ? On achète la bouffe de base, le sel, le poivre, le sucre, le papier hygiénique, le basilic, l'origan, la confiture et le beurre.

La première semaine, j'ai vu que tout ce qui était nourriture coûtait atrocement cher sur l'île, du genre cinquante cents pour une tomate. Je suis certaine que même l'Heureux Rockefeller ne débourserait pas cinquante cents pour une tomate. Ce qu'il fallait faire, si vous vouliez manger, et vous savez que j'y comptais bien, c'était faire ses courses sur le continent et apporter toutes ses provisions sur le ferry. Pas mal ce principe. Il y a une foule d'ados bronzés aux cheveux décolorés par le soleil qui guettent l'arrivée du ferry avec leurs petits chariots rouges dans l'espoir de porter vos courses chez vous moyennant vingt-cinq cents. J'ai donc trimballé les courses et compris que, même si je raffolais de glace au chocolat avec copeaux et menthe, elle allait pas résister.

Le premier week-end a été calme. Linda aimait bien Mark Marks, Agatha est restée de son côté et, moi, j'étais trop affairée à récurer et faire les courses pour avoir la même veine que Rhoda, mais patience, inutile de se presser. Il faisait trop froid pour aller à la plage, ce qui me ravissait. Ça me laissait deux semaines de plus pour être présentable en maillot de bain.

Au deuxième voyage du Groupe A, j'ai remarqué qu'il nous fallait une sorte de règlement intérieur. Le Groupe B avait laissé un vrai chaos. Le Groupe B avait pas éteint le chauffe-eau et avait prêté la maison toute la semaine, à l'insu du Groupe A, à une bande d'inconnus. L'un d'eux est même resté jusqu'à l'arrivée du Groupe A.

Affiché par moi sur la porte de la cuisine pour que tous le voient :

1. LES LOCATAIRES DE CETTE MAISON DEVRAIENT PENSER AUX AUTRES ET S'ASSURER QU'ILS LAISSENT UNE MAISON PROPRE.

2. AVEZ-VOUS PENSÉ À ÉTEINDRE LE CHAUFFE-EAU AVANT DE PARTIR ? RAPPELEZ-VOUS QUE LE GAZ COÛTE CHER ET QUE CHAQUE LOCATAIRE PAIERA LA FACTURE.

3. AVEZ-VOUS PENSÉ À ÉTEINDRE LES LUMIÈRES AVANT DE PARTIR ? RAPPELEZ-VOUS QUE L'ÉLECTRI-CITÉ COÛTE CHER ET QUE CHAQUE LOCATAIRE PAIERA LA FACTURE.

4. AVEZ-VOUS PENSÉ AUX BIENS DES AUTRES ? S'IL VOUS PLAÎT, NE FAITES PAS GRILLER DES MARSH-MALLOWS QUI NE VOUS APPARTIENNENT PAS.

5. SI VOUS INVITEZ DES GENS, INFORMEZ-LES QU'ILS DEVRONT PAYER DEUX DOLLARS PAR NUIT. AFIN DE CONTRIBUER AUX FACTURES DE GAZ ET D'ÉLECTRICITÉ.

6. NE RAMENEZ PAS DE SABLE.

7. EN PARTANT, POSEZ-VOUS LA QUESTION : AI-JE FAIT TOUT CE QUI M'INCOMBE CE WEEK-END ?

Une espèce de pervers a enlevé la liste pour la remplacer par un « va te faire foutre ». J'ai fait plein d'autres listes que j'ai photocopiées pendant que Mme Cox faisait pipi et que j'ai persisté à afficher.

Au terme du quatrième week-end du Groupe A, Linda et Mark Marks étaient tombés amoureux, ils s'éclipsaient dans les dunes ; Linda était toute bronzée – vous imaginez le tableau. J'ai beaucoup côtoyé Agatha Horowitz, appris à mieux la connaître, ce qui était bien mais ça valait pas deux cent quatre-vingt-dix dollars.

Agatha était prof mais pas le genre habituel. Elle était orthophoniste et circulait d'école en école dans son district, le centre de Brooklyn. Elle pouvait convoquer les élèves un à un et leur faire cours entre quatre yeux. Ça la stimulait énormément.

« Ça te dirait d'aller à la plage avec moi, Sheila ? (Agatha parlait doucement et avait toujours un gros livre à la main. Tout le monde a un gros livre à la main. Moi, c'était *Le Déclin et la chute de l'Empire romain* parce que je voulais attirer un intellectuel.)

– Oui. Laisse-moi enfiler un maillot de bain. » (Avec Agatha j'étais assez à l'aise pour me mettre en maillot vu qu'elle avait elle-même quelques bourrelets.)

On s'est assises sur la plage, à regarder autour de nous et on a cramé. Sans vraiment nous en rendre compte. J'ai lu et relu le premier paragraphe du *Déclin et la chute de l'Empire romain*.

Quand on n'a rien de mieux à faire que de scruter la plage, Fire Island est l'endroit parfait. Du sable très blanc, de l'eau très bleue. Des joueurs de foot courent le long de la plage et des bandes d'enfants superbes font la course. Les enfants avaient tous les cheveux raides et ça me confortait dans mon désir de ne pas épouser Norman. Il avait les cheveux ondulés et jamais nos enfants ne seraient comme ceux que je voyais sur la plage. Oublie Norman. Pour toujours. Mais attention ! Il faut pas jeter l'eau sale avant d'en avoir de la propre. Oublie Norman, mais pas tout de suite.

Agatha et moi, on a bien rencontré des gens. La plage était de plus en plus bondée et nos draps de bain ont fini par être entourés d'autres draps de bain. La prolifération de draps de bain, ça crée des ponts, et le groupe est devenu de plus en plus enchevêtré.

« Tu viens d'où ? »…« J'habite sur la 67ᵉ Rue Est »… « Tu fais quoi dans la vie ? »…« Tu connaîtrais pas Leslie Rutley, elle est de Franklin Square ? »…« T'es allé à quelle fac ? »…« Tu connais Harriett Busk, elle y est allée aussi ? »…« T'es dans quel coin de l'île ? »…« C'est tout à côté de chez moi. »…« C'est ta première année ici ? »…« Ouais, c'est super. »…« Intenable en ville. »…

« Tu connais pas ? » et « Tu connais ? » Tout plein de géographie juive. On a rencontré plein de gens sympas, mais tous à la fois. Pas de conversation en quatre yeux, ici.

Ceux qui étaient sur l'île l'année passée ont parlé de l'année passée. Ils étaient tous d'accord pour dire que c'était bien mieux que cette année. L'année passée, à cette époque, le troisième week-end de juillet, les choses bougeaient vraiment. Bains de minuit dans l'océan. Parties de volley-ball à poil. Baignade tout nu ? Volley-ball tout nu ? C'est à peine si je me

144

douchais toute nue ! La vérité, c'est que seuls les gens bien balancés regrettaient l'étalage de fesses.

Tout le monde regrettait les parties de volley-ball (habillées et déshabillées). Pourquoi ? Tout simplement parce que le volley-ball est un sport juif. On s'amuse sans risquer de se faire mal.

Et les nouveaux venus ont demandé à ceux qui étaient dans l'île l'année passée pourquoi c'était si bien avant et si nul cette année. L'explication était simple. Les gens étaient mieux l'année précédente. Les nouveaux ont vraiment apprécié. Après une minute de silence, une fille a fait glisser son maillot jusqu'à la taille pour éviter les marques de bronzage. C'est ce qui a brisé la glace, apparemment. On est revenu aux questions : « Tu connais Untel ? » À la fin de la journée, j'avais toujours aucune idée de ce qui avait causé le déclin puis la chute de l'Empire romain. On rangeait nos affaires lorsque la fille qui avait retiré son haut de maillot de bain (j'avais évité de la regarder tout l'après-midi) nous a proposé de passer prendre une sangria vers six heures.

Agatha et moi sommes rentrées nous changer au Refuge de Papa ; que d'effort pour avoir l'air décontracté ! Linda et Mark nous ont rejointes. Linda était bronzée. J'avais des coups de soleil. Elle était superbe en jean délavé. Mes jeans ne se délavaient jamais, ils devenaient juste trop serrés.

On est allés dans deux maisons où on a grignoté des chips et du guacamole et puis une dizaine d'entre nous a fini chez Flynn (hôtel-restaurant-bar) à prendre des Coca et de la bière, toujours à essayer de voir si on avait des amis communs.

C'était ça, Fire Island. Journées sur la plage, soirées

chez des gens. Plein de visages inconnus qui surgissaient un peu partout, parfois même dans votre lit.

À mon cinquième week-end sur l'île, quelqu'un est tombé amoureux de moi. Me trouvait belle, voulait une relation stable. Il se peut que vous ayez deviné… Agatha Horowitz.

« Maman, je te présente Agatha Horowitz. On est amoureuses.

– Manny, comment est-ce possible ? Je sais que deux garçons peuvent faire des choses. On m'a dit que c'était courant. Mais deux filles ? »

Soyons clairs, l'idée d'une relation lesbienne me soulève le cœur. Aucun penchant ni désir. La dernière fois que j'ai donné la main à une fille, j'avais neuf ans. À l'époque, Ruthie et moi, on marchait main dans la main, mais toutes les petites filles font ça et Sheila Levine a dépassé ce stade, je vous promets. La question était : que faire d'Agatha Horowitz ? Le problème vous voyez, c'est qu'elle s'y est prise progressivement, bien avant que je me rende compte de ce qu'elle faisait ou de quel type de fille elle était et j'étais donc sympa avec elle. J'ai certainement dit des tas de choses qui l'ont induite en erreur.

« Sheila ?

– Oui, Agatha ?

– Qu'est-ce que tu penses de moi ? (Je croyais qu'elle avait un complexe d'infériorité et qu'il fallait lui remonter le moral.)

– Je te trouve très sympa. » (C'était bien la chose à dire, non ? Enfin, à n'importe qui sauf à une gouine.) Papa, explique à maman ce que c'est qu'une gouine.

« Sympa, c'est tout ?

– Très sympa. Une fille bien, Agatha. Je veux dire,

gentille, sympa, douce et sincère. (À ce stade, je ne voyais pas où Agatha, l'amoureuse de Sheila, voulait en venir.)

– Moi aussi, je te trouve très sympa. »

Plus tard, le même soir, on était en train de s'habiller pour aller à un de ces apéros autour de six heures.

« Sheila ? (Avec une lueur dans les yeux ?)

– Oui, Agatha ?

– T'as vraiment envie d'y aller ce soir ? Je pensais qu'on aurait pu rester toutes les deux, discuter, enfin tu vois. (Je ne voyais pas du tout.)

– Oui, j'ai envie d'y aller. On pourrait discuter plus tard.

– D'accord. Alors je viens. »

J'avais vraiment envie d'y aller parce qu'on m'avait dit que c'était dans un endroit très bien. Sur Fire Island, il y avait, un peu comme les sororités et les fraternités d'un campus, des endroits fréquentables et d'autres qui ne l'étaient pas. Et puis depuis longtemps j'avais une vieille théorie : ne jamais abandonner un groupe. On sait jamais quand un Verseau dont le destin est de vous épouser va se pointer.

Une fois arrivées, Agatha ne m'a plus lâchée. Même si l'homme de ma vie était là, il n'aurait pas eu l'occasion de m'approcher. Flynn à nouveau et puis à la maison. Agatha toujours à côté. Plus près qu'à côté. M'effleurant. J'exagère sans doute maintenant que je sais où elle voulait en venir. J'imagine peut-être des choses sans raison, mais que Dieu soit témoin, cette fille m'effleurait.

De retour à la villa, j'ai arrangé les coussins, passé un coup sur le Formica (l'aspirateur ne marchait pas, il n'y avait pas un seul aspirateur en état de marche sur l'île) et commencé à me déshabiller. On m'observait.

« Sheila ?

– Oui, Agatha ?

– T'as dit qu'on pourrait discuter plus tard.

– Un instant, laisse-moi me mettre à l'aise. On parlera ensuite, si tu veux. »

J'ai mis ma splendide chemise de nuit en pilou rouge et blanc avec dentelle en nylon et petits nœuds. Chaude et pratique. (Comme moi.)

« De quoi tu veux parler, Agatha ?

– Sheila ?

– Oui, Agatha ? (Nos conversations commençaient toujours comme ça, on dirait.)

– Je sais pas si t'as remarqué, mais ces derniers temps j'étais assez déprimée. (Je la connaissais à peine alors j'avais pas vraiment remarqué, mais si quelqu'un vous dit ça et qu'il a pas arrêté de se coller à vous, vous le croyez sur parole, non ?)

– Qu'est-ce qui se passe ? (Je pense : elle a des problèmes ? Elle devrait connaître mes problèmes à moi. Peut-être que si je lui en parlais, les siens lui sembleraient mineurs ? D'ailleurs, pourquoi me concentrer sur Agatha ? Si je racontais mes soucis à des milliers de filles, ça remonterait le moral de milliers de filles. Y a pas une fondation où on raconte ses problèmes ? Vous pensez qu'ils me donneraient une bourse ? Je sillonnerai le pays, un one-woman show. Les lumières s'éteignent ; le public se calme ; je fais mon entrée en tailleur bleu, très simple. Je m'éclaircis la voix. Je commence : "Alors, vous pensez avoir des problèmes... ?")

– Sheila ?

– Oui, Agatha ?

– J'étais avec quelqu'un, on était très proches, et c'est fini alors que je voulais que ça dure toujours. » Elle pleurait dans son oreiller.

« Comment tu sais que c'est fini ? Peut-être que c'est juste une dispute d'amoureux. Tu t'excuses et tout va reprendre.

– Non. C'est fini. (Sniff… sniff… sniff…)

– Tu trouveras quelqu'un d'autre.

– Justement, j'ai trouvé quelqu'un d'autre, mais j'ai pas l'impression que cette personne m'aime.

– Comment le sais-tu ?

– Cette personne n'a pas l'air de vouloir passer autant de temps avec moi que moi avec elle. (Sniff… sniff… sniff…)

– Mais c'est qu'une impression, Agatha. L'autre t'aime peut-être autant que tu l'aimes ; seulement, il est timide. Pourquoi t'arrêtes pas de tourner autour du pot pour lui dire ce que tu éprouves pour lui ?

– C'est difficile.

– Je sais que c'est difficile, mais vas-y, Agatha. C'est le seul moyen d'en avoir le cœur net.

– Sheila, je t'aime.

– Merci, Agatha. Si tu suis mon conseil, c'est sûr que ça va marcher.

– Sheila, tu ne comprends pas. C'est toi que j'aime. C'est toi la personne avec qui je veux être. Tu ressens quelque chose pour moi ? » (Zut alors !)

Pas mal. Seulement mon cinquième week-end et j'ai déjà une proposition ! Beurk ! Comment elles font, les filles, entre elles ? Je veux dire, je sais *comment* elles font. Je sais pas comment elles *peuvent* faire ça.

Et puis j'ai appris une chose, écoutez bien et prenez note, toi aussi, Maman – on sait jamais quand la boulangère qui t'offre un biscuit en plus va se mettre à te faire des avances. Voici ma conclusion :

FAIT : DURAILLE DE SE DÉBARRASSER D'UNE LESBIENNE.

J'ai dû passer du Groupe A au Groupe B. Linda et moi, on a échangé avec les Ponties. Linda s'en fichait car depuis qu'elle avait appris que les parents de Mark Marks avaient voté Nixon, elle le détestait. C'était de plus en plus difficile de plaire à Mlle Minsk. J'ai dû changer de numéro de téléphone. Agatha Horowitz m'appelait trois fois par jour pour savoir ce qui clochait chez elle, simplement parce que j'avais pas particulièrement envie de lui toucher les mamelons. J'ai fini par me mettre sur liste rouge, ce qui ne plaisait pas à Linda qui s'est pris son propre téléphone. Deux téléphones dans un une-pièce avec alcôves.

J'ai presque dû déménager. Plus d'un matin, alors que je regardais par la fenêtre, j'ai vu des taxis sales, des bus sales, des gens sales et Agatha Horowitz à l'esprit salace. Elle était en face de chez moi, les yeux rivés sur ma fenêtre. J'ai acheté des doubles rideaux.

Exactement comme j'avais essayé de croiser le bel Ivan par hasard, Agatha tentait sa chance avec moi. J'étais en train de quitter le 1650 Broadway, après une journée passée à photocopier les partitions des poussins, et il y avait Agatha dans la rue, devant l'immeuble.

« Tiens, salut Sheila, je vais chez un ami qui habite à deux pas.

– Super, Agatha, moi aussi je vais voir un ami. (Je voyais la douleur là où, avant, brillait l'étincelle. C'est pas facile d'être un objet d'adoration.)

— Tu veux prendre un café ou quelque chose ? (Je prendrais bien le café mais je voulais pas entendre parler du "ou quelque chose".)

— J'aimerais bien Agatha, mais je suis vraiment à la bourre. On va voir un film de bonne heure avec cet ami et il faut qu'on soit là-bas à six heures trente-deux. (Coup d'œil à ma montre, suivi d'une expression horrifiée.) Oh ! là ! là ! Je suis très en retard. Ça m'a fait plaisir de te revoir, Agatha. » (Et je me suis ruée sur l'extrémité pointue du parapluie de quelqu'un. Je peux vous poser une question : comment se fait-il que Doris Day, belle comme elle est, n'ait jamais croisé une Agatha Horowitz ?)

Et puis il y avait les coups de fil. (Elle se débrouillait toujours pour trouver mon numéro sur liste rouge.)

« Sheila ?

— Oui, Agatha ?

— Pourquoi je te plais pas ?

— Agatha, je t'aime bien. Vraiment, t'es une chic fille. J'ai seulement pas envie de… tu sais… avoir ce genre de… tu sais… ce genre de rapports.

— Qu'est-ce que t'en sais ?

— J'en sais rien. Je veux pas critiquer. Je suis sûre qu'il y a des gens qui adorent. Ça doit être génial quand on aime ce genre de choses ; mais franchement Agatha, ça m'a jamais botté, ça me bottera jamais.

— Qu'est-ce que tu en sais si t'as jamais essayé ? Il y a deux ans, j'étais comme toi. Je sortais même avec des hommes. Et puis j'ai rencontré cette fille, Maxine, et elle était très douce ; au début on était amies et puis notre relation a évolué et très vite, j'ai eu envie de faire l'amour avec elle, on l'a fait et c'était merveilleux. »

151

Deux cent quatre-vingt-dix dollars, sans compter la fortune engloutie en provisions, pour me retrouver tous les soirs avec Agatha Horowitz au bout du fil. J'admettrai une chose : elle m'avait promis de me contacter en ville et elle l'a fait.

Le Groupe B avait le Labor Day. Le week-end du Labor Day est toujours effréné. C'est la dernière chance avant que l'été soit fini. Si vous avez toujours personne au week-end du Labor Day, alors vous avez passé un été sans amourette.

Personne ne fermait l'œil. (Les gens baisent mais ne dorment pas.) Dès l'aube, tout le monde était à la plage histoire de parfaire son bronzage et le faire durer jusqu'en hiver. Le nombre d'échanges d'adresses et numéros était hallucinant. Avant ce week-end on comptait bien revoir les gens sur l'île. À présent, ils pouvaient disparaître à Manhattan, dans le Bronx ou même à Staten Island si on ne consignait pas leurs coordonnées sur les pages bleues de son carnet d'adresses en cuir doré sur tranche. Une fille hystérique voulait enrôler des gens pour louer une maison sur l'île l'année suivante. Pas de chance, pas une personne ne voulait admettre qu'elle comptait revenir.

Et les soirées. Les dernières soirées, les gens se démenaient comme des fous pour étirer leur week-end. On était invité vers six heures ou sept heures et ça durait jusqu'à trois, quatre heures. Les gens ne voulaient tout bonnement pas laisser l'été s'échapper.

Le jour du Labor Day, il nous incombait de fermer le Refuge de Papa. (L'inconvénient d'être dans le Groupe B.) On a éteint les lumières, nettoyé la maison et fait débrancher le chauffe-eau.

Trente-neuf personnes ont pris le dernier ferry, à côté de leurs paniers, leurs draps et oreillers dans les bras. On le refera l'année prochaine.

Le mariage (pas le mien)

On est bien retournés sur Fire Island l'été suivant…
et l'été d'après. Comme ça, c'était nous qui disions :
« C'était bien plus marrant l'année dernière. » Mais
on y est pas allés quatre fois de suite. On était vac-
cinés. Fire Island, c'était pour les jeunots…« T'as
remarqué comme les gens sur l'île rajeunissent d'une
année sur l'autre ? »…« C'est plein de collégiens… et
quel vacarme. »…« Personne a envie de passer nuit et
jour avec des inconnus chez soi. »…« Et puis l'île est
dégoûtante maintenant. »… On vieillissait. On a fait
comme les autres New-Yorkais de notre âge et du
même milieu. On est allés à East Hampton.

Les Hamptons, un peu plus cher, population un peu
plus âgée. Il fallait une voiture sinon pas moyen de se
déplacer. Linda s'y est rendue, a trouvé une grande
maison et réuni un groupe de gens intéressants. J'ai
suivi, ai passé tous les week-ends à East Hampton
pendant tout l'été sans me mettre une seule fois en
maillot de bain. La mode maintenant, c'était les
bikinis. De tout petits bikinis riquiqui mouchetaient
les plages.

L'été a été agréable et reposant, des brunches par-ci
par-là, quelques dîners. Norman est venu deux ou trois

fois ; il avait l'air ridicule dans le jean que je lui avais offert pour qu'il soit comme tout le monde. (Il était jamais comme tout le monde. Il avait aucune envie de se faire pousser des rouflaquettes ou une moustache ou quoi que ce soit.) Une fois l'été fini, j'ai découvert que les gens de notre propre maison faisaient des orgies. C'était pas juste, les gars, moi aussi j'avais payé ma part.

Il y avait pas le téléphone sur Fire Island, une bénédiction quand on a une mère comme la mienne.

« Pas de téléphone ? Sheila, ma chérie, que faire si jamais, Dieu nous en garde, j'ai besoin de te joindre ? » Elle disait ça au moins une fois par semaine.

Sur les Hamptons, il y avait le téléphone, ce qui a énormément rassuré ma mère. Comme ça, le week-end, elle pouvait me téléphoner pour me rappeler que j'étais célibataire. Je lui ai fait jurer sur ma tête qu'elle m'appellerait uniquement en cas d'urgence.

« Suppose qu'on soit pas là toute la journée, et que je veuille te prévenir ?

– C'est pas une urgence.

– Et si je me sens pas bien.

– C'est pas une urgence.

– C'est quoi, une urgence, pour toi ?

– La mort. C'est une urgence. »

Un dimanche soir, au moment où je sortais ma célèbre quiche du four, elle a appelé :

« Sheila, chérie ?

– Oui, maman ? (J'étais vraiment furieuse. J'avais dit : "La mort.")

– J'ai du nouveau. (Vu sa façon de parler, j'ai cru

155

qu'il y avait eu une hécatombe dans le quartier et qu'elle était le premier suspect.)

– Ouais ?

– Ta sœur est fiancée. Elle se marie en octobre. »

Pire. C'était pire qu'une hécatombe. Elle peut pas se marier avant moi ! Une petite sœur fait pas ça à son aînée. J'irai pas. Je me cacherai. Je vais aller me cacher en Californie et personne saura où me trouver. Je lui souhaite pas tout le bonheur du monde. J'espère qu'il va se passer une chose atroce qui l'empêchera de se marier. Je vais dire à son futur mari qu'il y a de nombreux antécédents de démence dans la famille et qu'au vu du comportement de Melissa, on est sûrs qu'elle en a hérité.

Maman, comment as-tu pu ? Tu vas pas me faire ça ? Ne m'oblige pas à assister au mariage, avec tous ces gens qui vont me demander quand ce sera mon tour. Je sais pas quand mon tour viendra. J'ai pas de tour ! Maman, ne la laisse pas se marier en premier. Arrête-la. Je t'en prie.

Une fois ma première crise d'hystérie surmontée, j'ai pu réfléchir à tête reposée. Je suis parvenue à cette déduction.

Melissa est mince. Melissa se marie. Donc, les gens minces se marient. C'était mes premières réflexions. Les roues du train de Long Island semblaient bourdonner : « Sheila, perds du poids… Sheila, perds du poids… Sheila, perds du poids. » Les voix de Jeanne d'Arc sont venues jusqu'à moi. Elles m'ont dit que je pouvais perdre une bonne dizaine de kilos. Rien de plus facile. Même si je me mariais pas à la minute où j'étais mince, au moins, je serai mince au mariage. Les gens minces semblent avoir le choix.

« Maman, je vais suivre ce régime…

– T'es sûre de manger suffisamment ? »

Oui, Maman, je suis sûre que je mange suffisamment. Je suis sûre que je mange plus que suffisamment. Pendant mon existence j'ai mangé suffisamment pour nourrir toute la ville de Trenton, New Jersey, Maman. Si tu mettais tous les Chinois du monde en rangs par quatre, ils auraient pas mangé autant que moi au buffet de ma dernière bar-mitsvah. Si j'arrêtais de manger l'espace d'une journée, une journée seulement, on pourrait nourrir tous les gens qui meurent de faim en Inde. Et tu me demandes si je mange suffisamment ? Pourquoi c'est maintenant que tu poses cette question, Maman ? T'aurais dû la poser quand j'étais bébé et que tu me gavais sans arrêt. Quand j'étais bébé, tu pleurais si je mangeais pas. Combien de fois m'as-tu dit que tu pleurais chez le pédiatre tant mes petites cuisses étaient maigres ? Mes fesses étaient rachitiques, tu disais. Bon, eh bien regarde ! Elles sont plus rachitiques maintenant, Maman !

Non seulement tu pleurais si je mangeais pas, mais tu faisais un cirque pour me forcer. À chaque cuillerée engouffrée tu avais un petit jeu. Une cuillerée pour maman, une pour papa, une pour grand-mère Arnold, une pour grand-père Arnold et une pour tante Nana, une pour tata Phyllis et une pour oncle Larry, ainsi de suite jusqu'à ce que ton appétit d'adulte soit rassasié. Et quand j'avais fait tout disparaître, on se réjouissait. Grandes réjouissances dans les rues. Aplaudissez, applaudissez, Sheila a tout fini.

Quand j'étais toute petite, il y avait le spectre de la guerre sur ma tête. Des enfants mouraient de faim en

Europe, alors il fallait que je mange. Quand j'ai grandi, tu me consolais avec de la nourriture.

« Tiens ma puce, c'est pas grave si t'arrives pas à enfiler les perles. Prends un petit gâteau. »

Le plus mignon dans tout ça, Maman ? Comme ton attitude a changé. Paf ! D'un coup, ton attitude a changé à la naissance de ma sœur Melissa. Tu as dit : « Je me suis donné tant de mal avec Sheila, celle-ci, je la laisse tranquille. Si elle veut manger, parfait. Si elle veut pas, parfait. J'en ai assez de me faire du mauvais sang. » C'était injuste. Pourquoi t'as pas aussi gavé Melissa ? Pourquoi tu m'as pas laissé, moi, ne pas manger ? Bien. Tu sais ce qu'on dit de ta petite Sheila chérie ? « Elle est si jolie. Si seulement elle perdait huit kilos, ce serait une vraie beauté. » Merde ! je fais partie de la génération Pepsi Light. Ces huit kilos, je les ai perdus au moins sept fois dans ma vie. Ça fait plus de cinquante kilos. Mais ils reviennent toujours. Ils reviennent toujours parce que j'attends des applaudissements, chaque fois que je mange.

La surcharge pondérale est une des raisons pour lesquelles je vais me suicider. J'en ai marre des régimes, marre de regarder les autres en bikini. Je me planterai bien un couteau dans le cœur, mais il traverserait sans doute jamais le tissu adipeux.

On m'a parlé de ce Docteur (je mets une majuscule à docteur parce que pour une fille juive, un docteur est un Docteur), le Dr Sheldon, qui donnait des quantités de pilules amaigrissantes à des filles comme moi, prêtes à dépenser dix dollars pour la première séance, cinq pour les suivantes, rien que pour avoir ces pilules couleur arc-en-ciel dans leur boîte blanche.

Le mariage avait lieu dans treize mois. J'ai appelé

le bon docteur et pris rendez-vous le plus tôt possible, mardi à midi. En conséquence, lundi soir, j'ai enterré ma vie de grande mangeuse. Dans ces cas-là, je mange tout ce qui me tombe sous la main en anticipation du régime du lendemain. J'en ai vécu, des soirs comme ça. J'ai mangé de la salade de pommes de terre, des boulettes de pommes de terre. Une tartine de pain de seigle avec corned-beef et fromage frais. J'ai mangé du foie haché et de la glace aux pépites de chocolat. Et j'ai ingurgité un pot entier de crème chantilly.

« Je ne comprends pas, madame l'infirmière. Franchement, je ne vois pas du tout comment j'ai pu prendre huit kilos si rapidement. Ça doit être ma thyroïde qui cloche ou bien c'est héréditaire, je ne sais pas. Je ne mange pas tant que ça.

– Madame Levine (je la haïssais), voulez-vous enlever vos chaussures pour monter sur la balance afin que nous puissions avoir votre poids exact ? » Monter sur la balance, en pleine après-midi avec mes vêtements ? Vous avez pas le droit de me faire ça. Je suis américaine. J'ai des droits ! Je suis montée sur la balance mais j'ai pas regardé. Je sentais sa main bouger pour déplacer le poids de la coche des cinquante kilos à celle des soixante-dix. Je pesais plus de soixante-dix kilos. Mon Dieu ! Si seulement j'avais pas pris la crème chantilly !

« Soixante-douze. Merci. » (Merci de quoi ? Merci de peser soixante-douze kilos et d'être obligée de me traîner chez le Dr Sheldon ?)

Elle a pris des renseignements sur mes antécédents médicaux, ma pression artérielle et m'a demandé sans sourciller s'il y avait des cas d'obésité dans ma famille. Je n'étais pas obèse. Quelques poignées d'amour, c'est tout... un peu de graisse en prévision des grossesses.

On m'a envoyée dans une petite salle de réunion pleine de chaises pliantes tournées vers l'avant. Il y avait déjà une flopée de gens joufflus, assis là. (Certains occupaient deux chaises à la fois.) De tous, j'étais la plus menue. Quel soulagement ! Comme si, tout à coup, c'était vous la sœur la plus malingre des deux. Une femme, probablement née dans un pot de crème chantilly, a voulu savoir ce que je faisais là, avec une silhouette comme la mienne.

On a eu un discours sur le poisson, le poulet sans la peau et surtout ne mangez pas ce qui ne figure pas sur la liste (il y avait à peu près trois trucs sur la liste) et levez la main si vous faites de la rétention d'eau. Notre conférencière avait soixante-sept ans et un corps de pin-up. Sûr que j'allais boire ses paroles. On a tous eu une boîte de pilules rouges, marron, roses et vertes. Prenez-les toutes et n'oubliez pas vos vitamines. Pour être sûr, on a avalé une pilule rose tous en même temps avant de sortir.

Vous devinerez jamais : j'ai tendance à faire de la rétention d'eau. J'avais bien besoin de ça, non ? Quand j'y suis retournée une semaine plus tard pour être pesée, je portais des vêtements légers, pas de bijoux et je m'étais fait couper les cheveux de deux bons centimètres. J'avais bien pris toutes mes pilules comme prescrit et perdu un kilo et demi. Insuffisant pour le Dr Sheldon, à propos, il se planquait où le grand Docteur ? Déjà deux fois que j'allais à son cabinet et je l'avais toujours pas vu. Il était peut-être gros le Dr Sheldon, et il voulait pas qu'on voie son gros cul.

La femme a modifié mes pilules, m'en a donné d'autres contre la rétention d'eau. Normal que je fasse de la rétention d'eau ! Je fais bien de la rétention de tout le reste. Alors j'ai pris les nouvelles pilules jaunes et j'ai pas arrêté de faire pipi. Je pouvais pas attendre d'y retourner.

Je vais vous dire un petit mot sur les pilules pour maigrir. Psychologiquement, elles vous perturbent. Si vous êtes comme moi, vous avalez votre pilule et toute la journée, vous la provoquez. Vous arrêtez pas de vous dire : c'est bon, petite pilule, si tu crois que tu vas changer ma vie et mes habitudes alimentaires. Je vais prouver au Dr Sheldon et aux gens qui fabriquent ces pilules qu'elles fonctionnent pas. Je vais les avaler et je vais manger. Point final.

Pour ça, elles fonctionnaient : je devenais folle, me grattais la tête et me rongeais les ongles comme pas permis. Je sortais de mes gonds, hurlais contre Mme Cox, je donnais des coups de pied au facteur, faisais exprès de claquer les portes sur les doigts du portier.

« Sheil, je voudrais pas être indiscrète, mais tu as un problème ?

— Non, Linda, pourquoi tu demandes ? Pourquoi tu poses toujours des questions idiotes ? Sans arrêt à m'espionner, m'interroger. Laisse-moi tranquille. Fous le camp et fiche-moi la paix.

— Sheila, tu veux que je passe, ce soir ?

— La ferme, norman. Ferme-la et laisse-moi tranquille.

— Sheila, chérie ? C'est Maman. Comment ça va ?

— Oh maman, t'as besoin de me poser des questions personnelles ? »

À la quatrième visite, j'avais perdu six kilos et cinq amis.

Je me suis fait défriser les cheveux et j'ai demandé un balayage ; les pointes étaient fourchues, mais tant pis, ça me plaisait. Je me suis fait vernir les ongles et j'ai acheté des faux cils que je mettais sans avoir jamais réussi à bien les fixer. Et ensuite ?

Quelle est l'une des premières choses qu'on fait après avoir perdu six kilos ? Des emplettes, le samedi. Un vrai rite new-Yorkais. Les New-yorkaises savent exactement où trouver ce dont elles ont besoin. En tout cas, Linda savait et elle m'a montré.

Ohrbach pour les sacs à main et les gants fourrés au rez-de-chaussée et les bottes au premier étage si on ne pouvait pas se payer celles de Lord & Taylor, bien plus chères mais on voyait la différence. On en a pour son argent. Et Ohrbach pour les bas. Saks pour les ceintures et accessoires et Saks pour les soldes. Et encore Saks pour les crèmes antirides. Ouais, j'étais devenue une consommatrice de crèmes hydratantes. Altman – bof, on tombait parfois sur un petit truc bien coupé. On est remontées jusqu'à Bonwit et puis Bloomingdale. Que Bloomingdale soit béni parce qu'on y trouve tout ce qu'on ne trouve nulle part ailleurs. Des soldes du sous-sol aux boutiques, on a fouiné partout, sur chaque portant. J'ai mangé quatre ou cinq bretzels en route. Repris un kilo.

Linda a trouvé tout ce qu'elle cherchait… en soldes, en plus. Moi, j'ai dû farfouiller des heures et des heures pour trouver des choses de base comme un bon pantalon noir.

Linda s'est acheté des accessoires sur un coup de cœur. J'ai pris exclusivement ce dont j'avais besoin, dans des couleurs de base. Un chapeau qui résiste à la neige, un tricot dont je ne suis pas folle mais qui est lavable en machine. Si on compare nos deux tendances, voici le résultat : Linda avait l'air de sortir d'une boutique chic et moi d'être lavable à soixante degrés.

On a traîné tous les sacs à la maison, à pied, et je me suis dit :

« Zut ! J'aurais jamais dû dépenser tant d'argent… Bah, tu l'as acheté à crédit. Tu verras même pas une facture d'ici le mois prochain… Ouais, mais je devrais pas acheter à crédit… c'est idiot… on finit bien par recevoir les factures un jour et ce jour-là, on est pas fier… je payerai petit à petit… Non, hors de question… Ça s'appelle être endetté… jamais, jamais ça m'arrivera ! Je devrais peut-être rendre toutes ces cartes de crédit et payer uniquement en cash ?… Pourquoi se faire du souci… Linda est pas accablée parce qu'elle vient de dépenser vingt dollars pour un porte-monnaie Gucci… je vais pas faire un cinéma pour quelques factures. J'ai du travail… supposons que je me retrouve au chômage, incapable de payer le loyer et que je meure de faim ? Ce pantalon est génial… faudrait peut-être que je retourne chez Bloomingdale jeudi soir pour trouver un haut qui va avec… je le paierai avec ma carte. »

Eh bien, j'ai pas gardé la ligne. Deux semaines plus tard, la seule chose qui m'allait encore de ces emplettes-là, c'était le chapeau. Ils peuvent bien envoyer des hommes sur la lune, alors pourquoi ils trouvent pas un moyen de se débarrasser de la graisse qu'il y a ici, chez nous.

En avril, seulement six mois avant le mariage, Linda a déménagé pour aller s'installer avec un fourreur français de cinquante ans (comme dans les films) et Joshua a emménagé chez moi. Près d'un an que j'avais pas vu Joshua, depuis qu'il s'était « marié » avec ce type. Un soir il a simplement débarqué ; son instinct lui ayant soufflé qu'il y avait de la place. Je l'ai accueilli les bras ouverts et me suis mise à acheter des poulets entiers au lieu de simples morceaux.

Pauvre Joshua. Il a récupéré sa place sur notre canapé-lit au moment où j'atteignais vraiment le bout du rouleau. Pour lui, j'étais comme une sœur bienveillante, une copine, une tante et une mère. Qu'il était mignon ! Moi, c'est une échappatoire que je voyais en lui.

C'est marrant, j'avais une nette préférence pour Joshua. Si on les avait notés de un à dix, Norman et lui, ils auraient tous les deux obtenu à peu près quatre et demi. Au lit, Norman était fastidieux. Joshua n'a jamais couché avec moi, même si on partageait une chambre. Norman avait un job miteux qui payait mal. Si je l'épousais, impossible d'acheter ma layette chez Saks. Joshua n'avait pas de travail du tout. Il se promenait toujours avec à peu près deux dollars en poche qu'il s'était procurés je ne sais où. Il avait pas de travail mais, un jour, il deviendrait peut-être une star et alors je pourrais dévaliser les magasins. Norman ne ressemblait à rien. Joshua était très beau mais il passait des heures devant le miroir à s'en assurer.

Norman vivait loin des gens. Joshua vivait à leurs crochets. Joshua ne pose pas de question, Norman pose les mauvaises. Les blagues sous la ceinture amusaient Norman. Lenny Bruce amusait Joshua. Norman écrivait au stylo-bille. Joshua au stylo plume. Donc Norman, c'est du skaï, Joshua du cuir pleine peau. Et Norman était hétéro, Joshua homo. Ouais, ça fait à peu près quatre et demi par tête de pipe. Mais Joshua n'était pas chiant.

Vous vous souvenez du coup de foudre de Linda pour Charles Miller ? De mon topo sur les filles qui épousent des types gay simplement pour se marier ? Moi, Sheila Levine, j'étais prête à avancer au rythme de la *Marche nuptiale* au bras de Joshua alors que je savais que le marié était plus beau que la mariée et que le marié ne montrerait aucun penchant pour coucher avec la mariée. Ouais, je l'aurais fait !

« Joshua ?

– Ouais ?

– Je me demande ce que les voisins pensent de nous, toi et moi, le fait qu'on vive ensemble, tout ça.

– Je crois pas qu'ils y pensent.

– Oui, mais s'ils y pensaient, ils penseraient quoi ?

– Je sais pas.

– Je crois qu'ils penseraient qu'on couche ensemble.

– Et alors ? Ça te dérange ?

– Non. Pas du tout. Je me ficherais même qu'ils croient qu'on est amoureux ou fiancés.

– T'inquiète pas, Sheila. Ils ont d'autres chats à fouetter.

– Et toi, t'en penses quoi de nous deux ?

– Je vois pas ce que tu veux dire ?

– Tu trouves pas ça drôle qu'on soit juste deux, tous seuls ici, sans arrêt… enfin parfois ? Un peu comme si on était fiancés ou mariés ou…

165

– Tu veux que je déménage ? Je déménage quand tu veux. Je peux m'installer avec ce type.

– Non, non. J'aime bien que tu sois là, Joshua. T'as jamais pensé avoir des gosses, enfin te marier pour avoir des gosses ?

– Si. J'y ai pensé. J'imagine qu'un jour j'aurai envie d'avoir des enfants.

– T'as déjà envisagé de te marier ? Avec quelqu'un qui te comprendrait vraiment et tout et te laisserait faire ta vie ?

– Je comprends pas ?

– Une personne que t'aimerais bien, qui t'aimerait bien et vous vous comprendriez bien tous les deux et tout.

– Ça marche jamais.

– Je vois pas ce que tu veux dire ?

– Des mariages comme ça ne fonctionnent pas. La femme s'inquiète parce que les gosses n'ont pas de modèle masculin à la maison. Sheila, je couche avec des hommes. Tu veux pas être avec moi.

– Si Joshua, je veux. Ça m'est égal que tu couches avec des types. Tu pourrais continuer. Je te jure sur ma tête que tu pourrais coucher avec des types tous les soirs de la semaine, je m'en ficherais. On pourrait avoir des enfants.

– Sheila, t'es bourgeoise. Ce qu'il te faut, c'est un gentil mari juif. Allez, Sheila. Pas moi.

– Si, toi. »

Et puis il a déménagé. Je suis rentrée un jour et Joshua n'était pas là. Ça arrivait souvent qu'il soit pas là quand je rentre, mais cette fois, il était vraiment pas là. Ses affaires non plus. Plus rien.

Chère Sheila,

Je veux te protéger de moi. Plus tard, quand tu seras mariée, que tu auras trois fillettes qui te courent après, je viendrai te voir. Tu vivras avec un homme qui te fera l'amour, à toi et, de temps en temps, à une autre femme, et ton bonheur me fera plaisir.

Baisers,
Joshua (alias Alan Goldstein).

Linda a réemménagé. Elle a découvert que le fourreur français, Bernard Le Berjeau, s'appelait en fait Bernie Goldblum et qu'il venait du Bronx. Sa femme a appelé un jour où il n'était pas là et lui a tout raconté.

« Tu sais, Sheil, c'est pas tellement qu'il ait changé de nom et essayé de se refaire une nouvelle vie qui m'a déçue. Mais quand j'ai découvert qu'il avait pas d'opinion sur le conflit israélo-arabe, là, ça m'a donné envie de vomir. »

Ma mère était vraiment désolée. Elle avait pas prévu que Melissa se marierait en premier. Ça s'est trouvé comme ça. Elle m'a dit des centaines de fois qu'elle était navrée et à chaque fois je montais au créneau : « QU'EST-CE QUI TE DÉSOLE TANT ? SI JE VOULAIS ÊTRE MARIÉE, JE LE SERAIS, MAINTENANT, LAISSE-MOI TRANQUILLE. »

Analyse. Aussi surprenant que ça paraisse, le mariage de Melissa et mon recours à l'aide d'un spécialiste pour apaiser mon esprit troublé ont été plus ou moins concomitants.

Je savais que j'avais besoin d'aide. Chaque fois que je pensais au mariage de Melissa, je me mettais à respirer comme une asthmatique, je toussais, développais un tic facial et m'écroulais en pleine rue. J'ai eu le pressentiment qu'un truc me dérangeait.

Joshua m'avait parlé une fois de la clinique de William Alanson White au numéro 20 de la 74e Rue Ouest. J'ai bien essayé mais il y avait une liste d'attente et j'avais des tics nerveux. Quand on a des tics nerveux, on n'attend pas six mois.

Vous pouvez me croire sur parole, je pouvais pas me le permettre. Mais je pouvais pas non plus me permettre d'avoir le visage parcouru de tics à ce stade de ma vie. Bon, alors je suis allée voir... trois médecins différents. J'étais complètement incapable de communiquer avec aucun des trois.

Docteur numéro un : il restera sous couvert de l'anonymat, non que je le veuille ainsi mais parce que c'est un psychiatre minable. Il était semi-freudien. Croyait en Freud mais il me parlait pendant la séance. Pour trente dollars l'heure, je voulais au moins des questions.

« Et vous savez, docteur, si vous voulez vraiment la vérité (non, il préférait des mensonges), ce qui me dérange vraiment, c'est le mariage de ma sœur. C'est idiot, non ? Ha, ha, ha ! C'est vraiment idiot, non... une grande fille comme moi, célibataire, sans personne en vue pour se marier dans un futur proche... N'est-ce pas que c'est idiot, ridicule même quand on y pense, que je me mette dans des états pareils à cause du mariage de ma sœur ? C'est bête, hein, parce que c'est qu'un mariage après tout. Je suis pas jalouse ou quoi que ce soit. Je comprends pas pourquoi ça devrait me mettre dans un état pareil. Vous comprenez, vous ?

– Sheila, ça fait bientôt un mois que vous consultez.

J'ai l'impression que vous fuyez l'idée même du mariage. »

Quel vieux schnoque ! Franchement, à m'entendre, j'ai l'air d'être une fille qui fuit le mariage ? J'ai demandé sa main à Joshua et Dr Schnoque suppute que j'ai la phobie du mariage.

Dr Sagouin. Allez-y, moquez-vous de son nom. Il gagne une fortune, vit sur Park Avenue et vous, vous vous marrez.

« Tu veux faire quoi, quand tu seras grand, petit Sagouin ?

– Je veux être un grand psychiatre, vivre sur Park Avenue et prendre trente-cinq dollars l'heure.

– Vous savez, docteur, chaque fois que je pense au mariage de ma sœur, j'ai envie de vomir. Ça me prend à la gorge, un haut-le-cœur et je ne vois pas pourquoi. Je suis ravie pour ma garce de sœur, qu'elle se marie avant moi. Je suis très heureuse pour cette putain de garce. »

Dr Sagouin était aussi semi-freudien. Me faisait allonger et raconter mes rêves à tire-larigot.

Il en a conclu… vous vous tenez bien ? Je vais résumer en une phrase ce que j'ai payé quatre cent quatre-vingt-dix dollars pour découvrir : je ne m'aime pas moi-même, donc comment attendre des autres qu'ils m'aiment ? Ouais. M'a rudement bien aidée, le Dr Sagouin ! Non seulement il m'a sorti ça mais en plus il m'a dit qu'il avait un nouvel associé, que son nouvel associé et lui allaient se partager les patients et qu'il pensait que je m'entendrais très bien avec le nouveau docteur, le jeune Dr Hirshfield.

« Docteur Hirshfield, mon vrai problème, c'est que je me sens rejetée. Je croyais que le Dr Sagouin m'aimait bien et puis il m'a annoncé que j'allais être votre patiente et là franchement je me sens rejetée, quoi. »

Ça m'a coûté autour de trois cents dollars pour m'en remettre, du rejet du Dr Sagouin. Et le Dr Hirshfield a pas vraiment aidé. Il était jeune et plutôt mignon, dans le genre psychiatre. Je veux dire, si je faisais un film où Nathalie Wood tombe amoureuse de son psychiatre, j'en chercherais un du genre du Dr Hirshfield. Le vrai problème avec Hirshfield, c'était qu'il portait cette énorme alliance. Son alliance, impossible d'en détourner les yeux.

Peut-être qu'un jour ils créeront un Fonds Sheila Levine consacré à la jeune célibataire et à ce qui la fait vibrer. Dr Hirshfield, je voudrais vous nommer investigateur principal pour cette étude. Utilisez l'argent comme bon vous semble. Faites ce que vous voulez. Vous avez carte blanche. Mais, je vous en prie, enlevez l'alliance.

Melissa allait épouser un bon parti, juif. Très gentil garçon, très gentils parents, très gentil pénis. Mme Richard Hinkle. Voilà ce qu'elle allait devenir. Il serait pas dans la confection genre chapeaux de bébé, non, non, il allait se lancer dans l'immobilier. Très bien. Ses parents vivaient à Lawrence, Long Island. Très bien. Ses parents avaient offert mille dollars au couple comme cadeau de fiançailles. Très bien. Sheila serait demoiselle d'honneur. Très bien ? Non, pas très bien. En réalité, j'avais jamais été proche de ma sœur, jamais pu l'encadrer. Pourquoi les mères juives poussent-elles leurs rejetons dans les bras l'un de l'autre ? Je l'entends déjà : « Melissa, je sais que Sheila serait très blessée de ne pas être demoiselle d'honneur. »

Vraiment, je serais pas blessée du tout... ne m'invitez même pas au mariage... je serais ravie... D'ailleurs, il se peut que je sois pas là... je suis sûre que Melissa serait pas déçue... à peine si je la connais... c'est une connaissance lointaine. J'ai pas envie de lui offrir de cadeau.

« Arrête de dire n'importe quoi, Sheila. Bien sûr que tu es invitée au mariage. Tu es sa sœur. » Alors comment se fait-il que je sois grosse et pas elle ? Pourquoi, moi, j'ai fêté mes seize ans avec que des filles puisque j'avais pas de petit copain ? Pourquoi les seize ans de Melissa, c'était mixte, au sous-sol, avec les garçons qui mettaient leurs mains dans les décolletés des filles ?

Maman se donnait du mal. M'a acheté une robe deux fois plus chère que celle de Melissa. En mousseline bleue, pour aller avec les nappes bleues, les vases bleus, les demoiselles d'honneur bleues et les cigarettes et les allumettes bleues avec écrit « Melissa et Richard ».

Norman se reposait en observant les préparatifs du joli mariage. C'est pas beau, qu'elle se marie, Melissa ?

Ma mère discute avec Norman...

« Oy quel travail. C'est pas facile de planifier un mariage, je vous le dis. On doit inviter celui-ci et puis celui-là aussi, je ne vous dis que ça... (soupir) ... mais ça ne me dérange pas. Je suis heureuse de le faire pour ma Melissa et j'en ferais autant pour ma petite Sheila quand le jour viendra pour elle de se marier. (Pas mal la perche...)

– Voilà qui est gentil. Si je peux vous aider de quelque façon que ce soit, dites-le-moi, madame

Levine. » (Épouse l'aînée, espèce d'idiot. Ça, ça aiderait.)

Mon père discute avec Norman…

« Vous savez, Norman, je suis très heureux que Melissa se marie mais aussi très triste. Ce n'est pas facile de marier sa fille. Vous verrez quand vous aurez des filles, vous aussi. Je suis content de pouvoir offrir cinq mille dollars à Melissa et à Richard, joli cadeau n'est-ce pas, *et* je serai *très* content d'offrir à ma fille Sheila cinq mille dollars aussi, voire un peu plus. » Clin d'œil. (Si c'est pas une perche…)

« C'est très gentil de votre part, monsieur Levine. »

Étant donné que je n'étais plus d'humeur à refuser sa demande en mariage, Sheila discute avec Norman…

« Alors, t'en penses quoi de leur mariage à Melissa et Richard ? Je trouve que c'est génial. Bon, lui, c'est pas mon genre mais c'est le sien à elle et ils ont l'air très heureux. Et puis ils rendent mes parents très heureux. J'imagine que bientôt, il faudra que j'en passe par là, moi aussi, le mariage, même si j'ai résisté toutes ces années. (Si c'est pas une perche…)

– Sûrement. »

Ma mère et moi, on discute… (Faux. Ma mère parle et moi, j'écoute.)

« Il t'a déjà parlé de mariage, Norman ? J'ai l'impression que ça fait une éternité que vous êtes ensemble. Vous vous connaissez si bien et tout. Je me demandais simplement s'il avait déjà évoqué le mariage. Il me semble que ce serait la moindre des choses ou sinon qu'il arrête de te faire perdre ton temps.

– LAISSE-MOI TRANQUILLE ! TAIS-TOI. IL M'A DEMANDÉ DES MILLIERS DE FOIS QU'ON SE MARIE. JE VEUX

172

PAS ME MARIER. JE VEUX PAS ÊTRE COINCÉE COMME MELISSA QUI, ENTRE NOUS, EST UNE GOUINE. FOUS-MOI LA PAIX, POINT.

– Arrête de hurler comme ça et puis ça veut dire quoi gouine ? »

Sheila discute avec son psychiatre…

« Docteur, je sais pas ce qui cloche avec moi. J'aime bien ma sœur et je suis très heureuse pour elle. Vraiment ! Mais en ce moment, je fais des rêves où je la tue ; je la ligote à un arbre et je mets le feu et puis je reste là et je rigole. Vous les interprétez comment, ces rêves ?

– Et vous, Sheila, comment les interprétez-vous ?

– Je ne sais pas. Aucune idée. J'aime ma chieuse de sœur. »

Vous savez que j'ai vraiment prié pour qu'il arrive quelque chose d'atroce et qu'il n'y ait pas de mariage ? Ma prière était simple : cher Dieu, faites que Melissa se marie pas.

On n'a pas exaucé mes prières. On a envoyé les invitations, publié les bans et il y a eu une avalanche de cadeaux. Trois cents personnes ont répondu : « Oui, nous nous réjouissons de venir au mariage de Melissa, de nous asseoir dans la synagogue sur-chauffée et de manger du rosbif froid. »

S'il vous plaît, Dieu, empêchez Melissa de se marier.

Je suis retournée chez le Dr Sheldon chercher plus de pilules. Je pensais que la moindre des choses, c'était d'être mince pour le mariage.

« Ah ! madame Levine, nous vous attendions. Je pensais bien que vous étiez du genre à tout reprendre.

Montez sur la balance, s'il vous plaît… Oh ! madame Levine, mais c'est qu'on a forci, n'est-ce pas ? »

À une semaine du mariage. On retouchait les robes. On prenait la mariée en photo pour le journal. Je priais beaucoup. S'il vous plaît, cher Dieu… Et une chose atroce s'est produite. L'oncle de Richard Hinkle est mort subitement. Une attaque et il est mort. Un bienfait malgré les apparences, disait-on. C'était ma faute s'il était mort ? J'avais demandé à Dieu d'empêcher le mariage. Je lui avais pas demandé ça. Me sentir coupable.

« Ce ne serait pas convenable de faire un grand mariage alors que l'unique frère de M. Hinkle vient de mourir. Ça ne se fait pas. »…« Il aurait souhaité que vous continuiez comme prévu. »…« Ce n'est tout bonnement pas convenable. »

Oh Dieu. Ce n'est pas ma faute. Mon analyste m'a dit que c'était pas ma faute.

« Appelez tous les invités. Dites-leur que le mariage est annulé. »… « Oncle Herman aurait voulu qu'il ait lieu quand même. »

« Et si on faisait une petite cérémonie dans le bureau du rabbin ? On n'inviterait pas tout le monde. Seulement la famille proche et les meilleurs amis. Tu sais, on a des amis qui sont plus proches que la famille. » Et les Hinkle n'ont invité que leur proche famille et leurs meilleurs amis. Mais c'était difficile de supprimer des gens.

De toute votre vie, vous n'avez jamais vu une chose pareille. Imaginez, si vous le pouvez. Cinquante-trois personnes dans le bureau du rabbin ; il est petit, le bureau, à peu près trois mètres sur trois. Visualisez ça. On n'avait pas annulé les fleurs, alors elles tapissaient les murs du bureau. Remplissant le couloir vers le bureau du rabbin, il y avait cinquante personnes de plus. Voilà ce qui se passe quand vous demandez à deux Juives de n'inviter que les proches. Des gens partout. Ils auraient pu tout aussi bien faire ce foutu mariage à la synagogue. Cinquante-trois personnes en nage se tenaient dans le bureau du rabbin. Je saurais jamais comment elles ont fait pour se faufiler.

Tout le monde était grognon, y compris Melissa qui a fait une grimace lorsque le rabbin l'a invitée à embrasser le marié. Au lieu d'écraser le verre à vin, le marié a écrasé mon pied. En un rien de temps, c'était fini. Merci d'être venus et du balai. L'heureux couple, après une nuit passée à l'hôtel de l'aéroport avant de s'envoler pour Porto Rico et les îles Vierges, vivra à Queens.

« Merci d'être venu. »…« Sheila, ma chérie, tu es resplendissante. C'est pour quand le mariage ? » (Va te faire foutre.) « C'est gentil d'être venu. »…« Sheila, je ne t'avais pas reconnue. Tu es superbe. Assez jolie pour être une mariée, toi aussi. »…« Merci d'être venu. »…« Ted, regarde qui est ici. Sheila est là. Félicitations Sheila. On a hâte de danser à *ton* mariage. »

Je ne sais plus comment j'ai survécu à tout ça. Je ne sais pas. Avec Norman à côté de moi. Je suis pas rentrée à Manhattan après le mariage. Je suis rentrée chez moi, chez mes parents, dans mon ancienne chambre et j'ai pleuré… c'est tout… pleuré.

Y en a marre

Vous allez pas le croire… le téléphone sonne.

« Allô ?

— Allô, Sheila ? (La voix m'est vaguement familière, mais je ne vois pas qui c'est.) Sheila, c'est moi, Agatha Horowitz. (Maintenant, je sais.)

— Comment vas-tu, Agatha ?

— Bien, Sheila. Je n'arrête pas de penser à toi.

— C'est gentil. (Que dire d'autre ?)

— Je me demandais si tu avais changé d'avis sur moi et tout le reste.

— Eh bien, pour être franche, Agatha, j'ai pas changé d'avis. Tu es une fille adorable, Agatha, mais je suis vraiment pas prête à… tu sais.

— Alors, je t'appellerai plus, je crois. Je ne veux pas t'ennuyer plus longtemps.

— Tu m'embêtes absolument pas, Agatha.

— Sheila, puisque tu ne veux vraiment pas de moi, je vais épouser ce mec, Gary. (Elle va se marier ? *Elle* va se marier ?)

— Parfait, Agatha. Félicitations. (Je suffoque. Écoute, pourquoi tu me refiles pas ce mec, Gary, et toi tu te trouves une fille qui t'appréciera pour ce que tu es vraiment, Agatha ?)

– Si tu changes d'avis, Sheila… »

Elle se marie. Agatha Horowitz a déposé sa liste chez Tiffany.

Environ un mois après le coup de fil, j'ai reçu un colis, un splendide bracelet en or de Cartier. Sur la carte : « Je crois que je t'aimerai toute ma vie… Agatha. » En plus, gravé sur le bracelet : « De A. H. à S. L. toujours. » Que faire ? « Merci, Agatha pour ce ravissant bracelet, je n'ai toujours pas changé d'avis. Je n'éprouve aucun désir de te tripoter des organes dont je suis aussi détentrice. Cordialement, Sheila Levine. » J'ai renvoyé le bracelet une première fois. Il m'a été retourné. Je l'ai porté mais il me donnait de l'urticaire.

Vous savez ce que c'est ? Vous avez la moindre idée de ce que c'est qu'être une fille de vingt-sept ans, une femme, une jeune femme, qui recherche désespérément un mari à New York ? À moins de l'avoir vécu personnellement, vous n'en savez rien. Vous ne pouvez pas imaginer la souffrance et le désespoir, la déception et l'angoisse. À se demander : « Quand ? »…« C'est ça, ma vie ? »

Et je détestais ça. Je faisais ce que faisaient toutes les filles seules, prendre des rendez-vous. Si j'avais pas de rancart avec Norman, je paniquais. Il fallait absolument que j'organise ma soirée, que j'aie un programme. Voilà le genre de coups de fil échangés entre filles au bureau : « Salut, tu fais quoi ce soir ? Ça te dirait qu'on se retrouve pour une soirée restau-ciné ? »…« T'as envie de te faire un petit théâtre ? »…« Tu pourrais passer à la maison ? » Il était hors de question que je rentre seule chez moi. Insoutenable que l'une d'entre elles rentre seule chez elle.

Voici les rancarts de dernière minute. Ceux qui murmurent : « Reste avec moi ce soir. Je ne veux pas être toute seule. » Incroyable, le nombre de rancarts de ce genre que j'ai dû endurer ! Pire encore, le nombre incalculable d'annulations au dernier moment pour cause de rendez-vous avec un mec : « Désolée, Sheila, je peux pas te voir ce soir. Un type m'a invitée. » C'est pas qu'elle aimait le type. La plupart du temps, il n'en était rien. Mais pour sortir, n'importe quel type vaut mieux qu'une fille. Pas question non plus de se soucier de l'autre. Accord tacite… « On se voit ce soir si rien de mieux ne se présente. »

Et ces abominables soirées où je rentrais seule à la maison, complètement déprimée, avec plein de bonnes choses à grignoter de chez Horn & Hardart. Je finissais par tout manger en passant des coups de fil à tout le monde. À n'importe qui.

Et les dimanches occupés à toutes ces activités culturelles sous la neige pendant que les couples restent au lit chez eux. Tous ces trucs culturels qui élèvent votre esprit et vous pourrissent à tel point que vous pourrez jamais épouser un type qui est pas new-yorkais.

Un jour, j'ai rencontré un mec de Cleveland. Il connaissait pas les restaus à la mode. Il savait pas ce qui se jouait à Broadway. Il était juste pas à la hauteur de la nana blasée que j'étais.

Certains soirs, c'était mon tour de dire : « Désolée » à une amie parce qu'un mec m'avait invitée, juste un mec, assez quelconque. Aucun de ces types ne m'invitaient dans des endroits extraordinaires, ni ne m'offraient de cadeaux extraordinaires. (Le cadeau d'Agatha Horowitz était le plus beau que j'aie jamais reçu.) Ils me stimulaient ni au lit ni hors du lit. J'ai accumulé les rendez-vous avec des inconnus. Aucun ne valait beaucoup mieux que Norman. Je me noyais dans la vase.

Et puis il y a les trucs politiques. Le porte-à-porte pour pousser les gens à voter. Lécher des enveloppes au QG du parti démocrate, le soir, parce que votre langue n'a rien de mieux à s'offrir. C'est sûr, la cause est bonne mais vous le faites seulement par manque d'alternative.

Et puis les nuits où Norman venait. Toujours pareil. D'un fastidieux. Le fastidieux Norman avec le sexe fastidieux. Le sexe avec les taches.

On parlait mariage. Non. Genre ma mère papotant avec sa copine (la mère du petit garçon). C'était moi qui parlais mariage.

« Norman, c'est idiot. Vraiment c'est absurde. T'es ici quatre soirs par semaine. On est pratiquement mariés maintenant. Pourquoi on le ferait pas pour de bon ?

— Faire quoi ?

— Nous marier, tu sais. (Me voilà à refaire une demande en mariage.)

— Pas maintenant. (Pas maintenant ? Pas maintenant, tu dis ? Pourquoi pas maintenant ? Tu mènes une vie de célibataire débridé, là-bas à Brooklyn ?)

— Je trouve juste que c'est idiot, c'est tout. Tu loues un appartement, je loue un appartement. Et à deux, la vie ne coûte pas plus cher que tout seul, ha… ha… ha…

— Bof. »

Les choses ont cependant changé, cette année-là. Linda est sortie de ma vie, elle est partie en vacances à

Los Angeles et s'y est trouvé un job de mannequin. Elle vivait avec un gros bonnet du journalisme. On est restées en contact. Un coup de fil de temps en temps, une lettre écrite à la va-vite... je vais bien. Et toi ? Je croyais être amoureuse de ce type mais j'ai découvert qu'il est pour la peine capitale... Il lui arrivait de passer en coup de vent à New York, elle couchait chez moi et on riait pendant des heures en parlant du bon vieux temps.

« Tu te souviens de la fois où on s'est retrouvées coincées sur le palier, la clef à l'intérieur ?

– Et Halloween ?

– Et les garçons d'en face, et Fire Island ?

– Oh Linda, quand est-ce qu'on est devenues vieilles ?

– On n'est pas vieilles. On n'a même pas trente ans.

– On a presque trente ans. Je mets de la crème antirides.

– Sheil, moi je mets de la crème antirides et je me teins les cheveux. Regarde. » Elle a penché la tête pour que je regarde.

« Je vois pas de cheveux blancs.

– C'est parce que j'utilise Loving Care.

– On vieillit, Linda.

– Sans blague.

– Comment se fait-il qu'on se soit jamais mariées ?

– J'ai jamais rencontré de type qui soit normal. Sans rire. J'aurais pu me marier un million de fois, seulement il y en a jamais eu un, tu sais, qui soit normal.

– Je sais ce que tu veux dire. Autour de moi, toutes les filles ont l'air saines d'esprit. C'est les types qui sont tous cinglés.

– T'as couché avec combien de mecs ?

– Je sais pas.

– À peu près ?

– Je sais pas, dix ou vingt.

– Moi, j'ai couché avec treize types ; treize à la douzaine, comme les chouquettes. J'arrive pas à le croire. Tu sais, j'étais vierge quand on a emménagé à New York.

– Moi aussi. » Presque.

« Treize types et j'ai jamais eu d'orgasme… Et toi ?

– Moi, si, je crois.

– Comment tu le sais,

– J'en suis pas sûre. J'ai dit "je crois".

– C'est comment ?

– C'est comme… je sais pas. Je t'ai dit que j'étais pas sûre… Un éclair froid et chaud à la fois.

– Moi aussi, j'ai le droit à l'orgasme. C'est mon droit. Le premier qui m'en donne un, je l'épouse.

– Moi aussi.

– Je croyais que t'en avais eu un ?

– J'ai dit que j'étais pas sûre. »

Oh ! Linda, comment on a pu croire que tout ça finirait bien ?

J'ai changé de job et j'ai déménagé. Ouais. J'ai loué une camionnette pour aller 39ᵉ Rue Est, avec portier ; sûr, mais pas chic. Cette fois, j'en étais réduite à zéro colocataire et zéro pièce. Juste un petit coin pour tout. Je suis entrée dans l'enseignement comme Maman l'avait toujours voulu. C'était comme devenir bonne sœur. J'avais échoué dans le monde réel, alors j'étais entrée dans l'enseignement. Me préoccupais des assurances vieillesse et tout ça. J'enseignais l'anglais à des petits collégiens dans le Lower East Side. Pas facile ;

les gosses étaient pas commodes mais le job avait du bon. Le salaire était bien, congés de Noël, Pâques, vacances d'été. Oui, Maman, exactement ce que tu m'avais dit, il y a belle lurette.

J'ai tout fait pour me marier. Participé à des marches pour la paix dans le froid… Je tomberais peut-être sur un pacifiste qui voudrait se marier. Je suis allée à des réunions, des cours du soir. Je faisais des allers-retours chez le Dr Sheldon. J'allais à toutes les soirées où on m'invitait et à toutes celles dont j'entendais parler. Je suis partie faire du ski un week-end et je me suis tordu le nez dans la neige. J'essayais.

Je me suis fait couper les cheveux chez Sassoon mais c'était trop tard : vous avez déjà vu une fille ron-douillarde avec une supercoupe de cheveux ? C'est vraiment pas ça. J'ai aussi travaillé pour des politi-ciens et je me suis abonnée à *Cosmo*. Ne me dites pas que j'ai pas essayé. J'AI TOUT ESSAYÉ. La seule chose que j'ai pas faite, c'est d'aller vivre en Australie où il y a plus d'hommes que de femmes.

Vous avez une idée de l'argent que j'ai dépensé à essayer de me marier ? Je l'évalue au moins à quinze mille dollars.

Vous avez qu'à calculer : l'institut de beauté, les fringues, les serrures de plus parce que vous habitez seule. Ça finit par faire une somme. Et puis il y a les douches en plus, le bon parfum et les crèmes pour les pieds. Les trajets en taxi en pleine nuit me coûtaient une petite fortune sans compter certains psychiatres. Plus les places de théâtre aussi, et seule j'avais pas de tarif réduit. Je sais aussi pourquoi c'est si avantageux, côté finances, d'avoir un homme chez soi. J'ai payé six dollars de frais d'inscription à un club de rencontres informatisé, quatre abrutis m'ont appelée. Plus les crèmes antirides, les portiers, les répondeurs plus performants. Dites-moi, M. le Président de ces États-Unis, pourquoi c'est pas déductible des impôts ? Pures pertes, tout ça.

Un soir, je suis sortie avec Martha Katz, une amie de l'école où j'enseignais et une habituée du Friday, un bar pour célibataires. Peu après l'ouverture, Martha Katz y était allée. Un soir, elle m'a emmenée. Ma mère m'avait fait la leçon : les bars sont des endroits pour goyim alcooliques. Martha, elle, m'a soutenu qu'il était parfaitement respectable pour deux jeunes femmes, institutrices, de surcroît, de se rendre dans ce lieu où l'on vendait des boissons alcoolisées.

On est donc allées au Friday, un jeudi soir en tailleur-pantalon ; le mien était noir, amincissant, usé à l'intérieur des cuisses là où ça fait frottement. L'endroit était sombre et m'as-tu-vu. Très avant-garde. Ils se moquent de qui, avec leurs lumières tamisées et leurs menus prétentieux ? Du riz sauvage à toutes les sauces. La moitié des clients auraient préféré du corned-beef sur du pain de seigle.

On a commandé du shishka quelque chose et fait un effort pour avoir l'air dégagé, l'œil rivé sur tout ce qui entrait et sortait du bar. C'était comme au foyer des étudiants, sauf qu'au lieu de lire, je mangeais. Des couples se formaient partout autour de nous. Martha, une fille de vingt-huit ans avec une peau d'adolescente, est devenue nerveuse au moment du dessert. On avait mis près de deux heures à manger et il restait plus grand-chose à inventer pour occuper la table plus longtemps. L'endroit était bourré de gens, les gens étaient bourrés mais pour Sheila et Martha, c'était le calme plat.

Je dois dire que la concurrence était sévère. De jolies petites choses très jeunes aux cheveux génétiquement raides se frayaient un chemin dans la foule et se penchaient pour nous donner à tous l'occasion de regarder sous leurs minijupes. Comme si le concours pour Miss Univers s'était tenu ici, ce soir-là.

Les types étaient pas mal non plus, les mêmes Arnold et Harvey que j'avais connus au lycée, sauf qu'en grandissant, ils avaient appris à s'habiller. Il y en avait des fantastiques en costume rayé, chemise rayée et rayures sur leur cravate. (Je parie que vous vous attendiez à ce que j'évoque leurs cerveaux, rayés, eux aussi.) Les cravates : à mourir ces cravates, lourdes, en soie épaisse, à quinze dollars pièce. Je sais de quoi je parle. J'en ai déjà acheté une à Norman dans l'espoir qu'il soit présentable au mariage de ma sœur. Il a oublié de la mettre.

Il y avait les types, genre décontracté, tout en daim. Vous avez déjà vu un type atteint du syndrome « tout daim » ? Vous savez pas ce que vous avez raté. Chapeau, blouson en daim, et pantalon en daim. Pas beaucoup d'aération mais ils sont splendides.

Ici et là, un type l'air pas concerné du tout, en col roulé noir et blue-jean.

Bon alors, on était en train de finir notre cidre quand deux types nous ont demandé s'ils pouvaient se joindre à nous. Bien sûr. Un grand et un petit, un en daim et un rayé et, oui, Maman, un Noir et un Blanc.

« Sheila, ma chérie, je ne sais pas pourquoi tu insinues que je n'aime pas les gens de couleur. Un adorable couple noir a emménagé dans la rue et j'ai invité la femme à passer chez nous. »

Mettons bien les choses au point. Je suis une libérale. Je me suis gelé les fesses à défiler pour mon frère, l'homme noir. (Bon d'accord, je regardais autour de moi pendant que je défilais, mais je défilais.) J'ai discuté des heures entières avec ma mère à chaque fois qu'elle me disait de me taire devant la bonne. Quand on m'a demandé, à l'école, de remplir un rapport sur la couleur de mes élèves, j'ai pas réussi à me souvenir de quelle couleur ils étaient, ces gosses. Quand j'étais dans la production de disques, j'ai rencontré plein de jeunes Noirs, on a pris un café ensemble. J'ai passé des heures à papoter avec des collègues noirs sans y réfléchir. D'accord, je suis géniale, oui ? Non. À l'instant où ce type noir s'est assis à côté de moi à notre table, je me suis sentie drôle, étrange, bloquée ; j'ai pas ouvert la bouche. Pendant mes vingt-sept années d'existence, j'avais jamais eu de vrai rapport garçon-fille avec un Noir. ET JE SUIS FRANCHE. Vous pouvez bien m'accorder ça, vous les jeunes démocrates, je supportais pas la tension.

Bien sûr, bien sûr, vous êtes tous en train de dire : regardez-moi cette Sheila Levine, elle prétend être libérale, elle se bat pour que les Noirs puissent s'installer dans les quartiers blancs mais est-ce qu'elle en embrasserait un ?

Toi, Madeline, dans ta petite maison de Franklin Square, qu'est-ce que tu ferais ? Oh ! Je sais bien que t'étais à fond pour le ramassage scolaire des Noirs mais tu serais aussi à fond pour le bécotage des Noirs ? C'est là la question.

Maman, parle au nom de ta génération, admets-le. Tu veux me voir mariée plus que tout au monde ! Mais tu penses : le célibat plutôt que le mariage mixte.

Donc Thomas Brown (j'ai toujours trouvé ça gênant qu'une personne de couleur s'appelle M. Marron) s'est assis à côté de moi (c'était le modèle rayé). De quoi parler ? Supposons qu'il soit de Harlem. Je veux pas faire resurgir des souvenirs horribles. Alors, t'es allé où, à l'école… Non. Je peux pas dire ça. Supposons qu'il soit pas allé à l'école. Je veux pas le gêner… Alors que faire ?… Je peux pas. Supposons qu'il soit allé à l'école mais qu'à cause de sa couleur il ait pas pu trouver de job qui corresponde à son niveau d'étude. Je pouvais pas parler à cette personne. C'était moi la complexée. Oui… et le reste du monde avec moi.

« C'est la première fois que tu viens ici ?

– Oui. (Rien trouvé d'autre à dire.)

– Pourquoi t'es là ? Tu recherches un bon coup ? »

Si, en l'occurrence, Thomas Brown avait été blanc, j'aurais ricané. Rien fait de dramatique comme le gifler, mais j'aurais ricané. Comme il était noir, que j'avais une peur bleue de le vexer et qu'il pense que j'aimais pas les Noirs, j'ai souri. Vous avez déjà fait ça ? Accepter d'un Noir ce que vous auriez pas toléré d'un Blanc par peur de le vexer ? Les enfants, sans s'en rendre compte, on tient une sacrée couche de préjugés !

Alors Martha propose qu'on aille tous chez moi puisque j'habite le plus près et, une fois de plus, je peux pas dire non. Pour moi, vous voyez, si je dis non à M. Brown, c'est le peuple noir en entier que je refuse d'accueillir chez moi. Je dis oui alors qu'il me plaît vraiment pas, Thomas Brown. Il arrête pas de me murmurer des trucs salaces à l'oreille.

Chez moi, Martha Katz et Hermann Freemont se partagent un fauteuil. Thomas Brown et Sheila Levine s'asseyent sur le canapé. Toujours rien à dire. J'avais peur de poser des questions. Vraiment peur de faire une gaffe.

C'était la première fois qu'une personne noire était chez moi. C'était étrange. Je vais pas mentir en affirmant le contraire. J'arrêtais pas de me dire qu'il était noir et que mon dessus-de-lit était noir et regardez cette coïncidence, mon interrupteur aussi est noir. Noir et si vous voulez vraiment la vérité (jusque-là je n'ai pas menti) noir mais pas très beau.

Il m'a pris la main. Je l'ai laissé faire. Non pas que j'aie eu envie qu'il me tienne la main mais c'était toujours le même problème : si je le laisse me prendre la main, il risque pas de penser que j'ai des préjugés ? On a tous regardé le *Tonight Show* à la télé. Il y avait Lena Horn et j'arrêtais pas de me dire : « Elle est noire et il est noir et alors ? »

Cette salope de Martha est partie avec son sale bonhomme. Ils m'ont laissée seule avec M. Brown. Je jure devant Dieu sur une pile de bibles, croix de bois croix de fer si je mens je vais en enfer, que s'il avait été blanc je l'aurai fichu dehors. Il était odieux :

« T'es une de ces minettes qui court toujours après un bon coup, hein ?

– Non.

– Ça te dirait, une partie de jambes en l'air ?

– Non, merci. Je veux dire, pas maintenant.

– Qu'est-ce qui se passe, poupée ? C'est parce que je suis noir ?

– Non, bien sûr que non. C'est pas mon genre. Ça m'est bien égal que quelqu'un soit noir, blanc, vert, rouge, bleu, violet ou orange. Aucune importance. On est tous des gens, des gens égaux, c'est ça qui compte. La couleur de la peau d'un homme, pour moi, c'est du pareil au même.

– Et te faire sauter correctement ? T'aimes pas ça ?

– Bien sûr que j'aime. Ça me plaît, comme à tout le monde. (Il m'avait bien eu, il savait qu'il me tenait et, moi, je savais pas comment m'en sortir. Vous auriez fait quoi, à ma place, Mme MLF ? Allez, Madeline, la bonne vient tous les jeudis, tu te taperais pas son frère le vendredi soir quand ton petit mari est en voyage d'affaires ?)

– Viens ici, poupée. »

Et j'y suis allée et bon, on l'a fait. C'était pas mal mais sans plus. Ne me demandez pas si les Noirs sont mieux bâtis. J'ai pas regardé. Thomas Brown a profité de moi. Il avait compris que cette fille juive, Sheila Levine, voudrait pas avoir l'air d'être bourrée de préjugés. Il savait que s'il jouait bien son jeu, je coucherais avec lui au nom des droits civiques. C'était pas juste, Thomas Brown. T'en as tiré combien des coups, le jeudi soir, avec des filles qui fréquentaient le Friday. T'aurais été blanc, je t'aurais flanqué à la porte.

On se calme, on se calme tous. Ce que je suis sur le point de vous dire risque d'en choquer quelques-uns. En fait, Maman, à ta place je prendrais un petit Valium avant de poursuivre.

« Manny, que pourrait-elle dire encore qui me choquerait plus qu'elle ne l'a déjà fait ? »

Je me suis fait avorter.

188

« Manny, tu as lu ça ? Sheila s'est fait avorter ! J'étouffe, Manny. Vite, mes pilules ! »

Je me suis fait avorter à une époque où c'était pas légal à New York. Au bon vieux temps des vols pour Porto Rico ou des escapades dans le New Jersey.

J'étais pas obligée de me faire avorter. J'aurais pu garder l'enfant. L'élever. Il y a des filles qui le font, vous savez. Moi, j'ai pas eu la force.

En fait, j'ai toujours cru que, mariée ou pas, j'aurais un enfant à trente-cinq ans.

Fait : La plupart des filles célibataires projettent d'avoir un enfant à trente-cinq ans qu'elles soient mariées ou pas… et le font jamais.

La perspective d'avoir un enfant, sans père qui va avec, est très intéressante en vérité. Évidemment, on veut les meilleurs gênes possibles, un petit John Lennon par exemple. Quand il s'agit de ceux de son mari, on est prêtes à tout, voire à accepter les gênes des cheveux frisés. Mais si on a le choix, autant prendre ce qui se fait de mieux. Le plus déprimant, c'est que j'imagine aucun type avec qui j'ai couché comme possible père absent de mon enfant. Regardons les choses en face : niveau gênes, les types avec qui j'ai couché sont pas formidables.

« Norman, tu sais, on baise beaucoup. Suppose qu'il arrive quelque chose ?

— Qu'est-ce que tu veux dire ?

— Je veux dire : suppose que je tombe enceinte, par exemple.

— T'es enceinte ?

— Non, je crois pas. (Si, je crois bien.)

— Alors pourquoi jouer à supposer ?

— Pourquoi pas, de temps en temps ? Bordel,

Norman, tout le monde suppose. POURQUOI PAS NOUS ? DONNE-MOI UNE SEULE RAISON VALABLE.

– Très bien. Alors supposons. Qu'est-ce que tu veux supposer ?

– Je veux supposer que je suis enceinte.

– Bon, supposons que tu es enceinte ?

– Qu'est-ce qui se passerait ?

– Je sais pas ce qui se passerait. Que veux-tu qui se passe ?

– Je sais pas.

– On a fini, avec les suppositions ?

– Non. Si j'étais enceinte, qu'est-ce qu'on ferait ? On s'en débarrasserait ?

– On se débarrasserait de ta grossesse ?

– Ben, oui. On se débarrasserait du gosse. C'est ce que tu veux ?

– Je sais pas.

– Tu préférerais te marier ?

– Je sais pas.

– Pourquoi tu sais pas ? »

Aucune aide côté Norman. Vous voulez la vérité ? Je savais pas si le bébé dans mon ventre était le fils de Norman Berkowitz ou celui de Thomas Brown. Ouais. Ouais. J'ai compté les jours. Il pouvait être le fils de Thomas Brown. C'est pas que j'avais oublié mon diaphragme, ce soir-là. Je mettais toujours mon diaphragme. Le sperme de quelqu'un s'est faufilé à travers la petite ventouse de caoutchouc et, vu comme c'était sournois, je parie que c'était le sperme de Thomas Brown. En réalité, Thomas junior ferait sans aucun doute un bien plus mignon bébé que Norman junior.

190

(Ma mère.) : « C'est pas le plus mignon du monde ? Ils sont si choux quand ils sont petits ! »

(Norman.) : « Sheila, t'as vu le bébé ? Ils ont dû se tromper de bracelet. »

(Le docteur.) : « Madame Berkowitz, vous avez là un beau garçon. Pour nos archives, en plus du nom de votre époux, nous aurons besoin de celui du père biologique.

– Mais mon époux est le père biologique.

– Allons, Madame Berkowitz, nous ne sommes pas complètement idiots, vous savez. »

Oh ! Là, là ! Et puis la famille, les commérages. Rien de plus facile que de tromper Norman, mais je suis sûre que même lui finirait par se douter de quelque chose, un jour.

Je me sentais pas la fibre très maternelle et j'avais pas l'impression de détruire une vie. L'avortement semblait être la solution de facilité. Un tas de filles passaient par là, vous savez. Une amie après l'autre. Très banals, ces avortements.

Ça s'est pas passé dans un garage sordide ni rien de ce genre. Juste un gentil docteur, à New Paltz, dans l'État de New York, recommandé par Martha Katz qui avait eu deux fois recours à lui. Un docteur complaisant qui croyait en ce qu'il faisait. J'avais peur qu'on vienne le flanquer en prison alors que j'étais allongée sanguinolente sur la table. Pour une bonne dose de douleur et cinq cents dollars, le fruit de mon amour s'est écoulé dans les égouts. Regrets ? Oui. Soulagement ? Oui. M'est-il jamais arrivé de regarder en arrière en souhaitant avoir eu l'enfant ? Oui. Et d'être contente de l'avoir fait ? Oui.

Vous voulez savoir ce qui m'a vraiment fait mal au

cœur ? New York est si pro-avortement que ça fait partie de la culture, pourtant, ils ont voté la loi sur l'avortement trop tard pour les milliers de filles qui en ont eu besoin au même moment que moi. Ils auraient pas pu la rendre rétroactive, cette loi, et nous envoyer des excuses ?

Dans *Cosmo*, il y a des horoscopes cochons. Ils ont aussi des articles super sur la masturbation.

Vous vous êtes déjà fait faire votre thème astral ? C'est quoi, votre ascendant ? Vingt-cinq dollars. Ça dure qu'un temps, les prévisions mensuelles des magazines, l'horoscope du jour des quotidiens. C'est Mme Alberta Kyle que j'ai consultée pour connaître mon avenir.

« Vous aurez une vie longue et heureuse.

– Je me marierai ?

– Selon votre thème, c'est possible mais probablement pas entre votre trente-quatrième et votre quarante et unième année. Vous voyez, là, Vénus n'est jamais dans les parages.

– Et avant ou après ? Hein ?

– C'est difficile à dire. Votre horoscope est très compliqué. Vous allez avoir des satisfactions sur le plan professionnel, un peu plus tard.

– Je vais me marier ?

– Peut-être.

– Ça arrivera ?

– Votre horoscope semble indiquer un attachement de longue durée à un homme.

– Et le mariage ?

– Peut-être.

– Vous ne voyez pas de mariage dans mon thème ?

– Oui et non. Pas entre trente-quatre et quarante et un ans. Peut-être avant ou après.

– Vous ne pouvez pas l'affirmer ?

– Parfois. Parfois, ça saute aux yeux. Pas dans votre horoscope. Ne prenez pas l'avion le 20. »

Oh ! Et puis allez vous faire voir, Mme Kyle. Pourquoi vous m'avez pris vingt-cinq dollars ? Pour me sortir des sornettes sur les voyages en avion ? Zut !

Un attachement de longue durée à un homme ? Norman. Il était certainement l'attachement le plus long que j'aie jamais eu. J'avais bien rencontré cet autre prof à mon école, un certain Alfred Block. On s'était vus, on avait eu une brève liaison, tout ça avant que j'apprenne qu'il existait une Mme Alfred Block, trois enfants Block et un chien Block. On était au lit, un soir. (Un soir sans Norman.)

« Sheila, tu veux me passer mon pantalon ? (J'ai tendu le bras pour lui donner. Il a sorti son portefeuille et m'a montré des photos.) Là, c'est Jennifer, deux ans et demi ; Sean, qui vient d'avoir sept ans ; et Adam, cinq ans.

– Ils sont très mignons. (J'étais au bord de la crise de nerfs. Heureusement que j'étais couchée sinon je serais tombée.)

– Et là, c'est ma femme, Barbara.

– Très jolie. »

Alfred Block, tu es une belle ordure. Tu m'avais jamais dit que t'étais marié. À combien de filles, tu l'as pas dit ? Et puis franchement, quelle manière délicate d'annoncer la chose. Au lit, après avoir baisé : « Voici ma femme, Barbara. » Alfred Block, tu es un sale con. J'en reviens pas !

C'est le seul homme marié avec qui je sois sortie.

Attendez une minute… C'est faux. Il y a eu un Bernie quelque chose, mais ça comptait pas vraiment parce qu'il détestait sa femme et qu'il m'a raconté les horreurs qu'elle lui faisait, si bien que je l'ai aussi détestée. Sa femme n'avait pas couché avec lui depuis plus d'un mois sous prétexte qu'elle souffrait de migraines ; alors ça comptait pour du beurre, non ?

Norman savait rien des Bernie ou des Alfred et il m'était fidèle. Comme un petit vieux effrayé à l'idée de tromper sa femme. Non, il n'avait sans doute même pas peur. Plus de baise n'était simplement pas à l'ordre du jour.

Maintenant qu'on était tous les deux dans l'enseignement, on avait, Norman et moi, les mêmes emplois du temps ; alors une année, on est allés en tant que mari et femme à Porto Rico pour les vacances de Pâques. Péché de chair. Transgression. On a fauté au Hilton des Caraïbes.

Marrant. Pas bien excitant mais amusant si on considérait mon compagnon. Ça m'a donné un avant-goût de ce que ce serait qu'être mariée avec Norman. Exactement ce que je croyais. En fait, ce serait comme être mariée à de l'eau de vaisselle. Il oubliait de faire des réservations, il pensait pas aux pourboires et arborait un maillot de bain trop lâche qui, tenez-vous bien, était truffé de taches.

Malgré tout, j'étais disposée à l'épouser. Oui, à l'épouser, avoir des enfants de lui et le ravitailler en saumon fumé. Il s'habille comme un as de pique ? Je lui achèterai d'autres vêtements. Je ferai pour lui ce que Bernice a fait pour Manny. Visez donc, vous tous, voici mon mari : de l'eau de vaisselle.

Je lui ai donc finalement demandé sa main. Le soir, avant de quitter Porto Rico.

« Norman, je crois vraiment qu'on perd notre temps ensemble si on se marie pas.

– Pas moi.

(Alors j'ai spéculé avec l'amour…)

– Dans ce cas, je crois qu'on devrait arrêter de se voir.

– D'accord. »

(… et j'ai perdu.)

Hé ! Vous les avocats, là-bas ! Vous êtes en manque d'inspiration ? Je suis d'avis que les filles qui sont restées longtemps avec un mec, qui ont investi de leur personne, soient habilitées à percevoir une pension alimentaire. Si c'était voté, il y aurait plus de célibataires qui y regarderaient à deux fois avant de bousiller la vie entière d'une fille. Je suis sortie, disons sept ou huit ans, avec Norman. Et il y a des femmes qui touchent une pension alimentaire après sept ou huit mois de mariage. Ouais, une allocation de petite amie régulière.

Pfut ! et on en parle plus. Un « d'accord » et « aux chiottes », la liaison de sept ans. En une nuit, la chasse d'eau est tirée. (Jolie la métaphore !) « D'accord », il fait et *basta*, fini la liaison.

J'ai reparlé à Norman, lui ai demandé, supplié de revenir mais c'était plus dans son planning.

Que dire de plus ? On m'a encore cambriolée. Ils ont pris la télé et le manteau de fourrure. J'aurais mieux fait de choisir l'opération du pif. Un nez refait, ça se vole pas. Melissa a eu un bébé, une fille. Tata Sheila est allée la voir. J'ai lu dans le journal des anciens élèves de NYU que le Pr Hinley enseignait à l'université de Miami. J'espère qu'il s'est retrouvé un Joshua. À vingt-huit ans, j'ai résilié mon abonnement à *Mademoiselle* en faveur de *Vogue* pour la femme, la vraie. Je me suis mise à penser épargne et me suis demandé qui s'occuperait de moi, pour mes vieux jours. Ma nièce ?

Kate s'est mariée. Un petit raout très smart à l'Hôtel de la 5e Avenue. Des deux côtés, la smala était là. (Kate a fait un beau mariage.) Aux dernières nouvelles, Linda flânait en Europe. J'ai reçu une carte postale du Danemark, une d'Angleterre : « Viens de rompre avec un vrai tordu. Il en pince pour la reine. » L'annonce du mariage d'Agatha Horowitz a paru dans le *Sunday Times*.

Je suis pas allée à ma réunion d'anciens élèves du lycée parce que j'avais pas envie de croiser un bataillon de copines enceintes. Et plus j'approchais la trentaine, plus c'était difficile de me faire sauter. Qui l'eût cru ? J'étais plus un objet sexuel ? Je me faisais bien peloter par des hommes ici et là dans la rue mais c'était pas du tout satisfaisant. J'ai essayé d'assister à des réunions du MLF mais le MLF et moi, ça collait franchement pas. Remarquez, j'avais rien contre leur discours mais ça me rendait pas heureuse pour un sou. D'accord, je pouvais passer de Mlle Levine à Mme Levine mais ça changerait pas grand-chose. J'ai aucune idée d'où se trouve Joshua. Il a probablement fini dans les bras de Norman.

Et puis… Joyeux anniversaire.

Joyeux anniversaire.

Joyeux anniversaire, chère Sheila non mariée.

Joyeux anniversaire à toi, et vivement le prochain.

Non, plus de prochain.

Ma mère et mon père s'égosillant pour mon trentième anniversaire au Quatre Saisons. Juste tous les trois.

« Sheila, ma chérie, j'ai réfléchi, j'en ai même parlé à ton père. Tu es peut-être trop difficile, c'est pour ça que tu restes célibataire. C'est obligé qu'il ait un diplôme universitaire ? »

Même ça, j'ai essayé, Maman… Marty Brink, diplômé d'aucune université. Il était dans la chaussure pour femme. Il est passé direct du lycée au magasin de son père. On est sortis quelques fois, et comme le voulait la coutume de l'époque, on s'est retrouvés entre deux draps. Juste après avoir baisé, la première fois, Marty, encore en position du missionnaire, m'a dit : « Je suis désolé, Sheila, si j'aurais su, j'aurais pas venu. » Ça vous refroidit son homme, non ? Ça me rend malade rien que d'y penser. Désolée, Maman, vous auriez pas dû m'envoyer à l'université. J'aurais dû apprendre la sténo.

Intérieurement, je me disais : ÇA SUFFIT COMME ÇA, JE ME SUICIDE.

Pourquoi t'en as déjà marre ? Parce que je ne suis pas mariée, voilà. J'AI JAMAIS EU D'EAU CLAIRE ! Vous pouvez considérer cela comme une réponse féminine à l'explosion démographique. Il n'y a pas plus écologique que se débarrasser soi-même de sa personne, non ?

En fait, il y avait bien une alternative au suicide. Si seulement on m'avait choisie pour la rubrique « Avant-Après » de *Glamour*. Je leur ai écrit mais ils ont jamais donné suite. Je l'ai pris comme un présage. Le suicide est devenu la seule solution.

Mon passé et mon présent se rencontrent et il n'y a pas de futur. Mes parents m'ont invitée pour mon anniversaire peu de temps avant que j'entreprenne la rédaction de cette lettre.

Vous avez une idée de ce que ça implique comme organisation, une mort ? Sans doute encore plus qu'un mariage. La mort, après tout, c'est vraiment pour l'éternité.

Préparatifs

Vous pouvez pas imaginer comme je me suis sentie bien après avoir pris ma décision. C'est étrange, c'est vrai, mais je me suis sentie en pleine forme. Vous pouvez pas savoir quel soulagement c'est de pouvoir enfin liquider le régime à l'eau du Dr Stillman, dire adieu au Dr Atkins et sa lutte contre les féculents. Même plus besoin d'envisager les injections d'urine de femme enceinte. Véridique. Elles stimulent la perte de poids. Oui, monsieur, ma détermination au suicide a entraîné l'abandon immédiat de tout régime. Ils auront qu'à creuser un trou plus large.

Mon comportement a changé radicalement. Je me suis mise à porter des kilts. J'ai opté pour les rayures en biais, les couleurs peu avantageuses pour la ligne. Je prenais des taxis à tout bout de champ sans me préoccuper du compteur. À Broadway, je m'achetais des places d'orchestre. Incroyable quand on pense que Jackie Onassis faisait ça sans même réfléchir.

L'imminence du suicide a amélioré mon caractère. Vraiment, je suis devenue plus franche, plus directe, un tantinet tête brûlée. Je me suis même améliorée comme prof parce que j'ai arrêté d'avoir peur qu'un de mes élèves vienne me trucider avec son cran d'arrêt.

J'imagine que la plupart des gens décident de se suicider et puis s'exécutent dans la foulée. Je pouvais pas faire ça. C'est trop vulgaire. New York m'avait inculqué un certain cachet et j'avais l'intention de partir avec style. Pas comme dans *Le Mirage de la vie* de Douglas Sirk avec six chevaux blancs pour tirer mon cercueil. Plutôt avec calme et discrétion, aussi élégamment que possible et le tout, orchestré jusqu'aux moindres détails.

Je m'étais décidée fin août et prévoyais de mettre mon projet à exécution d'ici au 3 juillet de l'année suivante. Comme ça, j'aurais le temps d'acheter une concession et une pierre tombale sans oublier, bien sûr, de rédiger ma lettre de suicide. Pourquoi le 3 juillet, demandez-vous ? Que cette question vous ait effleuré ou pas, je vais tout de même y répondre. Je me suis dit que si je me tuais le 3 juillet, il faudrait qu'on m'enterre le 4. C'est pas joliment symbolique comme date ? Le 4 juillet, ma propre fête de l'Indépendance.

C'est idiot, je sais, mais déjà en août, je m'étais acheté un tampon en caoutchouc avec le mot *Décédée*. J'avais vu cette publicité, un dimanche, au dos du magazine du *New York Times*, qui disait : « Tout ce que vous avez toujours voulu imprimer, nous l'imprimons sur un tampon en caoutchouc. Parfait pour le commerce » ou un truc dans le genre. J'ai pas pu résister. J'avais d'abord pensé à : « Va te faire voir. » Je trouvais que ce serait vachement bien tamponné sur mon chèque pour le loyer mais j'ai pas eu assez de cran. Quoi qu'il en soit, Papa, Maman, quiconque s'occupera de mes affaires, tamponnez *Décédée* sur ma carte de bibliothèque. Tamponnez aussi mes factures impayées.

Tenez, c'est la première fois que ça me vient à l'esprit : imaginez qu'une personne se retrouve avec une facture monstrueuse de Lord & Taylor parce que ladite personne n'a su se contrôler aux soldes de fin de saison. Cette personne ne pourrait-elle pas renvoyer la facture accompagnée d'un mot très poli expliquant les circonstances dans lesquelles elle est décédée ? Que se passerait-il ? Je suppose qu'ils vérifieraient et enverraient une sorte d'huissier ; mais la personne pourrait se mettre en noir, prétendre être en deuil pendant quelques mois encore après l'envoi du mot. Ça vaudrait le coup. Les soldes de fin de saison chez Lord & Taylor, ça vaut le détour.

En tout cas, Papa, tu trouveras le tampon gravé *Décédée* dans le tiroir du haut de mon bureau.

« Vous avez entendu ? La petite Levine s'est suicidée.

– C'est horrible de faire ça à ses parents !

– Elle a organisé toutes les funérailles, s'est acheté une concession, une pierre tombale et tout.

– C'est pas mes enfants qui feraient ça. »

J'ai ma concession. Vous pouvez me croire, ça a pas été un jeu d'enfant. Histoire de faciliter la tâche à mes parents qui, selon la loi juive, devraient se rendre sur ma tombe au moins une fois par an, j'ai décidé d'être enterrée au Rossman Memorial Park où reposent mes grands-parents (deux du côté paternel, un du côté maternel), paix à leur âme. Ma famille possède bien une concession au Rossman mais il y a de la place que pour mon père, ma mère, mon oncle et ma tante. Aux petits-enfants de se débrouiller comme des grands.

J'ai pris le car jusqu'à South Orange, New Jersey et ensuite un taxi jusqu'au cimetière. La journée était paisible. Quelques personnes tournaient en rond, un ou deux rabbins cherchaient du travail. (Ils sont payés par les familles pour prier sur les tombes.)

Les cimetières m'ont toujours mise mal à l'aise. Chaque fois que j'y allais, je baissais la tête de crainte de regarder une personne en deuil droit dans les yeux. Plus maintenant. Le cimetière est devenu pour moi un endroit où me poser, pour ainsi dire. Un peu comme un nouvel appartement et, Dieu merci, plus besoin de déménager.

Je suis allée rendre visite à mes grands-parents, j'ai dit quelques mots, je les ai enviés d'être si proches les uns des autres et leur ai fait savoir que je les rejoindrai bientôt. Puis direction le bureau du cimetière.

« Puis-je vous aider ? (Une femme vêtue en noir, cheveux gris, broche sobre et beaucoup de compassion.)

– Je voudrais une concession.

– Asseyez-vous, je vous prie. »

La femme s'est rendue dans un bureau et est revenue accompagnée d'un grand monsieur tout gris, qui m'a solennellement invitée à le suivre dans son bureau. Vraiment des gens bien, pleins de sollicitude. Si je leur expliquais les raisons de mon suicide, je me demande s'ils me dégotteraient pas un mari.

Il m'a fait asseoir dans un fauteuil, s'est assuré que j'étais bien installée et que j'avais une boîte de kleenex à proximité. Puis il a pris place dans un autre fauteuil, non pas derrière son bureau mais face à moi. Bon contact visuel.

« Mme Goldman m'a dit que vous cherchiez une concession. Vous connaissez le Rossman Memorial Park ?

– Mes grands-parents sont enterrés ici.

– C'est bien.

– Il vous reste des concessions ?

– Oui. Nous avons de superbes concessions. Certaines, même, avec vue. (Avec vue ?)

– Je cherche quelque chose de simple.

– Puis-je vous demander pour qui ?

– Pour moi. Je suis en phase terminale. Rien de grave. Enfin, c'est pas contagieux ni rien, mais j'aurai besoin d'une concession. »

Il s'est levé puis est revenu avec une sorte de dossier qu'il a ouvert et feuilleté rapidement. À un moment, il a levé les yeux et j'ai souri. Il ne m'a pas retourné de sourire. Je suppose que ces gens-là sont entraînés à rester de marbre. Son regard s'est finalement arrêté sur une page.

(Indiquant une carte.) « Nous y voici. Nous avons l'emplacement 34 A et B et l'emplacement 65 A et B. Ils sont tous deux extrêmement bien situés.

– Que signifie A et B ?

– A et B indiquent deux concessions côte à côte. Je suppose que votre époux vous rejoindra.

– Je suis célibataire. (C'est pour ça que je vais atterrir ici, vieux schnoque.)

– C'est un problème. Un problème très grave. (À qui le dites-vous !) Vous comprenez, Rossman Memorial Park est un cimetière familial. Nous avons les Linberger, plus de vingt-cinq personnes, trois générations qui sont avec nous. Le problème, ma

203

chère, est que nous ne fournissons pas les célibataires. Toutes nos concessions sont doubles. »

Incroyable ! Vous entendez ce que cet homme me dit ? Reposez en paix. Ha ! Jusqu'à ma tombe, dedans même, je me coltine des problèmes de célibataires.

« Je ne pourrais pas… simplement avoir l'emplacement 34 A et si un autre célibataire se présente, il pourrait avoir le 34 B ?

– Je suis désolé. Je ne peux pas les diviser. Ça nous mettrait dans un pétrin ! (Je suis au bord des larmes. Prête à hurler. J'en mourrais !)

– Écoutez, il y a peut-être un homme qui est mort et sa femme s'est remariée et elle voudrait être avec son nouveau mari. Ou vice et versa. Il y a peut-être une autre célibataire qui gît, je ne sais où, et on pourrait faire équipe, si vous permettez ce genre de chose.

– Généralement, mademoiselle Levine, nous suggérons l'incinération pour les célibataires. » On n'a même pas le choix ? On représente si peu ? Les célibataires doivent être réduits en cendres de gré ou de force ?

« Je ne souhaite pas être incinérée. (Je m'apprête à me lever pour partir.)

– Écoutez, mademoiselle Levine, je vous fais un prix sur les emplacements 65 A et B ; je vous offre les deux pour un tout petit peu plus qu'un seul. C'est légèrement en pente. Ça vous convient ?

– Parfait.

– Maintenant, le cercueil.

– Je vous en prie, ne me dites pas que vous n'avez que des cercueils doubles (ou extra-larges ou je ne sais quoi). » Pour un peu, il aurait souri, mais non. Il avait dû être sacrément entraîné.

« Non, nous avons ce qu'il vous faut. Si vous êtes sûre, bien entendu, de ne pas préférer une urne.

– J'en suis sûre. Écoutez, je peux vous rappeler pour le cercueil ? » J'avais mis de côté une certaine somme pour le cercueil et la robe dans laquelle je voulais être enterrée. Si je dépensais moins pour la robe, je pouvais investir la différence dans le cercueil, vous voyez ? Au stade où j'en étais, je ne savais pas combien il allait me rester.

« Très bien. Voici ma carte de visite. Par contre, faites en sorte de m'envoyer des arrhes, de… disons, cent cinquante dollars. Nos concessions partent comme des petits pains. » J'étais sûre qu'il allait me dire qu'un charmant ménage était très intéressé par celle que je venais d'acheter et je m'attendais presque à ce qu'il me conseille de prendre la concession pour ses adorables alcôves.

Donc je vais passer mon éternité chez Rossman, fille célibataire, seule dans une concession pour deux.

Au fait, vous connaîtriez pas, par hasard, quelqu'un dans la vente de pierres tombales en gros ? Moi non plus, je connaissais personne.

Il y a peu, un beau samedi matin, je me suis mise en route pour m'acheter une pierre tombale. À chaque tombe, sa pierre, et j'avais ma tombe. Il était donc temps, maintenant, de trouver ma pierre. Au début, j'ai laissé mes doigts parcourir les Pages jaunes, en notant le nom des tailleurs de pierres funéraires qui sonnaient bien : Granite Memorials, spécialisé en images ; Lodge Memorials, au service des familles juives depuis 1915 ; et Miguel Rodriguez, *se habla español*. Rien de très attirant. Raynd Jones & Associés, CONSULTANTS EN TOMBEAUX. Consultants en tombeaux ? Ouais, consultants. Je parie qu'ils consultent les tombeaux.

« Mon fils, quand tu seras grand, je veux que tu entres dans la consultation en tombeaux. C'est une carrière pleine d'avenir. »

Alors, où aller ? Spécialiste en images ?… Bof ! J'y aurais pensé à deux fois si je m'étais fait refaire le nez. Tout à coup, ça m'a sauté aux yeux : Tombeaux Bingo.

Tombeaux Bingo est dans l'État du Connecticut, à Kent, Connecticut. Je voyais Bingo deux fois par an, quand j'étais jeune, une fois en route pour la colonie de vacances, une fois au retour de colonie. Un endroit très bizarre que ce Bingo. Il y avait une petite maison, blanche et délabrée avec une cour, devant, pleine de pierres tombales.

Je voyais tout le temps des enfants, des tas d'enfants blonds et sales, qui jouaient autour de la maison et regardaient les cars qui nous emmenaient en colonie. Ces enfants s'appuyaient sur les pierres tombales, s'asseyaient dessus, jouaient parmi elles toute la journée. Pendant qu'on était en colo, à nager, faire du tennis (essayer plutôt : tiens bien ton poignet droit, Sheila, combien de fois il faudra que je te répète de garder le poignet droit), ces enfants jouaient dans la cour envahie par les pierres tombales. J'étais triste pour eux. Ils allaient pas en colonie, eux. Ils sont sûrement pas allés à l'université. Mais, Sheila, ils se sont mariés, eux, les veinards.

J'appelle Franklin Square…

« Bonjour, maman.

– Bonjour, Sheila, quoi de neuf ?

– Pas grand-chose.

206

– Tu sors samedi soir ? (Elle essayait encore.)

– Je sais pas. (Moi, j'essayais encore de lui faire plaisir.)

– Quand est-ce que tu comptes passer nous voir, un week-end ?

– Je ne sais pas, maman. Je viendrai à la première occasion. (Elle a dû me prendre pour Baby Jane Holzer.) Écoute, maman, ça te dérange si je prends la voiture, samedi ?

– Tu vas où ? (Je t'en prie, j'ai trente ans. Je peux pas emprunter la voiture sans te dire pourquoi, pour une fois ?)

– Je vais dans le Connecticut chez Tombeaux Bingo pour me choisir une pierre tombale. » (J'ai pas dit ça.)

J'ai dit : « Je vais dans le Connecticut avec ce garçon que j'ai rencontré, il y a deux-trois semaines. Il m'a dit qu'il adorait le Connecticut et je lui ai dit que j'aimais le Connecticut, alors on y va pour la journée. (Je savais maintenant exactement ce qu'il fallait dire.)

– C'est bien, ça. Vous voulez pas passer tous les deux prendre la voiture ? (Elle voulait jeter un coup d'œil à mon prétendu compagnon.)

– Ça lui ferait très plaisir, maman, mais il peut pas.

– Pourquoi ?

– Parce qu'il existe pas. Je l'ai inventé. » (Ça non plus, je l'ai pas dit.)

J'ai dit : « Il doit passer voir sa mère, samedi matin. (Je savais bien que ma mère allait pas rivaliser avec la sienne.)

– D'accord. Tu passeras quand ?

– Samedi matin. Je viendrai chercher la voiture.

– Tu veux pas venir vendredi soir ? Il y aura quelque

207

chose de bon pour le dîner. (Pourquoi tu me demandes quand je compte passer si tu me dis quand je dois le faire ?)

– D'accord. »

Je suis allée seule à Kent, Connecticut, deux heures et demie de beau paysage américain. C'était mon premier trajet en voiture vers d'anciens lieux familiers. D'une année à l'autre j'avais fait ce trajet en train avec des camarades en chemise bleu ciel, short bleu marine, plongés dans des bandes dessinées à mâcher du chewing-gum. On prenait le train jusqu'à la gare de Kent où des cars et des camions venaient nous chercher pour le reste du trajet.

Par ce beau samedi matin, je me suis rendue directement chez Bingo et j'ai été étonnée de ne pas y voir d'enfants. J'avais complètement oublié que ces enfants que j'avais vus jouer avaient mon âge et qu'ils avaient donc grandi comme moi.

J'ai frappé. Une dame en blouse – Mme Bingo ? – a aussitôt ouvert la porte. De toute ma vie, je n'avais jamais vraiment connu personne qui portait de blouse. Mme Bingo avait les cheveux longs, fins et grisonnant, portait une blouse et n'était pas du genre à prendre du poids.

(Moi, très aimable et souriante.) « Bonjour, je suis venue regarder les pierres tombales.

(Elle, très curieuse.) – Attendez. Je vais chercher mon mari. Ne bougez pas. »

J'ai jeté un coup d'œil à l'intérieur. Des meubles délabrés, usés, déchirés et malmenés par des enfants. Il n'y en avait pas deux assortis. L'endroit faisait très « entrée de vieux motel bon marché ». Une vieille télévision poussiéreuse avec le tout dernier programme

208

posé dessus. Un homme est apparu. D'après vous, à quoi ressemble le mari d'une femme qui porte une blouse ? Il était grand, mince, portait des chaussettes à motif, des pendules, et des chaussures Gucci ; je blague pour les chaussures.

(Moi, extrêmement aimable et souriante.) « Bonjour, je suis venue au sujet d'une pierre tombale. »

Il m'a regardée, l'air de dire : « Qu'est-ce que vous fabriquez *ici ?* »

« Enfant, j'allais en colonie de vacances près d'ici et j'ai toujours remarqué votre maison et j'ai besoin d'une pierre tombale alors je me suis dit que je viendrai ici.

— Nos pierres sont là. Choisissez celle qui vous plaît et venez me voir pour l'inscription.

— Merci. »

J'ai regardé les pierres. Vous savez quoi ? Vous avez une idée de ce à quoi elles ressemblaient, ces pierres tombales ? C'était des pierres destinées à des couples. Des cœurs, des fleurs et des chérubins avec des textes du style : « EN SOUVENIR DE MON ÉPOUSE ADORÉE », « MON ÉPOUX BIEN-AIMÉ », « NOTRE ÉPOUSE ET MÈRE ADORÉE. » Pas possible ! Même les pierres tombales étaient conçues pour les gens mariés. Çà et là, un « NOTRE ENFANT BIEN-AIMÉ » mais tout le temps surmonté d'une croix.

(Moi, plus aimable et souriante que jamais.) « Monsieur Bingo, vous feriez aussi une pierre sur commande, par hasard ?

(Après une pause.) — Celles qui sont là, elles sont faites sur commande. Suffit de dire le nom et on le met.

— Non, je voulais dire complètement sur mesure.

Comme si vous partiez de zéro. Avec rien d'écrit du tout sur la pierre. »

Du doigt, il m'en a désigné une, sans rien. Une grande croix avec deux anges minuscules en bas. (Gratinée.)

« Oui, elle est superbe mais ce que je voulais, ce que j'avais en tête, c'était une pierre sans aucune décoration, sans rien dessus.

– Vous allez savoir comment, qui c'est qu'est enterré, s'il y a rien dessus ?

– Non, je voudrais savoir si vous pourriez prendre un bloc à l'état brut et y graver le texte que je vous donnerai ?

– On peut écrire sur celles-là. (Il me désignait toutes les pierres adorées.)

– Elles ne conviennent pas. Vous comprenez, la personne n'était pas une épouse ou une mère adorée.

– Excusez, je peux pas vous aider.

– Merci quand même. »

J'ai conduit jusqu'à la colonie. Une corde barrait le passage, avec un écriteau « Défense d'entrer ». Je l'ai déplacée pour pouvoir passer. C'est un truc que j'aurais jamais osé faire avant « la décision ». J'ai toujours été du genre à trembler devant le proviseur. Ma chère mère me répétait sans cesse : « Tu n'as aucune raison d'avoir peur de qui que ce soit, Sheila. Imagine quiconque t'effraie assis sur le trône des toilettes. »

Les colonies de vacances ne changent pas. C'est bon à savoir dans notre monde qui bouge sans arrêt. Il faisait froid et j'étais jamais venue ici dans le froid mais c'était bien ma colo. Quels bons moments j'y avais passé ! J'en oublierais presque que j'étais si peu sportive qu'on me choisissait toujours en dernier pour former des équipes. Tous les jours, j'entendais mes camarades annoncer : « C'est vous qui récupérez Sheila. »

De retour à New York, j'ai donc appelé Raynd Jones et Associés, CONSULTANTS EN TOMBEAUX. En fait, ils étaient dans le même créneau que M. Bingo ; à la différence qu'ils m'ont envoyé un catalogue et un représentant à haut débit. Il portait une chevalière au petit doigt et une épingle à cravate. Ils les trouvent où, leurs pierres tombales, les gens riches ? Sûrement pas chez ce type.

« Puis-je vous demander à qui la pierre est destinée ?

– C'est pour moi. J'ai une grave maladie.

– Je suis navré de l'apprendre mais néanmoins heureux que vous vous soyez adressée à Raynd Jones et Associés, consultants en tombeaux.

– Oui, je souhaite quelque chose de simple.

– Voici notre catalogue. Jetez-y donc un coup d'œil. »

Un catalogue pour bien-aimées mères et filles. Pas de tombeau pour célibataire. « J'avais pensé à quelque chose de simple. La seule chose que je souhaite sur ma pierre tombale, c'est : "CI-GÎT SHEILA LEVINE, ÉPOUSE BIEN-AIMÉE DE PERSONNE." C'est possible ?

– Vous êtes folle, ma petite dame ? Vous vous rendez compte que tout est fait à la main ? La gravure coûte cinq dollars la lettre. Vous êtes sûre d'avoir besoin de toutes ces lettres ?

– Oui.

– Voyons maintenant pour une pierre vraiment petite, ça vous fait cinq fois, heu… cinq fois trente-huit, zéro je retiens quatre. Ça fait quatre-vingt-dix

211

pour la gravure et, disons, cent cinquante pour la pierre, très petite mais en marbre, ça nous fait zéro plus neuf plus cinq égale quatorze. À peu près trois cent quarante, trois cent cinquante, disons, payables d'avance.

– D'accord.

– Où et quand souhaitez-vous qu'elle soit livrée ?

– Il faut qu'elle soit prête d'ici le 4 juillet parce que je compte mourir le 3 pour être enterrée le 4.

– Je vois. (Il a noté ces renseignements.)

– Pourquoi ne pas la livrer ici ?

– Trop lourde, tout votre plancher va s'effondrer.

– Je vous ferai savoir où. Vous pouvez me faire une facture ?

– Je peux mais j'aurai besoin d'un acompte de… disons, cent dollars pour lancer la commande. »

J'ai fait un chèque. Merde alors ! Je suis sûre que la sœur de Rose Lehman connaît quelqu'un qui pourrait me l'avoir au prix de gros.

Vous êtes d'accord, ma vie n'a pas été une sinécure ? J'ai pas besoin que ça empire, hein ? Ça ne fait qu'empirer. C'est vrai.

De Franklin Square :

« Bonjour, ma chérie ; je te réveille ? »

Je regarde le réveil. « Maman, il est six heures et demie.

– Je peux pas dormir. Dès qu'il y a de la lumière à la fenêtre, je me lève. Je me demande comment je me débrouille avec si peu de sommeil. »

Tout ce que je sais, c'est qu'à dix heures du soir, elle est au lit, la petite dame. C'est la seule personne en Amérique qui connaisse pas Johnny Carson.

« Comment ça va, ma petite Sheila ?

– Bien, maman. (J'organise mon suicide dans un peu plus de six mois mais je réponds quand même "Bien, maman".)

– Tu te souviens de ta grand-tante Goldie, la mère d'oncle Arnie ?

– Non.

– Mais si, tu te souviens. C'est celle qui avait toujours la place du milieu quand on dansait la *hora* à des mariages.

– Je m'en souviens pas.

– Mais si. La mère d'oncle Arnie. Elle t'a tricoté une brassière à ta naissance.

– Maman, comment veux-tu que je me souvienne de quelqu'un qui m'a tricoté une brassière pour ma naissance ?

– Ne sois pas insolente ! C'est celle qui louait une maison à Atlantic City chaque été.

– Ah, oui. (J'avais aucune idée de qui elle parlait.)

– Tu te souviens d'elle ?

– Ouais. (Non.)

– Elle est morte. »

Ma mère est en train de verser des larmes pour Tante Goldie qu'elle connaissait à peine (Atlantic City et la *hora*). Que va-t-elle faire pour moi ? Qu'est-ce que tu vas faire, Maman ? Ne pleure pas. Je t'en prie. J'en ai marre de la vie, j'ai fait ce que je voulais faire. Sois contente ! Va au cinéma. Ne prends pas le deuil pendant des semaines pour Sheila. C'est ce qu'elle désirait. Papa, ne pleure pas et empêche Maman de pleurer. La culpabilité, ça existe, après la mort ?

Vous avez eu le pressentiment que la mort de Tante Goldie allait me créer des ennuis ? Vous avez eu raison.

213

De Franklin Square :

« Sheila ?

– Oui, maman. (Combien de fois j'ai pu dire ça durant toute ma vie ?)

– Oncle Arnie est à San Francisco, il ne peut pas être ici à temps pour organiser les funérailles. On doit l'enterrer tout de suite, pas comme les goyim qui laissent traîner les corps pendant des jours. (Je sais, je sais. Je m'en vais le 3 juillet. On m'enterre le 4.) Donc, c'est à moi d'organiser l'enterrement parce que je suis sa parente la plus proche. Je vais le faire au Rossman. C'est là que se trouve le mari de ta grand-tante Goldie et c'est aussi là que papie et mamie sont enterrés. (Je sais, je sais.) S'il te plaît, Sheila, tu pourrais me conduire au Rossman cet après-midi ? Je peux pas demander à ton père, c'est la haute saison pour lui. Je t'en prie, Sheila chérie, conduis-moi au Rossman. »

Et vous pensez avoir des problèmes !

Comment je vais me débrouiller ? Qu'est-ce que je vais faire, en face de ces gens tout gris, rencontrés il y a quelques semaines seulement pour organiser mon propre enterrement ? Ils me reconnaîtront peut-être pas ? Mais si, ils vont te reconnaître. Il y a pas tant de gens que ça qui viennent acheter leur propre concession ! L'homme qui m'a reçue ne sera peut-être pas là ? Je peux pas prendre de risque. Il se peut qu'il soit là ainsi que la femme. Je serai peut-être pas obligée de descendre de voiture ? Si. Ma mère me forcera à sortir, pour me dégourdir les jambes, aller aux toilettes, aller sur la tombe de mes grands-parents. Dis bonjour à papie et à mamie… « S'il te plaît, Sheila, accompagne-moi. Je me sentirai tellement mieux si tu es avec moi. » Du coup, je ferai sans doute mieux d'appeler les gens tout gris pour essayer de leur expliquer. Comment il s'appelle, déjà ? Elle, c'était Mme Goldman. Heureusement que j'ai écrit son nom dans ma lettre d'adieu.

« Les renseignements ? Je voudrai le numéro du Rossman Memorial Park à South Orange dans le New Jersey. Merci, mademoiselle.

– Allô, ici Rossman Memorial Park.

– Bonjour, pourrais-je parler à Mme Goldman ?

– Mme Goldman n'est pas là. Elle accompagne une famille endeuillée. (Merde !)

– Pourrais-je parler à l'homme pour lequel elle travaille ?

– Lequel ? Elle est la collaboratrice de tous les frères Rossman. (Celui qui est tout gris ? Ils sont tous tout gris ?)

– J'ai oublié son nom mais il faut que je lui parle. C'est très très important.

– On m'appelle sur l'autre ligne. Je peux vous mettre en attente ? (Ma mère va débarquer pour passer me chercher et on me met en attente. EN ATTENTE ! Au paradis, vous passez direct. En enfer, ils vous mettent en attente.)

– Allô ?

– Oui, je suis toujours en ligne.

– Pourriez-vous me décrire le monsieur en question ?

– Il a les cheveux gris, la peau un peu grisâtre et des yeux gris, je crois. (Et des chaussettes grises, et des chaussures grises et les oreilles, le nez et la gorge gris.)

– Je vais vous passer M. Henry Rossman. (S'il

215

vous plaît, Dieu, je vous en prie. Jésus, je promets de me convertir si c'est le bon bonhomme.)

– Allô ?

– Bonjour, ici Sheila Levine. Je ne sais pas si c'est à vous que j'ai parlé ou pas, mais je suis venue dans votre cimetière il y a quelques semaines pour m'acheter une concession. Est-ce à vous que j'en ai parlé ? Vous vous souvenez, j'ai acheté deux emplacements, 65 A et B, si je me souviens bien. Ça vous dit quelque chose ? Je suis la célibataire ?

– Ah, oui, je me rappelle. (Dieu merci. Je blaguais, Jésus.)

– Dieu merci.

– Comment allez-vous, mademoiselle Levine ? (Je suis celle en phase terminale, tu te souviens, vieux schnoque ! Alors comment je me porte d'après toi, quelques mois avant de crever ?)

– Bien, merci.

– Bien. (Il voulait pas dire "Bien". Mais "Quel dommage" ! Je crois qu'il avait peur que j'appelle parce que j'avais recouvré la santé et je voulais annuler 65 A et B.)

– J'appelle car je vais passer aujourd'hui, on va probablement se croiser et je ne veux pas que vous me reconnaissiez.

– Quoi ?

– La tante de ma mère est morte et va être enterrée au Rossman et je viens aujourd'hui avec ma mère et je vous saurai gré de faire semblant de ne pas me reconnaître parce que ma mère ne sait pas que je suis très malade et que je viendrai bientôt chez vous. Donc je vous serai reconnaissante si vous ne me reconnaissiez pas cet après-midi. S'il vous plaît !

216

– Pourquoi ne dites-vous pas à votre mère que vous êtes mourante ? Je pense qu'elle pourrait vous aider, Sheila. (Je vous en prie, grand homme gris, pas de sermon à distance.)

– Je vais lui annoncer mais j'attends le moment opportun. (Bien joué, ma petite.)

– Je comprends. Je suppose que vous savez ce que vous faites. (J'en ai pas la moindre idée maïs je suis heureuse que vous supposiez le contraire.)

– Oui. J'ai tout planifié.

– À tout à l'heure. Et ne vous inquiétez pas. Je ferai comme si je ne vous avais jamais vue.

– Bien. Et dites, s'il vous plaît, à Mme Goldman de ne pas me reconnaître non plus.

– Mme Goldman n'est pas là ; elle est avec une famille endeuillée.

– Bien… Ce n'est pas vraiment ce que je voulais dire.

– Mademoiselle Levine, je ne vous ai jamais demandé si vous souhaitiez qu'on s'occupe de la tombe ?

– Oh, oui. J'aimerais que vous le fassiez. » Peu m'importait le coût. J'allais pas risquer qu'il revienne sur sa promesse et me reconnaisse.

J'ai retrouvé ma mère sur la 38e Rue parce que la 39e est en sens unique et va dans la mauvaise direction. C'est comme ça que vivent les New-Yorkais, généralement. Ils planifient chacun de leur mouvement parce qu'ils sont constamment en train de réfléchir aux sens uniques. Ma mère s'est arrêtée sur le côté, je me suis mise au volant et Maman s'est glissée dans le siège du passager. C'était réglé comme du papier à musique. Un rendez-vous parfait. Pendant les dix premières minutes, elle était anormalement silencieuse. Puis :

« Que veux-tu ? Il faut bien partir un jour. Tante Goldie a eu une belle vie bien remplie. Et la façon dont elle est morte, une bénédiction ! J'aimerais partir comme elle, une crise cardiaque éclair. C'est une bénédiction. J'espère partir avant ton père. C'est mon seul vœu, avoir une crise cardiaque et partir avant ton père. C'est affreux d'être veuf. Regarde Frances Lehman. Depuis que son Herman est mort, elle est tout le temps déprimée. Ça ne me dit rien. Frances a trois filles, toutes mariées, alors elles ont leur vie à elles. Elles ont pas de temps pour Frances. L'année dernière, elle a fait le tour du monde toute seule. C'est une vie, ça ? Ne les laisse pas me mettre dans une maison de retraite, Sheila. Regarde ce qu'ils ont fait à la mère de Louise Schnizer ? On m'a dit qu'elle avait été battue dans cette maison de retraite. Je pourrais pas vivre avec Melissa. Elle a sa propre vie. Je viendrais peut-être habiter chez toi, Sheila. Ça te dirait, de vivre avec ta vieille mère ? À me voir, on dirait pas qu'autrefois, j'ai été élue Miss Coney Island. J'avais tant de petits amis. J'ai failli épouser, comment il s'appelle, le chef d'orchestre ? C'est affreux de vieillir. J'ai beaucoup de rides ? Je veux dire, pour mon âge ? Il y a peut-être du bon dans le fait que tu te sois jamais mariée, Sheila. Si jamais, Dieu nous préserve, il arrivait quelque chose à ton père, je pourrais m'installer avec toi. Je suis contente d'avoir eu des filles. On peut toujours compter sur elles. »

Toute ma vie, elle a voulu que je me marie. Maintenant elle veut que je reste célibataire pour pouvoir vivre avec moi quand elle aura plus de dents. Je me suis dit : « La prochaine fois que j'irai au Rossman, ce sera dans une boîte. Bien plus agréable que maintenant. »

Au cas où vous le sauriez pas, il semble qu'Henry Rossman soit pas un grand comédien. Dès qu'il m'a vue, son visage est devenu rouge grisâtre. Il a toussé. Il a bégayé. Il a trébuché. Il a fait tout ce que ferait un homme qui tombe sur sa maîtresse alors qu'il est avec sa femme. Un rien exagéré.

« Bonjour mademoiselle Levine. Enchanté. (Un grand "enchanté" suivi d'un grand clin d'œil.)

– Bonjour.

– Mademoiselle Levine, souhaitez-vous visiter les lieux ? Je sais que vous n'êtes jamais venue auparavant. (Ne fais pas l'idiot, Henry ! Et à présent l'Oscar du plus mauvais acteur de l'année est décerné à Henry Rossman.)

– Votre tante reposera près de son époux. Il est à l'emplacement 63 A. Elle sera au 63 B, tout à côté de… oups ! (Oh ! Henry, vieille cloche, vieux schnoque, espèce de membre viril.)

– Souhaitez-vous voir l'emplacement, madame Levine, vous aussi mademoiselle Levine ? » (J'en reviens pas qu'il ait pas dit : « Souhaitez-vous venir mademoiselle… excusez-moi, j'ai oublié votre nom car je ne vous avais jamais vue auparavant. Souhaitez-vous voir l'emplacement et en profiter pour jeter un coup d'œil à l'endroit où vous allez être enterrée ? Oups ! »)

On est allées regarder l'endroit. Je sais pas pourquoi. Ils allaient pas déplacer le mari de Tante Goldie, alors y avait rien à voir. De retour dans le bureau d'Henry Rossman, Henry s'est fait psychiatre. Ce crétin a décidé qu'il allait créer le moment propice à l'annonce à ma mère de ma terrible maladie. Vous êtes prêts ? Moi, non plus.

« Quel âge avait votre tante, madame Levine ?

– Quatre-vingt-onze ans.

– Savez-vous, qu'ici, la moyenne est de soixante et un ans. Nous en sommes très fiers. (Ça veut dire quoi, ce charabia ?)

– C'est bien. (C'est soit ma mère, soit moi qui ai répondu. On était troublées toutes les deux et ça faisait belle lurette que je parlais comme elle.)

– Alors, votre tante avait quatre-vingt-onze ans ? Elle a eu une longue vie bien remplie. Lorsqu'une personne de cet âge nous quitte, c'est triste mais pas autant que lorsqu'une jeune personne s'en va. Lorsqu'une jeune personne nous quitte, c'est triste, très triste, surtout si cette jeune personne est malade et n'en dit mot à sa famille.

– Il est temps de partir, maman. Il faut que tu fasses tout le trajet jusqu'à Long Island et il ne faudrait pas se retrouver dans un embouteillage. ALLONS-Y MAMAN ! »

Il a continué, haussant les sourcils, me tendant des perches pour que j'ouvre mon cœur.

« Je pense que les jeunes devraient parler de leurs soucis… (Pause.) Sheila, vous semblez être une jeune fille intelligente. Bien que ce soit la première fois de ma vie que je pose les yeux sur vous, je peux le dire. Ne pensez-vous pas que si une jeune personne est malade et sur le point de mourir, elle devrait en parler à ses parents ?… (Pause.) J'ai entendu parler d'une jeune fille dans ce cas précis qui n'en a rien dit à ses parents. J'aimerais lui porter conseil. D'après vous, Sheila, comment devrais-je la conseiller ? »

Finalement, fuite vers la voiture. Ma mère m'a dit avoir trouvé Henry Rossman très étrange et je lui ai répondu que c'était certainement lié à son métier funéraire, comme elle avait vu *Ce cher disparu*, elle a accepté ma réponse.

L'enterrement a eu lieu le lendemain et on ne parlait que de la vie bien remplie de Tante Goldie. Elle avait eu une belle vie, avait eu la chance de pouvoir danser au mariage de son fils. Je suis sûre que c'était bien rempli, comme existence. Née à Brooklyn, morte à Brooklyn, un fils qui s'est installé à San Francisco, deux petits-enfants qu'elle pouvait serrer dans ses bras de temps en temps lorsqu'elle allait vers l'ouest, un séjour hivernal à Miami tous les ans. Elle a aussi eu droit à une oraison funèbre. Oraison prononcée par un rabbin qui ne l'avait jamais vue.

« Je n'ai jamais rencontré Goldie Butkin mais je sais que c'était une femme merveilleuse car elle était une MÈRE. Une MÈRE. (Il pointait du doigt vers le fils de Goldie.) Une MÈRE, c'est… Une MÈRE, c'est… comme la couverture d'un livre. La famille, c'est le livre, MAIS la mère, c'est la couverture. Je vous le demande, si la couverture du LIVRE, qui est la MÈRE, devient usée et cornée, cela signifie-t-il que le LIVRE, qui est la famille, ne vaut rien ? NON ! LE LIVRE, qui est la FAMILLE, est toujours bon car la MÈRE l'a protégé… Ce que l'on fait, c'est retirer la couverture pour la jeter… mais retire-t-on la MÈRE… non… La mère n'est peut-être pas comme la couverture d'un livre… ouvrez vos Torah page cinq. »

J'aurai une oraison du tonnerre. Je viens d'ajouter à ma liste de choses à faire avant de partir : trouver un bon orateur. Quelqu'un qui dira les choses telles qu'elles sont. Sheila Levine est morte pour vos péchés.

Harold

On dit que lorsque deux personnes essaient d'avoir un bébé et que la femme ne peut concevoir, la raison pourrait être qu'ils en font trop. L'obstétricien leur conseille de se détendre. La plupart du temps, ça ne marche pas. Le couple adopte un enfant et la femme tombe enceinte juste après.

Pour mettre le grappin sur un homme, j'en faisais trop alors que j'aurais dû être détendue, mais ça, je pouvais pas. Je suis allée m'acheter une concession et une pierre tombale et, peu de temps après, j'ai rencontré quelqu'un. Gardez votre sang-froid, j'ai pas dit que je m'étais mariée ou fiancée ou quoi que ce soit mais simplement que j'ai rencontré un homme.

J'étais allée à cette soirée de veille d'élection. C'était même pas une élection nationale ou communale, ce qui vous montre un peu jusqu'où les New-Yorkais sont prêts à aller pour se rassembler. Je me rendais encore à des soirées. Pas pour y chercher un homme mais parce que si j'arrêtais de sortir, les gens risqueraient de soupçonner qu'il y avait anguille sous roche.

« Qu'est-ce qui se passe avec Sheila ? Avant elle

était de toutes les fêtes ? Maintenant elle reste chez elle. Il y a quelque chose de louche. »

J'étais donc à cette soirée, organisée par une de mes collègues, concentrée à manger un gigantesque sandwich et de la salade de pommes de terre parce que ça m'était devenu complètement égal. Un type brun et trapu, très poilu, ni beau ni moche, s'est approché et s'est assis à côté de moi au moment où j'enfournais un cornichon plutôt mastoc dans ma bouche.

« Salut. (Lui.)

– Salut. (Moi.)

– Je déteste tourner autour du pot. Je voudrais te baiser. (Lui... vous pensiez que c'était moi ?)

– Moi non plus, j'aime pas tourner autour du pot. D'après toi, y en a pour combien de minutes ? » Je supporte pas quand je fais ma dévergondée. Pourquoi est-ce que je peux pas être Doris Day ?

(Encore lui.) « J'ai dit que je voudrais coucher avec toi.

(Moi.) – J'ai dit combien de temps ?

(Lui.) – C'est pas très gentil comme question.

(Moi.) – La tienne était gentille ? »

J'ai couché/baisé avec Harold le soir même. Oui, j'ai réussi à connaître son nom ainsi que quelques détails sur sa vie. Il avait trente-trois ans, était divorcé, juif, éventuellement épousable et assistant social-poète.

En cette veille d'élection, j'arrivais pas à croire à une telle aubaine. Harold était intelligent, attachant, sympathique et j'ai eu un orgasme. Oui les amis, cette fois, je l'ai su tout de suite. Laissez-moi vous dire une chose : quand vous en avez un, vous le savez.

Maman, je sais que tu te demandes pourquoi. Pourquoi

une jeune femme juive bien élevée sauterait-elle immédiatement au lit à la demande du premier venu ?

J'estime que tu as droit à une explication. Si en plus ça peut contribuer à ce qu'une lectrice juive se tienne à distance du lit de tout pauvre type, alors je serai pas morte pour rien.

Côté sexe, je suis pas une hypersensible. Pas eu les tétons titillés. Si vous préférez de la littérature sur le titillement des tétons, lisez *Cosmo*. À l'université, j'ai couché avec des types parce que ça me rendait populaire. Quand j'ai emménagé à New York, j'ai couché avec des types car mon cerveau ciblé sur le mariage m'indiquait cette voie ; une tactique pour qu'on m'aime, peut-être. Si l'un d'eux m'aimait vraiment alors il pourrait, oh ! s'il vous plaît cher Dieu, m'épouser. J'ai couché avec tous ces types dans l'espoir qu'un jour ma maman danserait à mon mariage. J'ai couché avec Harold parce que j'avais pris l'habitude de le faire à chaque fois qu'un type me le demandait.

« Tu as vu, Manny, comme ils mettent tout sur le dos de la mère. »

Te sens pas coupable, Maman. Les orgasmes, c'est bien.

Harold est resté toute la nuit. C'était agréable. Tellement sympa de se réveiller et de le voir là, lui donner des serviettes de bain, du pain grillé, de lui presser une orange, refaire l'amour le matin, l'après-midi, en début de soirée. Trois orgasmes de plus, les mecs. Il est parti après dîner… Le dîner, c'était moi.

Je pensais jamais plus avoir de ses nouvelles. Miracle des miracles, Harold m'a appelée le samedi suivant.

« Salut.

– Salut.

– C'est Harold. Je voudrais te sauter ce soir.

– Pour être direct, t'es direct.

– Alors ?

– Passe. On discutera. »

Tu parles, comme on a parlé. Cette nuit-là, j'ai eu mon cinquième orgasme. Vous en avez eu cinq, des orgasmes, Maman ? Ruthie ? Madeline ? Melissa ? Je parie que vous en avez eu cinq à vous toutes. Pas tant que ça, vous dites ?

Harold a de nouveau dormi à la maison. On a passé notre dimanche à faire l'amour et à nous dire que la révolution sexuelle était une chose géniale. À vrai dire, la révolution sexuelle commençait à me faire mal, si vous voyez ce que je veux dire. Cette fois, lorsqu'il est parti, Harold m'a regardé droit dans les yeux que j'ai marron et rapprochés, surmontés de sourcils non épilés et m'a dit : « Je voudrais te baiser mercredi prochain. »

J'ai évité ses petits yeux rusés qui surmontaient une barbe touffue et répondu : « Super.

– Je suis content de t'avoir trouvée, Sheila. Tu es une vraie femme libérée. (T'as entendu, Maman ? Une femme libérée !)

– Ouais. »

Et alors, je me suis dit, c'est pas si mal ! Pourrait être pire. J'aurais trois enfants hippies, sales, style baba chic et trois cent soixante-cinq orgasmes par an.

Mardi soir, j'ai eu mes règles. Toujours un jour de fête chez moi. Le lendemain, j'ai appelé Harold à son bureau pour lui dire qu'il vaudrait mieux ne pas venir.

« Bonjour, pourrais-je parler à Harold ? Je suis désolée, je ne connais pas son nom de famille. Il est petit, costaud avec une barbe. (Il couche avec Sheila Levine.)

— Bonjour.

— Bonjour, Harold ? Je suis désolée, tu peux pas passer ce soir. Je viens d'avoir mes règles.

— Ce n'est pas Harold à l'appareil. C'est Jerry. Vous voulez parler à Harold ? (Oh non !)

— Oui… s'il vous plaît. (C'est pas le genre de message qu'on laisse traîner sur un bureau.)

— Bonjour.

— Bonjour, Harold ? (Cette fois, je voulais être sûre.)

— Oui, Sheila ?

— Oui, écoute Harold. Tu peux pas passer ce soir, j'ai mes règles.

— Je sais, Jerry me l'a dit.

— Je voulais seulement te le dire.

— Je m'en fous si t'es en pleine hémorragie. Je me pointe. »

Il s'est pointé et il a joui, aussi. Plusieurs fois. Harold avait décidé qu'il me voulait le mercredi soir et il m'a eue. Trois cent soixante-cinq orgasmes par an était un chiffre exact.

Nos rapports ont continué comme ça pendant un mois. Environ trois semaines après l'avoir rencontré, je me disais que peut-être c'était enfin arrivé. Harold ne me demandait pas en mariage mais je pourrais sans doute l'amener à vivre avec moi pendant sept ans ; comme ça je deviendrais son épouse de droit coutumier. (On les célèbre comment, les anniversaires ? Quand est-ce qu'il me donne la bague avec le diamant rectangulaire à vingt-cinq facettes ?)

Le quatrième samedi, après la baise, Harold s'est

227

habillé, s'est dirigé vers la porte et m'a annoncé : « Tu as été géniale.

– J'ai été géniale ?

– Ouais. Je voudrais te baiser le soir de Noël. »

Il m'a laissée. Il m'a aussi laissée avec un champignon. Le genre de champignon qu'on est très gêné de montrer à son gynécologue. J'aurais oublié Harold bien plus vite s'il y avait pas eu cette fichue démangeaison.

Devinez qui appelle quelques semaines plus tard ? Harold le prurit, Harold le salaud, le champignon. J'espérais bien qu'il appellerait. Je voulais l'envoyer sur les roses.

« Bonjour Sheila.

– Oui.

– C'est bien la Sheila aux gros lolos ?

– Oui, enfin non, si, qui est à l'appareil ?

– C'est Harold. Tu te souviens ? On s'est rencontré à une soirée préélectorale ? On a baisé deux, trois fois.

– Ah ! Oui.

– Je me demandais si ça marchait toujours pour le 24 décembre.

– Quoi ? (Je jouais à la difficile côté cul. C'est pas mignon ?)

– On avait prévu de baiser pour le réveillon, tu te souviens ?

– Écoute, Harold, je sais pas. T'as pas appelé et ça me démange encore.

– Quoi ?

– Rien.

– Écoute, Sheila, en plus du réveillon de Noël, je me demandais si t'étais pas libre aussi pour la

Saint-Sylvestre. (La Saint-Sylvestre ? J'ai dû tomber sur un obsédé des jours de fête.)

– Je sais pas. (La Saint-Sylvestre. Ma dernière Saint-Sylvestre sur terre. Est-ce que j'allais la passer avec Harold ? Il allait me refiler un nouveau champignon – adieu le vieux champignon, vive le nouveau.)

– Allez, Sheila, ma poule.

– D'accord.

– Génial, chérie, on se voit le 24 alors. Sans rancune. »

Alors j'ai un rancart pour le Nouvel An. Ça me botte. Savez ce que je vais faire ? Je vais prendre ma bonne vieille carte de crédit pour m'acheter une belle robe du soir que je mettrai pour le réveillon, même si on sort pas. De toute façon, j'ai aussi besoin d'une tenue de cercueil. Je peux peut-être trouver la robe adéquate pour ces deux occasions ?

« Puis-je vous aider ?

– Oui, certainement. Je cherche une robe pour le Nouvel An.

– Suivez-moi, s'il vous plaît.

– Vous auriez par hasard une robe qui ferait l'affaire à la fois pour le réveillon et un enterrement au mois de juillet ?

– Ça, je ne sais pas. Tout dépend de ce que vous comptez faire pour le réveillon.

– M'envoyer en l'air.

– Pardon ?

– J'ai dit : m'envoyer en l'air. Pour la Saint-Sylvestre, je compte m'envoyer en l'air.

– Nous avons plusieurs robes qui répondent à ce critère. Puis-je vous demander qui est le monsieur ; ça m'aiderait à circonscrire la chose.

– Bien sûr. Il s'appelle Harold.

– Harold ! C'est une blague ? Quand vous le verrez, vous pourrez dire à ce fils de pute qu'il m'a refilé un champignon. »

Comme prévu, Harold est passé pour le réveillon de Noël. Cette fois, il m'avait apporté plus qu'une démangeaison. Il avait une petite marguerite emballée dans du papier de soie, ce qui, il faut l'admettre, est dur à trouver à New York autour de Noël. La marguerite m'a vraiment touchée, Harold aussi.

À mon sixième orgasme, toujours avec Harold, je me suis sentie très proche de lui. La marguerite m'avait décidément bien attendrie. C'était clair qu'il allait rester toute la nuit chez moi et je suis sûre qu'il avait en tête autre chose que la perspective de croquer dans des fruits déguisés. C'était le bon moment. J'ai décidé de parler à Harold de mon suicide. Pourquoi ? Je m'attendais à ce qu'il fasse tout pour m'en dissuader ? J'espérais un gage d'amour ? J'essayais de le choquer ? Je ne sais pas. J'avais personne d'autre à qui en parler. Ni mes parents, ni ma sœur, ni mes élèves. C'était peut-être la faute du champignon. Il m'avait donné du souci et je m'apprêtais à lui rendre la pareille.

« Harold ?

– T'as eu un autre orgasme, hein ?

– Oui.

– Je suis assez doué, non ?

– Oui, pas mal.

– Comment ça, pas mal ? Je suis sacrément doué. Je suis le meilleur baiseur du monde, sans conteste. (L'humeur était excellente. On souriait et parlait en même temps.)

– Harold ?

– Quoi ?

– Je vais me suicider.

– Quoi ? (Pas un *quoi* choqué mais un *quoi* interrogatif.)

– Je vais me tuer. Je vais me suicider.

– Vraiment ?

– Ouais, vraiment. Ça fait longtemps que j'y pense. Je vais vraiment le faire. (Dis quelque chose. Convaincs-moi de changer d'avis. Épouse-moi.)

– Ça alors ! Ça m'en bouche un coin ! Je suis en train de sauter une fille qui va se suicider. C'est pour quand ? T'as fixé une date ?

– Le 3 juillet. Je vais le faire le 3 pour que l'enterrement tombe le 4 juillet.

– Ça alors, c'est quelque chose ; t'es vraiment inouïe comme nana ! Ouah ! Tu vas vraiment te suicider. Putain, je suis tout excité ! » (Il s'est jeté sur moi.) Septième orgasme.

Le lendemain, Harold a pris son petit déjeuner et son pied avec moi, tôt le matin.

« Sheila ?

– Oui.

– Je peux faire quelque chose pour t'aider ?

– Non. Je m'occupe de la vaisselle.

– Non, je voulais dire pour le suicide. Je peux te donner un coup de main ?

– Comment ça, un coup de main ?

– Je voudrais t'aider, d'une manière ou d'une autre. T'aider à te procurer des pilules, un truc du genre. Côté drogues, j'ai des bonnes relations.

– Je te le ferai savoir si j'ai besoin de toi. Merci.

– Je tiens vraiment à t'aider. Je me sentirais nul si

je te donnais pas un coup de main. (Voilà bien un type avec une conscience.)

– Il y a bien un truc que tu pourrais faire. Tu pourrais envoyer des marguerites pour le cercueil. Ce serait adorable.

– Super. Je m'en occupe. J'enverrai des marguerites. Dis-moi seulement où et je les envoie.

– Merci, Harold. »

Cet après-midi-là…

« Sheila ?

– Oui ?

– Je sais que c'est indiscret et on se connaît pas tant que ça (non, on s'est juste beaucoup tripotés) mais j'aimerais savoir pourquoi tu fais ça.

– Je le fais parce que j'aime le cul. (Oui, Maman, et puis zut alors. Quelques orgasmes en rabe avant de partir. Quelques-uns de plus, ça va pas me tuer.)

– Non, je voulais pas dire ça. Mais pourquoi tu veux te suicider ?

– C'est une longue histoire. Je suis en train d'écrire une longue lettre de suicide. Tu pourras la lire, si tu veux.

– Elle est où ?

– Pas tout de suite. Tu pourras la lire quand je serai morte.

– Ben ça ! Viens par ici, toi. » Neuf orgasmes d'affilée.

« Sheila ?

– Oui ?

– Je parie que t'iras pas jusqu'au bout.

– Avec le suicide ?

– Ouais.

– Regarde-moi ça ! (Je me suis penchée hors du lit

232

pour sortir le tampon *Décédée* du tiroir de mon bureau. J'ai retiré l'emballage et l'ai montré à Harold.)

– Incroyable ! »

Entre Noël et le Jour de l'An, Harold est passé de temps en temps. Il me traitait comme si j'étais à l'article de la mort, mais pas de ma propre main, comme si j'étais très malade et que le médecin m'avait dit qu'il me restait six mois à vivre. Il m'apportait des petits cadeaux, des drôles de serre-tête et une bouteille de champagne bon marché. Maintenant, il faut que je meure. Je veux dire, ce serait assez gênant après les serre-tête, le champagne et sa gentillesse envers moi si je changeais d'avis. Marrant… Harold a rendu mon suicide obligatoire. Il est devenu un amant adorable, compréhensif, prêt à tout afin que mes derniers moments sur terre soient heureux. Cette responsabilité est accablante. Si quelqu'un se comporte avec tant de gentillesse, vous offre des cadeaux, on peut quand même pas se rétracter et changer d'avis, non ? La mort est une chose extrêmement complexe.

« Sheila ?

– Oui ?

– C'est vraiment marrant.

– Qu'est-ce qui est marrant ?

– Ce que tu vas faire.

– Tu veux dire me tuer ?

– Ouais. C'est impayable. Il y a pas beaucoup de filles comme toi. T'as vraiment du cran.

– Ouais.

– Viens voir par ici, toi. » (Et j'y suis allée encore et encore et encore.)

La vérité vraie dans cette histoire, c'est que j'ai fini par embobiner un mec et que la seule façon qu'il reste chaud c'est de me faire enterrer dans l'année.

La Saint-Sylvestre a été géniale. Vraiment grandiose. Évidemment, j'ai toujours détesté le Nouvel An. Soit j'avais pas de rancart et je passais la soirée avec une copine qui restait dormir à la maison après avoir regardé les vœux à la télé, soit j'avais un rendez-vous avec un type qui m'avait invitée comme bouche-trou pour l'accompagner à une soirée ringarde plutôt que de rester tout seul chez lui. Ou bien… J'avais rancart avec un inconnu. Affreux, non ? Avoir un rancart avec un inconnu, ça veut dire qu'on va s'enfermer aux toilettes à minuit pour pas être obligée de l'embrasser quand les lumières s'éteignent. Melissa, bien sûr, savait toujours dès Thanksgiving avec qui elle allait sortir pour la Saint-Sylvestre. Un jour, un malheureux conducteur de Corvette l'a appelée seulement trois semaines à l'avance. Mlle Melissa lui a raccroché au nez. Ça vous étonne que les réveillons de fin d'année aient été un vrai supplice pour votre humble servante ? Non, ça vous surprend pas. Vous n'en attendiez pas moins de votre vieille Sheila.

Cette année, c'était différent. Harold est venu vers vingt heures dans un très beau costume neuf. Vous n'y attachez peut-être pas d'importance mais, pour moi, ça tenait du miracle. Un costume neuf, j'en avais pas vu souvent. C'est vrai, les hommes ne mettaient pas de costume neuf pour moi. Celui d'Harold était marron, non, fauve, à large revers, très chic.

« J'aime bien ton costume.

– Il est nouveau. »

Moi, j'avais une jupe longue avec un chemisier, très habillé, moitié Ohrbach, moitié Saks.

« J'aime bien ta robe.

– C'est un chemisier sur une jupe.

– Très chic.

– Je pensais mettre ça pour l'enterrement.

– Non.

– Comment ça, *non ?* (Non ? Ça veut dire quoi ? Non, ne meurs pas ?)

– On devrait t'enterrer toute nue dans un cercueil ouvert.

– Tu rigoles !

– Non, pas du tout, Sheila. Tu crois pas que t'as un corps sublime mais, moi, il me fait bander. Je suis sûr qu'il ferait bander tous les types des pompes funèbres, comme moi. (Alors, on l'a fait avant de sortir. C'est criminel ?)

– Sheila, puisque ce Nouvel An sera ton dernier sur terre, ça va être le meilleur. » Et c'était vrai, dans l'ensemble.

On a fumé un joint et on est allés à Times Square. (Non, c'était pas la première fois pour moi. Je suis une femme du monde qui a déjà fumé de l'herbe et du haschich au moins une douzaine de fois. La première fois, c'était sur Fire Island.)

Des gens. Une centaine, un million, un milliard de gens. Putain, qu'est-ce qu'ils étaient laids. Ils allaient pas chez le dentiste, ces gens-là. Ça grouillait de bruits, ça grouillait d'odeurs. Harold me serrait fort, il m'enfonçait l'armature de mon soutif dans les côtes. Il faut le faire une fois dans sa vie. J'ai détesté être là mais j'étais contente de l'avoir fait une fois. Ça m'a plus ou moins donné l'impression que j'étais jolie.

Ouais, de tout Times Square, j'étais la fille avec les plus belles dents. On n'est pas restés jusqu'à minuit, on a fait un tour, dit bonjour et hop, on est repartis. Expérience ébouriffante.

Harold était invité à deux soirées : une où il fallait aller, l'autre où il voulait aller. On s'est, bien sûr, vite débarrassés de celle où il devait aller. Elle était organisée par le cousin de Harold, Martin Feinberg, même nom de famille que Harold. Dans un vieil appartement mal meublé de West End Avenue, quelques tantes veuves et, surprise, l'ex-femme de Harold.

« Salut, Harold.

— Salut, Frannie, comment ça va ?

— Comme si ça t'intéressait !

— Pourquoi tu dis ça ?

— Les gosses sont rentrés crasseux le week-end dernier.

— Ils se sont bien amusés. Je suis sûr qu'ils se sont plus amusés avec leur père crasseux que toute la semaine avec leur mère stérile.

— Toujours le même, cet Harold.

— Toujours la même, cette Frannie.

— Qu'il est mignon. Un de ces jours, je vais te faire foutre en prison à cause de la pension.

— Je la paye.

— Tu payes la pension alimentaire des enfants. Et moi ? Comment tu crois que je m'en sors avec cinquante-deux dollars par semaine ? Il a fallu que je prenne un mi-temps pendant que les enfants sont à l'école.

— Oh, la pauvre petite Frannie doit travailler.

— Tu vas voir, tu vas voir très vite, Harold. Tu vas

te réveiller un de ces jours avec une assignation sous le nez.

– Sympa de discuter avec toi, Frannie. Tu as renforcé ma foi dans le divorce.

– Va te faire voir.

– Va te faire foutre toute seule, personne d'autre le fera. »

Beaucoup de gens m'ont dit de pas m'en faire pour le mariage, il y aurait bientôt tout un nouvel arrivage de divorcés. Je ne veux pas être la deuxième épouse. Je veux être la première, celle qu'il quitte parce qu'elle fait pas le ménage et qu'elle dépense à tire-larigot.

On est partis de chez le cousin Marty vers vingt-trois heures trente pour essayer d'arriver à temps chez Marsha et David, un de ces jeunes couples charmants qui vivent ensemble parce qu'ils estiment que le mariage, c'est démodé. Harold est devenu copain avec David au Bureau d'aide sociale et je connaissais vaguement Marsha à NYU.

Que peut-il vous arriver de pire, un soir de réveillon, quand la cloche sonne minuit ? Le pire, c'est d'être seul. La deuxième chose la pire, c'est de se retrouver dans le métro. Personne ne remarque que la nouvelle année a commencé. Quelques couples sont en train de se bécoter mais ils le faisaient déjà en montant dans le wagon. Il y a des gens seuls. L'odeur de vomi traîne dans l'air. Ceux qui s'en tirent le plus mal sont ceux qui rentrent du travail, à minuit. Ce sont les membres de la société qui n'ont pas le choix… ceux qui travaillent pour le réveillon du Jour de l'An ou ceux qui perdent leur boulot. C'est d'un triste !

À minuit, Harold a simplement pris ma main. Ce geste a relégué le baiser au rang de banalité.

Chez Marsha et David. Marsha et David habitaient un trois-pièces avec chambre à part sur la 57e Rue Ouest, entre la 6e et la 7e Avenue. Dès qu'on franchissait le seuil, on savait que Marsha et David n'étaient pas mariés.

Dans le salon, il y avait deux chaînes hi-fi. C'était bourré de sa bouffe à elle et de sa bouffe à lui, style de la bière d'importation et de jus de fruits bio. Les gens mariés font boisson commune, comme du Seven-Up, peut-être un peu de cidre. Question porcelaine, il y en avait pour huit, quatre d'un motif, quatre d'un autre.

Dans la chambre, où on a posé nos manteaux, il y avait deux carnets de chèques de banques différentes. Non mariés. Et dans la salle de bains, un seul peignoir, celui de David, et pas de serviettes de bain à monogrammes. Et à la porte d'entrée, son nom à lui, seulement.

Marsha a servi du chili, la musique était sensationnelle, les gens divins et on n'avait qu'une hâte, rentrer nous coucher. On a récupéré nos manteaux et on s'est éclipsés discrètement sans dire au revoir. On a pris un taxi et, le temps qu'on arrive devant ma porte d'entrée, on était déshabillés. Un autre vous-savez-quoi ! Et vlan ! J'ai perdu le compte.

« Harold ?

– Ouais ?

– Ils ont l'air heureux, Marsha et David, non ?

– Sheila, ne fais pas ça.

– Ne fais pas quoi ?

– Ne me demande pas de vivre avec toi. »

Il est parti le lendemain matin. Une semaine a passé sans que j'aie de ses nouvelles. Je l'ai pas appelé. J'étais tentée mais je me retenais. Ça faisait partie de mon éducation : « Sheila, ma chérie, les garçons ne supportent pas qu'on leur coure après. » Une semaine de plus. Je n'en pouvais plus. J'ai pris le téléphone, composé son numéro et raccroché, plusieurs fois de suite. Après trois semaines, j'appelais régulièrement. Tous les jours. Non, toutes les dix minutes, jusqu'à deux, trois heures du matin. Il était jamais là et j'étais bien obligée de penser qu'il avait emménagé chez quelqu'un. Heureusement que j'avais pas annulé la concession.

Le 4 février

Chère Sheila,
Je suppose que tu te demandes pourquoi j'ai pas appelé. Peut-être que non. (Je me le demande, je me le demande. Ça fait plus d'un mois, et j'ai aucune idée d'où viendra mon prochain orgasme. Ne sois pas égoïste, Sheila, il y a des gens en Inde qui s'endorment sans orgasme.) *En tout cas, j'ai pensé t'écrire pour t'expliquer ce qui s'est passé.*
Tu te souviens de la soirée du Nouvel An chez mon cousin ? (Un peu, oui.) *Tu te souviens que mon ex était là ?* (Ça…) *Tu te souviens qu'elle m'a menacé de m'envoyer en prison pour non-paiement de la pension ?* (Mais oui… Ne me dis pas…) *Eh bien, la salope l'a fait. M'a foutu en prison.*
J'ai reçu l'assignation il y a environ quatre semaines ; mon avocat a tout fait pour me tirer de là, mais, Sheila, j'ai refusé de donner le fric. Plutôt pourrir ici un million d'années – j'en ai pour six mois – que verser un centime

à cette salope. Pour les enfants, d'accord. Pour cette salope, non.

C'est pas pire, ici. T'en reviendrais pas, toute une prison pleine de types qui ont pas payé leur pension. Des cadres, des profs, toutes sortes de gens. On dit même qu'il y a un millionnaire.

Sheila, t'es la seule à qui j'ai écrit. Je veux que tu me rendes un service. S'IL TE PLAÎT ! Achète de la beuh et envoie-la par la poste, planquée dans un truc, style un bouquin. À toi de voir. T'es une fille débrouillarde.

> *Je t'embrasse,*
> *Harold.*

OH, NON ! Sheila Levine se fait pincer et on la jette en prison pour achat, possession et envoi de marijuana par la poste américaine. J'ai jamais envoyé, ne serait-ce qu'un gros mot par la poste. Ma grande préoccupation, c'était de me faire pincer et d'être en prison ou aux travaux forcés le 3 juillet.

J'ai d'abord lu et relu la lettre. Il disait : « Je t'embrasse, Harold. » Ça veut vraiment dire qu'il m'embrasse ou c'est juste une façon polie de finir une lettre ? Il a dit aussi qu'il était en prison pour six mois, et six mois à partir du moment où il y est entré, ça fait fin juillet. Je serai plus là du tout d'ici qu'il sorte. Fini, Sheila. Il reste plus que cinq mois et je comptais sur Harold pour au moins cinq séances de jambes en l'air. J'avais droit à ces séances.

J'ai jeté la lettre aux toilettes et tiré la chasse. Il fallait pas de preuve.

On la trouve où, l'herbe ? D'habitude, il y en a toujours dans le coin. J'ai contacté tous les fumeurs de joints que je connaissais et leur ai parlé à voix basse au téléphone. Panne sèche en ville. Ils ont tous promis de me tenir au courant s'ils en trouvaient. Oh, non ! Harold, pourquoi tu m'as pas demandé de glisser une lime dans un gâteau, comme tout bon prisonnier ?

Qu'est-ce que je fais, maintenant ? Je vais voir une sale petite frappe de Needle Park ou de Colombus Circle ?… « Je suis facile à repérer. Un mètre soixante, rondouillarde, cheveux bouclés, et j'arborerai mon vrai nez. Et vous, comment je vous reconnaîtrai ? »… « J'aurai un vieux blouson, un vieux pantalon et l'air d'être en manque. J'aurai aussi un couteau sur moi pour te trancher la gorge au cas où ta gueule me botterait pas. »

Le 7 février

Cher Harold,

J'ai été désolée d'apprendre ce qui t'était arrivé, mais ce sera bientôt fini. (Mes lettres sont abominables.) Je ne sais pas où me procurer les délicieux biscuits que tu m'as demandés. Sans doute que, sans toi, j'ai l'impression qu'on m'a coupé l'herbe sous les pieds. Dis-moi, s'il te plaît, où trouver les biscuits et comment m'y prendre pour les acheter. Pas grand-chose de nouveau sinon que j'ai acheté de nouveaux joints pour la cafetière et que j'ai hâte de me faire un bon café.

J'espère avoir bientôt de tes nouvelles,

T'aime,
Sheila.

PS : J'ai mis pas mal d'argent de côté et si tu en avais besoin, je serai ravie de te le donner pour le versement des arriérés de pension. De toute façon, on

241

l'emportera pas au paradis ! Ha ! Ha ! (La mourante plaisante.)

S. L.

PPS : C'est sérieux, l'argent est à toi si tu le veux.

S.

Je trouvais que « t'aime » était bien mieux que « je t'embrasse » parce que tout le monde dit « je t'embrasse ». La différence était très subtile mais dans ce cas, j'estimais que « t'aime » était plus fort.

Le 12 février

Chère Sheila,
Tu peux appeler une fille, Marcia Phillips, au 555-8965. Elle te procurera les biscuits. Elle te refilera aussi de la marijuana de première qualité, autour de vingt dollars la barrette. Dis-moi exactement combien et je te rembourserai.
Merci de tout cœur de m'avoir si gentiment offert toutes tes économies. Mais non, merci. Je ne veux pas que cette salope récupère ton argent, Sheila. Je crois que je pourrai tenir six mois ici.

T'aime,
Harold.

Lui, il peut tenir six mois mais pas moi. Il faut que je me débrouille pour le sortir de là. J'ai pas peur de la mort mais je vais pas me masturber jusqu'à la tombe. « T'aime, Harold. » Tu parles ! J'ai tiré la chasse sur la lettre mais d'abord j'ai découpé le « T'aime ». Et je l'ai collé sur mon miroir.

555-8965, seize sonneries et pas de réponse. J'ai essayé tous les jours pendant toute une semaine. 555-8965, seize sonneries et pas de réponse.

Le 21 février

Cher Harold,
La dame des biscuits n'est pas là. J'ai essayé plusieurs fois mais elle ne répond jamais. Tu crois qu'elle s'est fait arrêter pour vente de biscuits ou quoi ?

Mon amour,
Sheila.

25 février

Chère Sheila,
Si Marcia s'est fait arrêter, ce serait la première fois dans l'histoire de New York qu'on embarque quelqu'un pour la vente de biscuits. Écoute, Sheila, renseigne-toi. Demande à des gens dans le coup. Tout le monde à New York sait comment se procurer de la beuh. (Une autre lettre aux chiottes.) Je sais que tu peux le faire, ma petite Sheila.

Mon amour,
Harold.

OH ! LÀ ! LÀ ! « Excusez-moi, mademoiselle »…« Je peux vous aider ? Vous cherchez une robe du soir ? »… « Non, je me demandais si vous pouviez me dire où trouver de l'herbe. » ALARME, ça grouille de vigiles du magasin de tous les côtés.

« Le journal ! Achetez le journal ! Un journal, mademoiselle ? »…« Non, mais j'aimerais acheter de l'herbe. » SIFFLET DE POLICIER, hop ! dans le panier à salade.

JOSHUA ! Il saurait, lui. C'est le premier fumeur d'herbe que j'ai jamais rencontré. Bon, où est Joshua ? Aux dernières nouvelles, il vendait des abonnements à un service de nettoyage de couches à de futures jeunes mamans. Ces sociétés qui font dans les couches utilisent plein d'acteurs au chômage. « Allô, Fesses Propres, auriez-vous un Joshua dans votre équipe ? »…« Non. »… « Bébé au Sec, vous auriez un Joshua dans votre équipe ? »…« Non. »

J'ai passé une annonce dans *Village Voice* : « Joshua, contacte Sheila Levine, KL5-4394. » Pas de nouvelle de Joshua mais Ronald Fell, un de ses amis, a appelé pour savoir si j'avais de ses nouvelles. Il m'a laissé son numéro au cas où.

Tout à coup, ça a fait tilt :

« Salut, Ronald, c'est Sheila Levine. J'ai une chose à te demander. Tu vas me prendre pour une folle mais (attention Sheila, tu es sûrement sur table d'écoute. T'as le FBI à l'appareil) je cherche, si tu peux m'aider, et sûrement tu pourras pas, un aussi gentil garçon que toi. Je voudrais savoir où je pourrais me procurer… (je chuchote) de l'herbe.

– Quoi ? (Ronald, espèce de crétin ! T'as pas pigé qu'on était sur table d'écoute et qu'en plus on était sous filature ?)

– Tu sais où je peux trouver de l'herbe ? (À nouveau les chuchotements.)

– Quoi ? Je t'entends pas, Sheila. (Désolée, Ronald. Je voulais pas t'attirer des ennuis, à toi aussi.

Je pensais qu'ils allaient seulement me mettre en prison, moi, pour avoir demandé.)

– Tu sais où je peux trouver de l'herbe ? (Clair et net, droit dans l'oreille d'un policier.)

– Pourquoi t'appelles pas Shelly Krupp ou Luke ou bien Marcia Phillips, sinon, attends, je vais en récupérer jeudi soir. T'en veux une barrette ?

– Oui, s'il te plaît.

– À t'entendre, t'en as sacrément besoin !

– Ouais, Ronald, c'est vrai.

– Je vais en chercher jeudi soir. Tu pourrais passer ici vers onze heures. Je suis... t'as de quoi noter ?

– Oui, vas-y.

– C'est au 412, 6e Rue Est, appartement 4 C.

– T'as besoin d'argent avant ?

– C'est bon. À jeudi.

– Merci, Ronald.

– De rien. »

J'ai pris un taxi jusqu'à la 6e Rue Est, récupéré le matos, repris un taxi pour rentrer ; j'étais persuadée que le conducteur était un agent secret, que le portier avait remarqué mon petit paquet et appelé les flics. J'ai mis le « matos » dans mon tiroir à sous-vêtements... NON ! C'est pas une bonne planque. Dans la salle de bains... NON ! C'est le premier endroit où ils chercheraient. Une boîte dans ma valise au fond d'un placard sous une pile de boîtes à chaussures.

Je l'ai posté à Harold, enfoui dans un Snoopy que j'avais évidé. Ce qu'ils allaient penser d'un adulte avec un Snoopy, c'était le problème de Harold.

Chère Sheila,
Merci pour le Snoopy « bedonnant ». *Tous les enfants devraient en avoir un pour Noël. J'aimerais tant te donner un bon gros baiser.* (Et moi donc.)

Je t'embrasse,
Harold.

Monsieur était revenu au « je t'embrasse ». Il faut que je le sorte de là même si c'est la dernière chose que j'accomplis sur terre.

Le 27 mars

Cher Harold,
Je vais bien et j'espère qu'il en est de même pour toi. (Brillante introduction.) *Ici, pas grand-chose de neuf.* (Lettre captivante.) *Et toi, quoi de neuf ?* (Quelle richesse de vocabulaire !)
Tu te rappelles, Harold, que je t'ai proposé de payer tes arriérés de pension alimentaire pour que tu sortes de prison ? Tu sais, je parlais sérieusement. J'ai de l'argent sur mon compte, et j'en ai vraiment pas besoin. Il faut payer le solde pour la pierre tombale. Acheter une robe d'enterrement et un cercueil. Payer un avocat pour rédiger le testament et puis acheter des nouveaux sous-vêtements pour le moment où ils me découvriront, morte, dans l'appartement. (Il s'agirait pas qu'ils me trouvent dans de vieux sous-vêtements. De quoi j'aurais l'air ?) *À part ça, j'ai pas besoin de mon argent. Harold, tu peux l'avoir.*

246

Franchement. J'espère que cette lettre te trouvera en bonne santé. (Puissante, cette touche finale.)

T'aime,
Sheila.

Lundi, mardi, mercredi, jeudi : pas de réponse. Vendredi, le téléphone a sonné et c'était Harold. J'étais pas au courant que les prisonniers pouvaient passer des coups de fil.

« Bonjour, Sheila ?

– Harold, où es-tu ?

– Au même endroit que ces derniers mois, sain et sauf à l'intérieur.

– Ils vous laissent passer des coups de fil ?

– Ouais et ils me laisseront peut-être faire l'amour. Ça te dit de passer me voir ?

– Je croyais que c'était seulement les épouses qui avaient le droit.

– Chérie, c'est une prison pour non-paiement de pension alimentaire. Personne ici n'a envie de voir son épouse.

– Harold, ce qui me ferait vraiment plaisir, c'est que tu sortes. Tu peux prendre cet argent. Il y a plus de deux mille dollars. Prends-les, Harold.

– Non, je peux pas le prendre. Si tu me le donnes, il faudra que je le file à Frannie, qui faisait la grasse matinée et prétendait avoir la migraine au moment de baiser. Je veux pas qu'elle l'ait.

– Moi, je veux qu'elle ait le fric, Harold. Je veux qu'elle l'ait pour t'avoir avec moi.

– Oh ! Sheila, tu sais ce que je souhaite, et je suis même pas défoncé ? J'aurais voulu te rencontrer avant

247

que Frannie me bousille pour la vie. C'est ce qu'elle a fait, Sheila. Je suis devenu incapable de donner ou de recevoir de l'amour. Voilà ce que Frannie m'a fait.

– Peut-être que si je…

– Non, Sheila. »

Pourquoi ? Pourquoi mon ultime liaison sur terre n'est qu'un tas de merde ?

La fin

Allez, Harold, sors maintenant. Sheila a besoin de toi. Sa vie passe, les mois défilent à toute vitesse et toi, tu ne bouges pas. On est au joyeux mois de mai, Harold. Sors, viens où que tu sois.

6 mai

Cher Harold,

J'ai besoin de toi, Harold. Pas pour très longtemps. J'ai besoin de toi tout de suite. Le fait que tu sois en prison me force à y être aussi. Moins de deux mois, Harold, c'est tout ce qui me reste. C'est trop tard pour trouver quelqu'un d'autre.

Je te promets, Harold, je vais rien exiger. Tu peux me voir ou pas. Vivre ici ou ailleurs. Sors maintenant, Harold. J'ai l'argent. La concession est payée. La pierre tombale est payée. D'après toi, ça ira chercher jusqu'à combien, un cercueil de base, un testament et de nouveaux sous-vêtements ?

Je t'en prie, Harold. Sors donc.

Je t'embrasse,
Sheila.

Pourquoi je m'étais mise à supplier ? Il y avait encore un peu de vie en moi ? J'avais toujours pas baissé les bras ? Je m'attendais à ce que Harold change ma vie, qu'il m'extirpe le poison de la bouche et me fasse vivre ? J'avais seulement envie de m'envoyer en l'air quelques fois ou alors je voulais que quelqu'un m'empêche de mener mon projet à bien ? Je préparais un faux suicide ? Le genre où j'appellerais quelqu'un au dernier moment pour qu'il me sauve ? Oui et non. Et je sais pas vraiment. J'ai continué les préparatifs. Je m'attendais encore à partir en juillet… à moins que. À moins que quoi ? À moins que rien, Sheila. Arrête d'être si foutrement dramatique.

10 mai

Chère Sheila,
Tu as gagné. J'en ai marre de croupir ici avec rien d'autre que des livres et de l'herbe. Ça va te coûter 2 300 dollars. Je suis désolé, Sheila, c'est ce que la salope exige. Tu peux pas savoir comme ça me déprime de te les prendre pour les lui donner. Je me sens déprimé et forcé.

Harold.

Pas de « je t'embrasse, Harold ». Simplement « Harold ».

« Sheila ?
— Harold, où es-tu ?
— Je suis sorti. Je suis là, dans une cabine, au coin de la 29e Rue et de la 10e Avenue.

250

– Passe ici, Harold. Tu peux habiter là si tu veux.

– J'arrive tout de suite. Faut que j'aille chercher du matos. À plus. »

On aurait dit qu'il était au trente-sixième dessous. J'ai fait une erreur. Je n'avais pas besoin de lui. J'avais besoin d'un cercueil.

Harold passait son temps sur mon dessus-de-lit en velours noir, avec des coussins noirs et blancs, à me regarder nuit et jour, c'est tout. Il était toujours défoncé, certainement parce qu'il m'en voulait d'avoir acheté sa sortie de prison. Et puis au lit, c'était plus comme avant. Durant les trois premières semaines, on a couché ensemble sept fois et sur les sept fois, j'ai eu que trois orgasmes. Deux mille trois cents dollars, c'est cher pour trois orgasmes.

Il quittait parfois l'appartement pendant des heures, parfois des jours entiers. Il rentrait à n'importe quelle heure, mangeait du chocolat, fumait, sniffait, reniflait, avec son air si squelettique. Il parlait tout le temps d'aller au Canada. Il me donnait la chair de poule. Il était assis là sur mon dessus-de-lit, comme un vautour, à attendre que je parte. Il se sent obligé, maintenant. Quand je serai morte, il aura l'impression d'avoir fait de son mieux. Vous savez ce que j'avais fait ? J'avais acheté une sacrée dose d'exaspération.

« Je voudrais avoir du cran comme toi, Sheila. Si seulement j'avais assez de tripe pour me tuer.

– De quel cran tu parles ? C'est pas du cran qu'il faut. C'est de l'épuisement. Je suis seulement trop claquée pour vivre. »

Et il allumait un nouveau joint et il restait assis sur mon dessus-de-lit sauf qu'il était parti pour la nuit. La drogue, c'était pas mon truc, Harold non plus d'ailleurs, c'était plus mon truc. Putain de merde de saloperie, comment on allait pouvoir me retrouver sur mon lit s'il retirait pas sa carcasse de la scène ?

Je pouvais rien pour l'aider – Harold, tu penses pas que t'as pris assez de drogue ? La femme soûlante.

Je pouvais pas lui demander de partir. C'est moi qui lui avais demandé de venir.

Alors j'avais intérêt à dégotter un rabbin sacrément libéral. Je vous ai raconté l'oraison de ma pauvre grand-tante Goldie Butkin. Je ne voulais pas que des paroles légères soient prononcées sur mon corps mort. (Mon corps est déjà assez mort comme ça. Harold a beau être là, la came lui est montée droit au pénis. C'est vraiment plus ce que c'était.)

Allez trouver un rabbin dans le vent, vous. Il me faut un rabbin, on est bien d'accord ? Faut voir les choses en face. Si j'en dégotte pas un, c'est M. et Mme Levine qui le feront. Ils prendront le bon vieux rabbin du quartier qui demandera à tout le monde, assemblé devant lui, de pleurer la gentille fille que j'étais qui, en plus, suivait bien ses cours de religion. C'est cette image-là que je veux laisser derrière moi ? Non. Je veux un rabbin qui dise les choses telles qu'elles sont (étaient ?) :

SHEILA LEVINE S'EST SUICIDÉE À CAUSE DU DÉFICIT EN HOMMES AVEC QUI SORTIR. ELLE AVAIT PAS MAUVAISE HALEINE. ELLE SE SERVAIT D'UN SPRAY VAGINAL. PENDANT DIX ANS ELLE A TOUT TENTÉ. MAIS ELLE A ÉCHOUÉ. PERSONNE N'A VOULU D'ELLE POUR TOUJOURS. SHEILA LEVINE EST MORTE POUR NOS PÉCHÉS.

Où trouver un rabbin qui exprime mes sentiments ? Un jeune diplômé frais émoulu du collège rabbinique ?

Quelqu'un du Village ? Ouais ! Rappelez-vous cette synagogue où ils souhaitaient toujours de joyeuses Pâques à leurs voisins chrétiens, enfin ce qu'on souhaite à Pâques.

« Allô, c'est bien la synagogue ?

– Oui.

– Bonjour. Je m'appelle Sheila Levine. (Vite révéler son nom, histoire qu'elle suspecte pas qu'un non-Juif est en ligne.) J'aimerais parler au rabbin, si c'est possible.

– Vous êtes pas la seule. Le rabbin Stine passe en coup de vent. Il a une foule de choses à faire. On ne le voit jamais. Il ne s'assoit jamais, même pour une minute. Je veux bien prendre vos coordonnées, mais je ne sais absolument pas quand il vous appellera. Un instant, s'il vous plaît, je prends de quoi écrire ; pourriez-vous également me dire pour quelle raison vous souhaitez voir le rabbin ?

– Sheila Levine et mon numéro est Lebines.

– Quoi ?

– Lebines. Vous composez LEBINES. Il se trouve que j'ai quasiment le même numéro que mon nom. » Je trouvais ça très astucieux. J'avais une amie dont le numéro était DARLING.

« Je vais le noter. » Elle avait un ton glacial, bien trop froid pour travailler avec un rabbin.

« Et à quel propos souhaitez-vous parler au rabbin ?

– C'est personnel… au sujet d'une oraison.

– Je me permets de vous le demander seulement parce qu'il est très occupé et si je peux lui rendre service, je le fais. Richard, apportez ça à la réception. »

Me voilà donc assise à attendre l'appel du rabbin si débordé. En fait, j'attendais pas réellement en position assise. J'étais plus ou moins allongée avec Harold couché sur moi. Rien. Au train où on allait, on en était toujours à deux mille trois cents dollars pour trois orgasmes. Faut battre le fer tant qu'il est chaud.

Trois jours ont passé et j'ai rappelé le rabbin Stine. Il était là. Dans son bureau, même. J'ai dû attendre vingt minutes au bout du fil.

« Bonjour. (Je savais que c'était lui. Il avait l'air pressé. J'ai parlé à toute allure. Je voulais pas lui prendre une minute de plus que nécessaire et puis, c'est pas toujours comme ça avec les rabbins ?) Bonjour, je m'appelle Sheila Levine. Je voudrais prendre rendez-vous au sujet d'une oraison… mon oraison funèbre. Quel moment vous conviendrait ? (Je m'attendais à de la compassion. Je m'attendais à des trémolos dans sa voix alors qu'il m'annoncerait sa visite chez moi afin qu'on parle de tout ça.)

– Je vous passe ma secrétaire. Elle vous fixera un rendez-vous. » (Clic. Il avait incidemment coupé la communication, ce serviteur du Seigneur.)

« Bonjour, Sheila Levine à l'appareil. Je parlais avec le rabbin Stine, il m'a demandé de rester en ligne pour fixer un rendez-vous avec sa secrétaire mais nous avons été coupés.

– Jeudi à six heures et soyez ponctuelle s'il vous plaît. Le rabbin a un cours à six heures trente. Je ne sais pas comment il fait.

– Merci. »

Laissez-moi vous décrire le rabbin Stine. Superbe. Pas du genre glamour à la Rock Hudson. Plutôt Paul Newman, en jeune. Des yeux bleus à mourir. De longs cheveux tirant sur le blond sous une kippa. À le voir, les hommes paraissaient ridicules de pas en porter.

Vous voyez le genre jeune israélien ? C'était le rabbin Stine tout craché. Pas d'alliance et je me suis demandé ce qui me rendait toute chose. Je vais pas sortir avec lui. Il va officier à mon enterrement et là, mon cœur pourra plus s'emballer boum boum boum boum. Oublie-le, Sheila. Il fait six pieds de haut, toi, tu seras six pieds sous terre.

On était face à face. Tous les deux, seuls, dans une synagogue. Un de nous avait des pensées scabreuses.

« Monsieur le rabbin, j'ai assisté à un enterrement il y a peu… c'est pas important. J'aimerais que vous m'écoutiez attentivement, monsieur le rabbin, avant de répondre quoi que ce soit.

– Je vous écoute. (Il écoute comme Paul Newman le ferait. Il est arrogant et craquant, le rabbin. Quel drôle de mélange !)

– Monsieur le rabbin, j'ai décidé de me tuer le 3 juillet et d'être enterrée le 4 juillet. Si je me tue, c'est parce que je voulais me marier, ma mère voulait que je me marie et je me suis jamais mariée et j'en ai assez de tous ces tracas. Je voudrais que vous officiiez à l'enterrement car si vous ne le faites pas, un rabbin que je ne connais pas ira dire un tas de prières sans aucun sens pour moi et personne dans la chapelle funéraire du Rossman's Memorial Park ne comprendra pourquoi je suis morte. Je veux qu'ils sachent pourquoi je suis morte. Je veux qu'ils comprennent. C'est important pour moi.

– Sheila, vous semblez très déterminée. Je n'ai aucun moyen de vous faire changer d'avis ?

– Seulement en m'épousant. (Je me suis tournée car je sentais les larmes venir.)

– Je m'en occupe !

– Quoi ? (M'épouser ! ! ?)

– Je vais leur dire pourquoi vous êtes morte, Sheila. Tous, au Rossman's Memorial Park, sauront pourquoi Sheila Levine s'est suicidée.

– Génial. »

« Harold, le rabbin Stine va s'occuper de l'oraison.

– Grandiose, m'a répondu Harold d'un ton très déprimé.

– Tu sais, Harold, t'es pas obligé de rester ici si tu veux pas. Je veux dire, je veux pas que tu restes si t'as pas envie.

– T'as pas envie que je reste ?

– Si, j'ai envie, si toi, tu as envie, mais je veux pas que tu te sentes obligé de rester.

– Si je suis ici c'est parce que j'en ai envie. » Il a fondu en larmes.

« Harold ? Harold ? Qu'est-ce qui se passe ? Allez, Harold, dis-moi ?

– Ça va. Sheila, je voudrais que tu me rendes un service.

– Bien sûr, Harold.

– Je voudrais que t'ailles dans l'East Village me chercher de la coke. J'irais bien mais je suis malade. Je t'assure, Sheila.

– Oh non ! Je viens de me débrouiller pour t'avoir de l'herbe et maintenant tu veux de la coke. Harold, je veux bien… mais… Harold, putain de merde, tu peux pas les appeler pour qu'ils te fassent une livraison à domicile ?

– T'es une vraie bourgeoise de mes deux. On n'appelle pas pour se faire livrer de la coke. On va dans un bouge sordide et on achète. C'est là qu'il faut aller, dans un endroit sordide.

— Et tu veux que j'aille risquer ma vie dans un bouge sordide pour t'acheter de la coke ?

— Risquer ta vie ? Qu'est-ce que tu racontes, Sheila, risquer ta vie ? Tu vas te tuer. Ça veut dire quoi, risquer ta vie ?

— C'est bon, Harold. J'y vais. D'ailleurs, je pourrais y aller tout de suite pour t'acheter moi-même une bonne dose de poison ? Tu te rends pas compte que t'es en train de te tuer ?

— Toi aussi. »

Vlan !

En route pour l'East Village et bien suivre les indications. Le mieux, quand on sait qu'on n'en a plus pour longtemps, c'est de prendre des taxis. Autant claquer son fric tant qu'on peut le faire. On sait jamais ce qui va se passer. On pourrait glisser dans la douche. Se faire renverser par une voiture. Se taillader les poignets par mégarde. On est passés par Washington Square et ça a renforcé ma foi dans le suicide. J'adore le parc. Mais il y a pas une foutue place pour moi. Les étudiants autour de la fontaine, les camés près de la statue, les vieux aux échiquiers, les jeunes mamans avec leurs rejetons près des balançoires et des chevaux à bascule. Pas d'emplacement conçu pour qu'une célibataire puisse y reposer ses pauvres os.

En haut d'un escalier minable, dans un appartement minable. Je viens de la part de Harold. Je suis venue pour le matos. Aussi banal que ça paraisse, c'était exactement la scène hippie de l'East Village qu'on voit dans tous les films. Des matelas par terre, une fille maigre à la voix douce. Deux types qui fument un joint. Comme dans les films. Incroyable ! À deux pas d'où on voulait louer un appart avec Linda, il y a un siècle.

J'ai acheté la coke comme si c'était un paquet de bonbons dans une confiserie.

« Euh, excusez-moi ? Vous pourriez me dire ce que je pourrais prendre de mieux pour me tuer ? Il y a pas une pilule qui agirait vite et sans douleur, si vous voyez ce que je veux dire ?

– Pourquoi vous voulez faire ça ?

– C'est une longue histoire. Je voulais seulement savoir si vous connaissiez un truc. C'est pas grave. Au revoir et merci. Peace and love de la part de Harold. (C'était pas vrai mais j'avais l'impression que c'était le truc à dire.)

– Peace. »

Vous savez ce que j'ai compris ce jour-là ? Je suis très très vieille.

Harold a tout à coup repris du poil de la bête. Sans doute, je pense, parce qu'il voyait la fin approcher. Plus qu'un mois et demi à tirer. Quel soulagement pour lui. Il se sentait tout guilleret. Non pas qu'il ne se soit pas soucié de moi. Mais j'étais un albatros à son cou. Alors avouez que, si vous aviez un albatros pendu au cou en sachant que ledit volatile allait se suicider d'ici un mois et demi, vous aussi seriez galvanisés, non ? C'est sûr. Quand m'étais-je trompée ?

Harold prenait moins de pilules, fumait moins d'herbe, sniffait moins de coke. On peut dire que mon suicide le faisait planer. Il m'a même accompagnée pour trouver la robe (j'avais opté contre la tenue du

Nouvel An, trop chaude pour un enterrement d'été) et la perruque avec lesquelles j'allais être enterrée. (Oui. Une perruque. J'avais toujours rêvé d'avoir de longs cheveux blonds et raides et c'est ce que j'aurai dans cette foutue boîte. Ce qui me rappelle… il faut aussi que j'achète la boîte. Merde, j'avais oublié.)

J'avais besoin d'une robe, j'avais besoin d'une perruque et j'avais besoin de sous-vêtements somptueux. L'argent n'était pas un problème. Enfin, c'était un petit obstacle quand même, j'allais pas me mettre en quête d'une petite robe à deux mille dollars de chez Balenciaga, non, mais j'étais prête à dépasser les cent dollars. Après tout, c'est pas tous les jours qu'on se fait enterrer, nous les filles. Et quand on y pense, cette robe-là, j'allais la porter sacrément longtemps. Si on m'avait congelée, j'aurais investi plus. Ça peut créer des soucis, la congélation. Imaginez un peu qu'on vous congèle dans une superbe robe et, le jour où on vous décongèle, elle est démodée !

On est d'abord allés chez Ohrbach – mais ha, ha – pas au rayon des arrivistes et des mégères. Au Salon gris, là où va Anne Ford. (J'ai lu qu'elle assistait chaque année aux défilés d'Ohrbach.) C'est là qu'on trouve les copies conformes des modèles originaux, même tissu et tout. On a regardé quelques robes, une contrefaçon de Valentino, une de Dior. J'en ai essayé deux ou trois et j'ai découvert, trop tard, que pour porter une copie conforme, il fallait un corps copie conforme de celui d'Anne Ford.

Il y en avait une pas mal mais j'aimais pas l'air que j'avais dedans, allongée. (Oui, la vendeuse m'a surprise allongée par terre et j'ai prétendu être à la recherche d'une boucle d'oreille.) Je me suis dit : c'est la dernière robe que je vais acheter alors pourquoi trancher tout de suite ? Je veux dire, c'est bien allongée que je serai, même si la concession est sur une colline.

Adieu Ohrbach, bonjour Lord & Taylor. Premier étage.

« Je peux vous aider ? (On voit tout de suite quand ces charmantes vendeuses sont payées à la commission. Celle-là m'a quasiment empoignée au sortir de l'ascenseur.)

– Je cherche quelque chose de mi-habillé, mi-long, mi…

– Elle cherche un truc pour son enterrement. (Harold, gaiement.)

– Par ici, s'il vous plaît. » (Ouais, pas de doute. Elle était payée à la com.)

On la suivait par ici quand on est passés devant une magnifique robe, genre gitane, sur un mannequin. Coup de foudre, il me la fallait pour moi. Quel qu'en soit le prix mais il valait mieux qu'il soit pas exorbitant !

« Excusez-moi, mademoiselle, vous pensez qu'il y aurait peut-être une chance que cette robe existe dans ma taille, un 42, si ça taille grand ?

– Je vérifie. » (Elle a pas entendu la remarque de Harold sur l'enterrement ou ça lui est égal ? Pensait qu'à la vente. Par ici la bonne vieille commission. Si elle a entendu, en revanche, et que ça lui est égal, je ferais mieux d'avertir Rossman que la petite chapelle suffira. Mon petit doigt me dit qu'il y aura pas grand monde.)

Elle est allée voir et on a farfouillé, Harold tout fredonnant, sifflotant, s'apprêtant à danser sur ma tombe.

(J'aurais dû me faire incinérer, ça l'aurait forcé à danser sur mon urne.) J'ai repéré quelques robes qui auraient pu faire l'affaire mais rien d'aussi joli que la robe de gitane.

Elle l'avait en 42, m'a conduite à une cabine d'essayage et m'a fait savoir sans ambages qu'elle se nommait Mme Landman, qu'elle était ma vendeuse, et que si j'avais besoin d'aide, il fallait le lui dire à elle, Mme Landman, c'était son nom. M'a fourrée dans la cabine et a accroché une pancarte avec son nom « Landman » dans l'interstice en plastique prévu pour, juste devant la porte. Histoire de montrer aux autres vendeuses que j'étais à elle : la cliente de cette cabine est la propriété de Landman. Dégagez.

À vrai dire, la robe était un peu juste. J'ai eu du mal à la mettre, malgré tout ce que je faisais pour rentrer le ventre et malgré les doigts agiles de Mme Landman qui se sont escrimés à remonter la fermeture, par crainte de louper une vente. Je suis sortie de la cabine pour montrer à Harold.

« J'adore.

— Vraiment, Harold ? (Il pouvait pas juger, vous savez, il s'était mis à tout adorer ces derniers temps.)

— C'est superbe.

— Trop serré, je peux pas respirer.

— Et alors ?

— Ça veut dire quoi : et alors ?

— À quoi ça va te servir de respirer ? »

Il avait raison, absolument raison. Qui a besoin de respirer dans une tombe ? Et qu'est-ce que ça fait si je prends deux, trois kilos ? Ils auront qu'à l'épingler dans le dos ! Enveloppez-la, Mme Landman !

Ma mère va s'évanouir quand elle verra la robe.

Tu t'es évanouie, Maman ? J'ai laissé le prix. Ils vont tous s'évanouir. Sheila Levine va être l'attraction de la cérémonie.

Vous avez déjà acheté des beaux sous-vêtements ? Je veux dire, des vraiment beaux ? Jusqu'à maintenant, pour moi, ça voulait dire des trucs pas troués, avec l'élastique et pas tachés par mes règles. Je peux même pas vous dire combien de culottes tout à fait convenables j'ai bousillées à ce moment-là du mois, Super Tampax ou pas.

Je voulais acheter des sous-vêtements vraiment bien. J'en avais jamais eu. Quand j'étais petite, j'avais des culottes avec les jours de la semaine marqués dessus. Et ça, quoi qu'on en dise, ne peut pas être mis dans la rubrique des bons sous-vêtements. Ensuite (à douze ans) j'ai eu les culottes de Carter, âge seize ans. Les culottes Lollipop dans toutes les couleurs de l'arc-en-ciel. Et enfin les bikinis – avec le ventre qui débordait – entre quatre-vingt-neuf cents et deux dollars la paire, jamais plus, jamais moins. Oui, j'achetais mes sous-vêtements sans réfléchir.

Pas comme Kate, mon ancienne colocataire. Elle avait tout en dentelle beige. C'était généralement sale mais au départ c'était super. J'ai des frissons rien qu'à penser à ce que je portais sous mes vêtements, parfois. Si j'étais tombée dans les pommes et qu'on avait dû m'amener aux urgences, deux jours sur quatre, j'aurais été gênée à cause de mes sous-vêtements. Une fois, en colo, j'ai teint mes culottes en mauve au lieu de les laver.

C'est pour ça que j'avais un mal fou à trouver des sous-vêtements de qualité, comme ceux de Kate.

J'avais peut-être une image dans la tête, des trucs brodés, à la Kate.

Harold, modèle de patience (toutes les bonnes choses arrivent à ceux qui savent attendre) m'a suivie de magasin en magasin, le long de l'avenue, en quête de ces petits trucs affriolants.

Dans un magasin, ils en avaient en soie bleu ciel et rose, mais c'était pas encore ça. Je les ai quand même pris. On va me découvrir, irrésistible, dans mon peignoir qui va jusqu'aux pieds, alors pourquoi en acheter un autre ? Sous mon peignoir, tenez-vous bien, bleu ciel, non plutôt tirant vers le turquoise, bordés de dentelle rose, une combinaison et un soutien-gorge assortis. Ne me demandez pas l'utilité de la combinaison sous le peignoir. Il le fallait, c'était trop beau, le tout pour plus de trente-cinq dollars. Femme Soignée.

On était tous les deux épuisés, Harold et moi, alors on ira chercher la perruque une autre fois. Vous verrez, c'est à mourir, ces sous-vêtements, cette robe. J'ai trop hâte de les mettre.

Vous savez, il y a plein de manières de se suicider. J'ai toujours pensé en termes de pilules. Ça semblait plus net. C'était ce qu'il y avait de plus facile à se procurer. Les fusils, c'était salissant. Et puis j'y connais rien en fusils. Personne dans mon proche entourage n'en a jamais touché. Dans le genre, qu'est-ce que j'y connais en cordes ? Lames de rasoir ?... peut-être... je ne sais pas... je me sers d'un rasoir électrique. Les pilules sont sûrement le moyen le plus fiable.

Bien sûr, il y a les méthodes théâtrales comme de sauter dans le vide. Sauter, ça me gêne pas du tout. C'est m'écraser qui me répugnerait. Et puis sauter d'où ? Je travaillais au premier étage et j'habitais au deuxième. Franchement, je me vois pas entrer dans un bureau ou un appartement inconnu et demander si je peux utiliser le rebord de la fenêtre. « Excusez-moi, ça vous ennuierait si j'utilisais le rebord de votre fenêtre un instant ? » Non. Et puis vous avez déjà essayé de grimper sur un rebord ? C'est pratiquement impossible. Les fenêtres sont pas assez larges pour sortir et les rebords trop étroits pour se tenir debout.

Un pont ? Pas question. Je veux qu'ils me trouvent et qu'ils m'enterrent dans ma superbe robe. J'ai pas envie qu'ils soient obligés de draguer le fleuve pour après m'enterrer toute verdâtre et ratatinée comme un pruneau. C'est pas comme ça que je vais les épater à l'enterrement.

Bien sûr, il reste la méthode de suicide des mauviettes. Je pourrais aller me balader, la nuit, sur Riverside Drive. Ça marcherait. Sinon, je pourrais prendre le BMT seule jusqu'à Brooklyn à trois heures du mat. Ça marcherait. Ou alors ne pas fermer à clef, l'espace d'une nuit. C'est sûr qu'habiter à Manhattan a ses avantages.

Ou je pourrais participer aux manifs du campus et provoquer les flics de la Garde nationale. Ça marcherait.

Ou je pourrais défiler pour la paix et me faire tabasser à mort.

Je suis pour les pilules. Harold est aussi pour les pilules.

Ce cher Harold, si doux et attentionné. Il pensait aux pilules parce que c'est ce qui ferait le moins mal. C'est pas attentionné, ça ? Je vous le demande. C'est pas des considérations d'une personne sacrément attentionnée ?

Autre question. Comment on s'y prend avec les pilules ? Je veux dire, pour que ça marche vraiment. Si seulement Marylin Monroe était encore vivante. Ça se fait pas de demander à un médecin une ordonnance pour des médicaments mortels. Moi, je suis allée chez le pharmacien du coin. Vous voulez mourir, allez chez votre pharmacien.

(Moi.) « Excusez-moi, pourriez-vous m'indiquer où se trouvent les somnifères ?

(Le pharmacien de quartier.) – Deux allées plus bas, sur votre droite. »

Évidemment, ses indications m'ont pas aidée (c'est pas toujours le cas ?) mais j'ai réussi à les trouver. J'ai choisi la boîte avec la plus grosse tête de mort. Après tout, c'était pas une petite sieste que je voulais. Retour au pharmacien du quartier pour une petite conversation amicale sur le suicide.

(Moi.) « Excusez-moi, il en faudrait combien pour tuer quelqu'un ? (Je montre la boîte.)

(Le pharmacien de quartier contemple la boîte avec sérieux.) – Celles-là, elles vont jamais tuer personne.

(Moi.) – C'est les plus puissantes que vous ayez ?

(Mon pharmacien de quartier, si consciencieux et aimable qu'il m'accompagne deux allées plus bas, sur la droite. Il choisit une autre boîte.) – Celles-ci sont les plus efficaces. C'est-à-dire, les plus fortes qu'on puisse acheter sans ordonnance.

(Moi, tout sourires.) – Et il en faudrait combien de celles-ci pour tuer quelqu'un ?

(Mon P.d.Q.) – Celles-là vont jamais tuer personne.

265

(Moi.) – Je cherche quelque chose dans le genre somnifère létal.

(Mon P.d.Q) – Et pourquoi ? Vous allez pas vous tuer, non ?

(Moi.) – Bien sûr que non. Je fais un exposé sur les somnifères.

(Mon P.d.Q) – Vous semblez trop vieille pour être étudiante.

(Moi.) – Oui. Bon, vous avez quelque chose de mortel, oui ou non ?

(Mon P.d.Q) – Non, tout ce qu'elles feront c'est vous faire dormir deux ou trois jours et puis vous vous réveillerez avec un mal de crâne. »

J'ai acheté une boîte de Dormir-Vite histoire d'éviter une prise de bec avec mon pharmacien de quartier. Vous savez comment ils sont si on n'achète pas.

Harold m'a tiré d'affaire. Il m'a dégotté toute une boîte de somnifères au marché noir : du Nembutal, je crois (c'est rouge) en guise de cadeau d'adieu. Il a eu du mal parce qu'il y avait rien de bien à acheter. Soit ils en produisaient pas assez, soit le suicide fait fureur en ce moment. Je suis *in*.

J'ai commandé le cercueil, pas trop cher mais pas ce qu'ils avaient de moins cher non plus. L'intérieur est bleu ciel, ce qui va très bien avec la robe. J'aurais préféré quelque chose de plus osé mais ils faisaient que dans le pastel. Va pour le bleu ciel.

J'ai aussi pris la perruque. Pas de la camelote, c'est du vrai Dynel… long et blond comme j'en ai toujours rêvé, pour seulement 39,95 dollars chez Macy. Tout s'organise gentiment. Aujourd'hui, on est le 27 juin, un jeudi. Le 3 juillet, c'est mercredi prochain. Harold s'est mis à siffloter. Il sautille dans l'appartement, se glisse furtivement derrière moi pour me pincer les fesses, m'embrasser la nuque et autres gâteries du même genre. Il me vénère. Je lui ai dit que j'allais m'occuper de mon testament et il a presque sauté de joie, non qu'il attende que je lui lègue des millions, il sait que je n'ai rien. Il jubile parce que je rends les choses si définitives.

Mon testament. Je m'étais jamais doutée que c'était si compliqué de faire rédiger un testament. Que sont-ils devenus, tous ces avocats des vieux films, qui se rendaient au chevet d'un vieillard plein aux as et mettaient tout en ordre. On les trouve où, maintenant ?

Le bel Ivan, l'ex de Linda (en réalité, le monde est rempli d'ex de Linda) était le seul avocat que je connaissais vraiment. Je connaissais aussi les amis de mon père, tous les plus grands avocats du pays, mais je pouvais difficilement faire appel à eux, non ?

J'ai essayé un ancien numéro d'Ivan…

« Bonjour. (J'avais de la veine, c'était lui.)

– Bonjour, Ivan, ici Sheila Levine, l'ancienne colocataire de Linda Minsk. (Ça veut dire que je suis une colocataire *vieille* ?)

– Ah, oui ! Comment va Linda ? (Tout à fait son style.)

– Elle va bien, je crois. Aux dernières nouvelles, elle était quelque part en Europe.

– Oh ! Bon, qu'est-ce que je peux faire pour toi… heu… ? (Il avait oublié mon nom.)

– Sheila. Ivan, j'ai besoin d'un avocat. Je sais que ça peut sembler idiot, j'en aurais sûrement pas l'utilité mais je voudrais faire mon testament.

– Je fais pas ce genre de choses. Tu sais, je m'occupe d'aide juridictionnelle maintenant.

– Bien, tu connaîtrais pas quelqu'un qui s'occupe de ce genre de choses ? Je ne veux pas t'embêter, Ivan, mais c'est assez important. J'ai lu un article dans un magazine qui disait que tout le monde devrait rédiger son testament.

– Je vais te donner les coordonnées d'un de mes amis. Il a un cabinet. Il pourra sûrement t'aider. (Pause.) Voilà : Barry Hart. 555-2900.

– Merci. Merci beaucoup, Ivan.

– Je t'en prie. Salut.

– Encore un tout petit détail, Ivan. La raison pour laquelle j'ai besoin d'un testament, c'est que je vais me suicider, ce que je ne ferais pas si tu m'épousais. » (J'ai dit ça après qu'il a raccroché.)

555-2900.

« Allô, ici Young, Hart, Lang et Huntington.

– J'aimerais parler à M. Hart, s'il vous plaît.

– Je suis désolée, il ne sera de retour que le 26 juillet.

– Et Huntington, Young et Lang, ils sont compétents ? »

Huntington me verrait demain.

J'y suis allée demain, c'est-à-dire hier, et vous pouvez pas imaginer l'embrouille que c'était.

(Huntington, sans me regarder.) « Si je comprends bien, vous souhaiteriez faire un testament. Tout le monde devrait le faire. (Il était jeune et avait osé introduire les rouflaquettes dans le monde juridique.)

– Oui.

– Parfait. Vos noms, prénoms officiels, date de

naissance… (Ce genre de questions a duré un petit moment.)

– Monsieur Huntington, ce sera prêt d'ici le 3 juillet pour que je le signe ou que je fasse ce qu'il faut ?

– J'en doute. Il sera à votre disposition tout de suite après le week-end du 4 juillet.

– Mais, j'en ai besoin avant. C'est crucial. Pour être honnête, M. Huntington, je ne compte pas être en vie après ce week-end.

– Pourquoi pas ?

– Je suis timbrée.

– Je vais faire de mon mieux. Vous pourrez le signer lundi.

– Merci.

– Bien, qui sera votre légataire ?

– Vous voulez dire, à qui je veux laisser mes trucs ?

– Oui, mademoiselle Levine.

– Oh ! Il y a tout un tas de gens. J'ai une liste.

– Vous n'avez pas une seule personne en tête, si je vous comprends bien ?

– Non. Tout un tas de gens. J'ai une liste. » (Il m'a regardée comme si j'étais folle, ce qui est bien le cas.)

Pauvre M. Huntington si fier de ses rouflaquettes et si contrarié que j'aie une liste.

« Mademoiselle Levine, qui est votre plus proche parent ?

– Ma mère et mon père sont mes plus proches parents.

– Et vous ne souhaitez pas tout leur léguer ?

– Non.

– Je vois. Eh bien ce testament sera légèrement

plus compliqué. Je vais appeler ma secrétaire et vous pourrez lui dicter votre liste.

– Merci. »

Et je vous demande un peu, il est où, le bon vieux temps où une grand-tante léguait une montre à sa nièce préférée ? Cet énergumène d'avocat était si contrarié que j'aie une liste.

Mon testament ? En fin de compte, qu'est-ce que j'avais à léguer ? Moins qu'un moine. Moi, Sheila Levine, saine d'esprit, lègue à :

M. et Mme Manny Levine, mon poste de télévision pour leur chambre ainsi que l'assurance que j'ai fait ce que je voulais faire. Ils devraient pas se sentir coupables.

Ma colocataire, Linda Minsk, mon foulard Christian Dior, mon parfum Pucci, mon pantalon Rudi (jamais porté parce qu'il a jamais été à ma taille), et mes boucles d'oreilles YSL.

Barbara Streisand, le miroir de ma coiffeuse parce qu'elle non plus, elle s'est pas fait refaire le nez.

Joshua alias Alan Goldstein, le divan vert pomme et tous mes trucs en daim.

Norman Berkowitz, espèce de salaud, une photo de moi format A 3 ; elle est dans le tiroir du haut de mon bureau. Je précise que je souhaite que Norman, ce petit salaud, garde la photo toujours en évidence dans sa chambre à coucher… et toutes mes factures non payées.

Melissa Hinkle, ma sœur mariée, mes livres de pédo-psychologie, il faudrait pas qu'elle sabote la psyché de sa fille.

Jennifer Hinkle, ma nièce, ma vaisselle, mon argenterie et mes draps, à utiliser lorsqu'elle aura son propre appartement à condition que celui-ci soit n'importe où sauf à New York.

La sœur de Rose Lehman, Fran, ma machine à écrire et mes remerciements pour m'avoir trouvé mon premier boulot.

Charles Miller, tous mes sacs de boutiques chic.

Will Fisher, rien du tout. Je lui ai donné ma virginité et je trouve que c'est suffisant, comme cadeau.

Mlle Burke du bureau de placement, tout le linge sale de mon panier.

MLF, une donation de cent dollars dans l'espoir qu'elles s'en serviront pour transformer ce monde en un lieu où une fille puisse être seule *et* heureuse. (Navrée que ce soit pas plus, les filles.)

Thomas Brown, mon diaphragme. Va donc dégotter une fille chez Friday qui pourra le mettre.

Harold Feinberg, tous mes disques, un pour chaque orgasme.

Au reste du monde, ces mots : Allez vous faire foutre.

« Harold ?

– Oui ?

– J'ai fait un testament aujourd'hui.

– Ouais !

– Écoute-moi bien, maintenant, Harold. Il sera déposé chez un avocat qui s'appelle Huntington, James Huntington du cabinet Young, Hart, Lang et Huntington.

– Viens au lit.

– Attends, Harold, c'est sérieux. (De toute manière, j'avais plus d'orgasmes.)

– Leur téléphone est le 555-2900.

– Viens au lit. (Il m'a tirée vers lui.)

– Harold, je t'en prie. Tu te souviendras, pour le testament ?

– Oui, je m'en souviendrai. Maintenant, au pieu, Sheila. Ferme-la et baise. »

Et j'ai eu un orgasme. Un cadeau de plus. C'est fou ce qu'il était devenu généreux depuis quelque temps.

Harold va pas me sauver la vie, vous savez. Harold va pas se mettre à genoux pour me faire changer d'avis, ni appeler la police ou une ambulance. Il est aussi excité que moi à propos de toute cette histoire.

2 juillet. Procédons par ordre. Au lit, ça a été formidable avec Harold. Bien le plus beau cadeau d'adieu qu'on ait jamais eu ! Et sans diaphragme. L'extase.

J'ai commandé les fleurs. Un énorme bouquet, vingt-trois dollars cinquante, ça m'a coûté. Des roses blanches à longues tiges avec une carte : « À Sheila, je regrette de t'avoir tuée. C'était par amour. Si seulement tu avais accepté de m'épouser, je ne l'aurais pas fait. Tendrement, Norm. » En fait, j'ai pas précisé que c'était Norman et il y a aucun risque qu'il ait des problèmes mais qu'il passe donc un mauvais quart d'heure, celui-là ! Pourquoi pas une petite enquête ?

J'ai parlé au rabbin Stine. Ça, il en a écrit une belle, d'oraison, pour moi ! Il mentionne le spray vaginal et tout. Il va dire que c'est vraiment honteux qu'une fille se sente obligée de se marier et qu'on devrait tous apprendre à nos filles d'être des êtres humains aussi bien que des épouses. Et que tout le monde dans l'assistance est responsable de ma mort. Très théâtral !

Il va aussi suggérer que personne n'envoie de fleurs. Plutôt envoyer de l'argent au Sheila Levine Memorial Fund. Et j'ai suggéré que l'argent soit consacré à une bourse d'étude pour une fille qui veut aller à l'université, mais pas pour devenir enseignante comme sa mère l'aurait souhaité.

Ma notice nécrologique. Harold en a un exemplaire à envoyer immédiatement au *New York Times*. « Décédée. Sheila Levine, 31 ans. Diplômée du Département d'art dramatique de NYU. Secrétaire de M. Frank Holland, professeur au collège 71. Morte de n'être pas mariée. Laisse un père et une mère. » Vous pensez qu'ils vont le publier, vous ?

J'ai même une photo pour aller avec au cas où le journal en aurait besoin. Je suis allée chez un vrai photographe de la 8e Rue. Le vrai photographe avec plein de photos de garçons pris pour leurs bar-mitsvah et de portraits de jeunes mariées dans la vitrine. Je m'assois pour la photo en essayant d'avoir l'air très convenable au cas où le *New York Times* voudrait la publier et le photographe fait tout ce qu'il peut, sauf baisser sa culotte, pour me faire sourire.

« Mademoiselle, je n'aurai jamais de bon cliché si vous ne souriez pas.

– Vous ne comprenez pas. Je ne veux pas de photo joviale.

– Vous voulez quoi, une photo pour la rubrique nécrologique ? » (Ça m'a fait sourire et il a pris une photo.)

Maman, Papa, écoutez. Il y a tant de choses à faire au dernier moment. Les gens vont envoyer des lettres et des cartes de condoléances. Il faudra que vous leur répondiez. Que dire ? Je voudrais que vous répondiez :

« Merci beaucoup pour votre soutien. Notre fille, Sheila, voulait vous faire savoir que vous feriez mieux de tourner votre langue sept fois dans votre bouche la prochaine fois que vous demanderez à une célibataire quand elle compte se marier. »

Harold me tanne pour que je revienne me coucher ; pourquoi pas ?

Harold vient de sortir.

(Après avoir baisé.) « Sheila ?

– Oui.

– Sheila, on m'a invité à East Hampton pour le week-end du 4.

– C'est chouette.

– Ah bon, ça te dérange pas ?

– Qu'est ce qui me dérange ?

– Que je rate l'enterrement et tout.

– Comment ça, rater l'enterrement ?

– Ben, ce copain, tu le connais, on était chez lui au dernier Nouvel An, m'a invité là-bas et m'a demandé d'y aller en voiture l'après-midi du 3 et j'ai plus ou moins dit oui.

– Tu as dit oui ?

– Je pensais pas que ça t'ennuierait.

– Que ça m'ennuierait pas ? Harold, le 4 c'est le jour de l'enterrement, à moins que t'aies oublié ?

– J'ai pas oublié. Je pensais seulement que ça te dérangerait pas. C'est tout.

– Eh bien si, ça me dérange.

– Je vois pas pourquoi. De toute façon, tu sauras pas qui sera à ton enterrement.

– Qu'est-ce que t'en sais ? Peut-être que je le saurai !

Si ça se trouve je verrai tout d'en haut et je me marrerai. Je me moquerai de toi, Harold !

– C'est pas tous les jours qu'on m'invite aux Hamptons !

– Alors vas-y. Pourquoi t'irais pas tout de suite, Harold ? Je veux plus jamais te voir. » (Jamais, jamais de toute ma vie. Et il est parti.)

« Allô, c'est bien la secrétaire de M. Huntington ? Je voudrais faire une minimodification à mon testament. Je voudrais retirer un type nommé Harold de la liste. »

3 juillet. C'est demain. Hier soir, c'était ma soirée d'adieu à la vie et je tiens à ce que vous sachiez tous que j'ai très bien dormi. Extrêmement bien, merci. Je suis pas restée les yeux ouverts à me demander si j'avais pas tort. En réalité, il y a plus que deux trucs qui me turlupinent : la vie après la mort et la réincarnation. Si ça a cours, la réincarnation, et que je revienne sur terre, je t'en prie, Dieu, je préfère être un crapaud plutôt qu'être encore célibataire. Et supposons que j'atterrisse en enfer ? Ça doit être plutôt sympa comparé à la vie à Manhattan. Il y a sûrement tout un tas de filles célibataires en bas, rien que dans la section « suicidés ».

Tout est fait. L'appartement est propre. Les sous-vêtements neufs sont mis. Les habits d'enterrement sont disposés. Mes abonnements pour les magazines résiliés, mon loyer payé et le téléphone s'arrêtera à la fin du mois. Ma concession est prête, le cercueil acheté, la pierre tombale gravée. Harold n'a pas eu de serrement de cœur et, de toute façon, il vaut pas la peine qu'on vive pour lui. Tout est en ordre et OUI...

J'AI PRIS LES PILULES, chaque petit diable rouge du flacon jusqu'au dernier.

Pour le moment, je ressens rien. Vous vous rappelez cette histoire au lycée, celle du savant qui a pris du poison et voulait noter tout ce qui se passait, dans l'intérêt de la science ? Vous vous rappelez ? Eh bien voici Sheila Levine à la machine à écrire, attendant de sentir quelque chose et c'est un foutu calme plat, rien. Comme pour le savant, c'est pas en biologie qu'on nous en a parlé, hein Madeline ? Bref, on m'a dit qu'il a mis des points sur le papier quand il a commencé à sentir l'effet du poison. MAIS MOI, ÇA ME FAIT NI CHAUD NI FROID ! Je vais mettre des points sur le papier, quand il y en aura plus, vous saurez que Sheila est partie.

Voici .... les ....
points ....
....
....
....
....
....
....
....
....
....
....
.... Merde ! Je sens rien du tout....................
Oh et puis zut alors ! Ça marche pas. Les putains de pilules me font rien, je ressens que dalle. Merde.

Épilogue

Peu de gens ont l'opportunité d'ajouter un épilogue à leur lettre de suicide. Ouais, ouais, ils m'ont pompé l'estomac. Je parie que Doris Day a jamais eu l'estomac pompé.

Je me rappelle de tout comme si c'était hier ; c'était il y a deux jours. J'ai quand même fini par me sentir lourde. Je me suis allongée sur le lit sans oublier de croiser les jambes comme une dame se doit de le faire, à attendre que l'ange de la mort vienne me taper sur l'épaule pour m'emporter dans ses bras jusqu'aux portes nacrées. Je sais pas combien de temps a passé jusqu'à ce qu'on se mette à frapper à ma porte. J'ai entendu qu'on frappait, tambourinait, sonnait mais j'avais pas la force de bouger. J'étais entrée dans la quatrième dimension.

La première chose dont je me souvienne après, c'est la porte qui s'est écroulée. Elle est pas tombée comme dans les films de James Bond ou quoi. Quelqu'un a retiré les gonds, un truc dans ce genre-là. Ça va être rudement dur de la remettre. Tout à coup, il y a eu plus d'hommes dans mon appartement qu'il y en avait jamais eu à la fois. Les gens du Samu, je crois. Si jamais j'organise une soirée avec plus de femmes que d'hommes, c'est sûr, j'appelle le Samu. C'est fou le nombre de types qu'ils envoient tout de suite. Ils s'y sont mis au moins à trois pour me mettre sur un brancard. J'ai à nouveau croisé les jambes.

Bon, inutile de dire que j'étais très faible mais quand même pas assez pour ne pas être gênée par le jeune couple, apparemment fou amoureux, qui est monté dans l'ascenseur et m'a regardée de haut. Il faudrait vraiment des ascenseurs exprès pour les suicidés. Et j'étais pas trop affaiblie pour demander à l'un des brancardiers : « Comment… comment vous avez su ?

– Votre mère a essayé de vous joindre. Comme vous ne répondiez pas, elle s'est inquiétée et nous a appelés. Elle avait l'impression qu'il y avait quelque chose d'anormal. » Ma médium-sorcière de mère interférait non seulement avec ma vie mais aussi avec ma mort.

Je me souviens qu'on m'a sortie de l'ascenseur, pauvres brancardiers, quand je pense à leurs dos. Et je me souviens d'avoir donné un pourboire au portier en sortant de l'immeuble. Oui. J'avais une pièce de vingt-cinq cents dans ma poche de peignoir et je lui ai donné. Je me souviens qu'on m'a transportée dans l'ambulance. On m'a installée sur le trottoir pendant qu'on ouvrait les portières de l'ambulance. J'ai attiré une petite foule de badauds. Ils avaient tous le visage triste. Tous les visages joyeux de New York partent pour le week-end du 4 juillet.

J'ai dû tomber dans les pommes dans l'ambulance. Je me souviens pas de l'arrivée à l'hôpital ni rien. J'ai pas idée de ce qu'ils ont fait exactement. Quoi qu'ils aient fait, ils ont déchiré mes sous-vêtements. Après, la première chose dont je me souvienne c'est que j'étais au paradis. Si vous ouvriez les yeux sur Warren Beatty accompagné de cinq de ses amis très mignons, où est-ce que vous vous croiriez ? Je me suis dit : « Ça y est, Sheila, t'as réussi… c'est le paradis. Ici, ça doit être la coutume, ils vous accordent un vœu et ils savaient foutrement bien ce que je voulais. »

J'entendais des voix dire que je revenais et j'arrêtais pas de me dire : « Revenir à quoi ? » Warren Beatty s'est approché, comme pour m'embrasser sauf qu'il m'a pas embrassée. Je comprenais pas du tout ce qui se passait.

Cette confusion totale a duré quelques minutes quand soudain :

« Sheila, ma chérie, ça va mon cœur ? »

Il y a eu cette voix, la même qui me disait de mettre un pull par-dessus mon déguisement d'Halloween. Cette voix-là m'a instantanément ramenée à la réalité. Le docteur Warren Beatty et ses copains se sont transformés en internes et le paradis en chambre d'hôpital à Bellevue.

Dans toute cette histoire, ma mère s'est comportée de façon absolument incohérente. Elle arrivait pas à comprendre comment toute une boîte de somnifères avait pu atterrir dans mon estomac. Mon père ne disait rien, comme d'habitude.

Henry Rossman et le rabbin Stine m'en ont beaucoup voulu. Rossman était dans tous ses états parce que j'avais annulé la concession et que je lui avais menti. Il m'a dit que depuis trente-six ans qu'il dirigeait ses pompes funèbres, personne n'avait jamais annulé une concession. Il était vexé mais pas autant que le bon rabbin. Stine n'a pas appelé, sa secrétaire l'a fait. C'est par Rossman qu'elle avait eu mon numéro. Elle m'en a sorti des vertes et des pas mûres, la secrétaire. Comment ai-je pu faire perdre son temps au rabbin avec mon simili-suicide ! Le rabbin est débordé, vous savez.

Ils me disaient tous de voir la vie en rose, et c'est ce que j'ai fait. Pas parce qu'on me l'avait conseillé. En fait, c'est le docteur Warren Beatty et ses potes internes qui m'ont aidée. Ils étaient tout le temps autour de moi, à vérifier des trucs. (Ils m'avaient mise sous perfusion, eau et sucre. Exactement le gavage dont j'avais besoin, hein ?) Ouais, c'est ces types en blouse blanche qui m'ont redonné goût à la vie. Ils sont tous séduisants et concernés, en tout cas ils semblent l'être. Ils me sourient. Tout ce qui me faut, c'est l'un des six.

Je rentre à l'appartement. (Je vais convertir le cercueil en canapé.) Je vais me trouver un nouveau boulot. Maintenant, je suis plus âgée que les directrices de bureau de placement. Peut-être que, par respect, elles m'écouteront. Je pourrais aussi changer mon nom en Mme Levine. Peut-être bien écrire un article pour *Reader's Digest :* « La dépouille de Sheila, c'est moi. »

Dans environ cinq minutes, l'un des hommes en blouse blanche va venir jeter un coup d'œil. C'est vrai, on sait jamais quand l'un d'eux va débarquer, pour vérifier l'état du bassin hygiénique et faire sa demande en mariage. Vous savez quoi ? Maman, Papa, rabbin, écoutez bien. Je veux pas mourir. Je veux sortir avec des mecs ! Je croise les doigts pour qu'on ait remis la porte de mon appartement en place.

Composition et mise en pages : FACOMPO, LISIEUX

Achevé d'imprimer en août 2014
par Novoprint (Barcelone)

Dépôt légal : avril 2014

Imprimé en Espagne